НА ЗАПАДНОМ ФРОНТЕ БЕЗ ПЕРЕМЕН

Эрих Мария Ремарк

На Западном фронте без перемен

Эрих Мария Ремарк

Перевод: Юрий Николаевич Афонькин

Говоря о Первой мировой войне, всегда вспоминают одно произведение Эриха Марии Ремарка «На Западном фронте без перемен».
Это рассказ о немецких мальчишках, которые под действием патриотической пропаганды идут на войну, не зная о том, что впереди их ждет не слава героев, а инвалидность и смерть…
Каждый день войны уносит жизни чьих-то отцов, сыновей, а газеты тем временем бесстрастно сообщают: «На Западном фронте без перемен»…
Эта книга – не обвинение, не исповедь. Это попытка рассказать о поколении, которое погубила война, о тех, кто стал ее жертвой, даже если сумел спастись от снарядов и укрыться от пули.

Сайт издательства: www.miller-books.com

ISBN: 978-1-7641097-1-0

НА ЗАПАДНОМ ФРОНТЕ БЕЗ ПЕРЕМЕН

Эта книга не является ни обвинением, ни исповедью. Это только попытка рассказать о поколении, которое погубила война, о тех, кто стал ее жертвой, даже если спасся от снарядов.

I

Мы стоим в девяти километрах от передовой. Вчера нас сменили; сейчас наши желудки набиты фасолью с мясом, и все мы ходим сытые и довольные. Даже на ужин каждому досталось по полному котелку; сверх того мы получаем двойную порцию хлеба и колбасы, — словом, живем неплохо. Такого с нами давненько уже не случалось: наш кухонный бог со своей багровой, как помидор, лысиной сам предлагает нам поесть еще; он машет черпаком, зазывая проходящих, и отваливает им здоровенные порции. Он все никак не опорожнит свой «пищемет», и это приводит его в отчаяние. Тьяден и Мюллер раздобыли откуда-то несколько тазов и наполнили их до краев — про запас. Тьяден сделал это из обжорства, Мюллер — из осторожности. Куда девается все, что съедает Тьяден, — для всех нас загадка. Он все равно остается тощим, как селедка.

Но самое главное — курево тоже было выдано двойными порциями. На каждого по десять сигар, двадцать сигарет и по две плитки жевательного табаку. В общем, довольно прилично. На свой табак я выменял у Катчинского его сигареты, итого у меня теперь сорок штук. Один день протянуть можно.

А ведь, собственно говоря, все это нам вовсе не положено. На такую щедрость начальство не способно. Нам просто повезло.

Две недели назад нас отправили на передовую, сменять другую часть. На нашем участке было довольно спокойно, поэтому ко дню нашего возвращения каптенармус получил довольствие по обычной раскладке и распорядился варить на роту в сто пятьдесят человек. Но как раз в последний день англичане вдруг подбросили свои тяжелые «мясорубки», пренеприятные штуковины, и так долго били из них по нашим окопам, что мы понесли тяжелые потери, и с передовой вернулось только восемьдесят человек.

Мы прибыли в тыл ночью и тотчас же растянулись на нарах, чтобы первым делом хорошенько выспаться; Катчинский прав: на войне было бы не так скверно, если бы только можно было побольше спать. На передовой ведь никогда толком не поспишь, а две недели тянутся долго.

Когда первые из нас стали выползать из бараков, был уже полдень. Через полчаса мы прихватили наши котелки и собрались у дорогого нашему сердцу «пищемета», от которого пахло чем-то наваристым и вкусным. Разумеется, первыми в очереди стояли те, у кого всегда самый большой аппетит: коротышка Альберт Кропп, самая светлая голова у нас в роте и, наверно, поэтому лишь недавно произведенный в ефрейторы; Мюллер Пятый, который до сих пор таскает с собой учебники и мечтает сдать льготные экзамены; под ураганным огнем зубрит он законы физики; Леер, который носит окладистую бороду и питает слабость к девицам из публичных домов для офицеров; он божится, что есть приказ по армии, обязывающий этих девиц носить шелковое белье, а перед приемом посетителей в чине капитана и выше — брать ванну; четвертый — это я, Пауль Боймер. Всем четверым по девятнадцати лет, все четверо ушли на фронт из одного класса.

Сразу же за нами стоят наши друзья: Тьяден, слесарь, тщедушный юноша одних лет с нами, самый прожорливый солдат в роте, — за еду он садится тонким и стройным, а поев, встает пузатым, как насосавшийся клоп; Хайе Вестхус, тоже наш ровесник, рабочий-торфяник, который свободно может взять в руку буханку хлеба и спросить: «А ну-ка отгадайте, что у меня в кулаке?»; Детеринг, крестьянин, который думает только о своем хозяйстве и о своей жене; и, наконец, Станислав Катчинский, душа нашего отделения, человек с характером, умница и хитрюга, — ему сорок лет, у него землистое лицо, голубые глаза, покатые плечи и необыкновенный нюх насчет того, когда начнется обстрел, где можно разжиться съестным и как лучше всего укрыться от начальства.

Наше отделение возглавляло очередь, образовавшуюся у кухни. Мы стали проявлять нетерпение, так как ничего не подозревавший повар все еще чего-то ждал.

Наконец Катчинский крикнул ему:

— Ну, открывай же свою обжорку, Генрих! И так видно, что фасоль сварилась!

Повар сонно покачал головой:

— Пускай сначала все соберутся.

Тьяден ухмыльнулся:

— А мы все здесь!

Повар все еще ничего не заметил:

— Держи карман шире! Где же остальные?

— Они сегодня не у тебя на довольствии! Кто в лазарете, а кто и в земле!

Узнав о происшедшем, кухонный бог был сражен. Его даже пошатнуло:

— А я-то сварил на сто пятьдесят человек!

Кропп ткнул его кулаком в бок:

— Значит, мы хоть раз наедимся досыта. А ну давай, начинай раздачу!

В эту минуту Тьядена осенила внезапная мысль. Его острое, как мышиная мордочка, лицо так и засветилось, глаза лукаво сощурились, скулы заиграли, и он подошел поближе:

— Генрих, дружище, так, значит, ты и хлеба получил на сто пятьдесят человек?

Огорошенный повар рассеянно кивнул.

Тьяден схватил его за грудь:

— И колбасу тоже?

Повар опять кивнул своей багровой, как помидор, головой. У Тьядена отвисла челюсть:

— И табак?

— Ну да, все.

Тьяден обернулся к нам, лицо его сияло:

— Черт побери, вот это повезло! Ведь теперь все достанется нам! Это будет — обождите! — так и есть, ровно по две порции на нос!

Но тут Помидор снова ожил и заявил:

— Так дело не пойдет.

Теперь и мы тоже стряхнули с себя сон и протиснулись поближе.

— Эй ты, морковка, почему не выйдет? — спросил Катчинский.

— Да потому, что восемьдесят — это не сто пятьдесят!

— А вот мы тебе покажем, как это сделать, — проворчал Мюллер.

— Суп получите, так и быть, а хлеб и колбасу выдам только на восемьдесят, — продолжал упорствовать Помидор.

Катчинский вышел из себя:

— Послать бы тебя самого разок на передовую! Ты получил продукты не на восемьдесят человек, а на вторую роту, баста. И ты их выдашь! Вторая рота — это мы.

Мы взяли Помидора в оборот. Все его недолюбливали: уже не раз по его вине обед или ужин попадал к нам в окопы остывшим, с большим опозданием, так как при самом пустяковом огне он не решался подъехать со своим котлом поближе, и нашим подносчикам пищи приходилось ползти гораздо дальше, чем их собратьям из других рот. Вот Бульке из первой роты, тот был куда лучше. Он, хоть и был жирным как хомяк, но уж если надо было, то тащил свою кухню почти до самой передовой.

Мы были настроены очень воинственно, и наверно дело дошло бы до драки, если бы на месте происшествия не появился командир роты. Узнав, о чем мы спорим, он сказал только:

— Да, вчера у нас были большие потери...

Затем он заглянул в котел:

— А фасоль, кажется, неплохая.

Помидор кивнул:

— Со смальцем и с говядиной.

Лейтенант посмотрел на нас. Он понял, о чем мы думаем. Он вообще многое понимал, — ведь он сам вышел из нашей среды: в роту он пришел унтер-офицером. Он еще раз приподнял крышку котла и понюхал. Уходя, он сказал:

— Принесите и мне тарелочку. А порции раздать на всех. Зачем добру пропадать.

Физиономия Помидора приняла глупое выражение. Тьяден приплясывал вокруг него:

— Ничего, тебя от этого не убудет! Воображает, будто он ведает всей интендантской службой. А теперь начинай, старая крыса, да смотри не просчитайся!..

— Сгинь, висельник! — прошипел Помидор. Он готов был лопнуть от злости; все происшедшее не укладывалось в его голове, он не понимал, что творится на белом свете. И как будто желая показать, что теперь ему все едино, он сам роздал еще по полфунта искусственного меду на брата.

День сегодня и в самом деле выдался хороший. Даже почта пришла; почти каждый получил по нескольку писем и газет. Теперь мы не спеша бредем на луг за бараками. Кропп несет под мышкой круглую крышку от бочки с маргарином.

На правом краю луга выстроена большая солдатская уборная — добротно срубленное строение под крышей. Впрочем, она представляет интерес разве что для новобранцев, которые еще не научились из всего извлекать пользу. Для себя мы ищем кое-что получше. Дело в том, что на лугу там и сям стоят одиночные кабины, предназначенные для той же цели. Это четырехугольные ящики, опрятные, сплошь сколоченные из досок, закрытые со всех сторон, с великолепным, очень удобным сиденьем. Сбоку у них есть ручки, так что кабины можно переносить.

Мы сдвигаем три кабины вместе, ставим их в кружок и неторопливо рассаживаемся. Раньше чем через два часа мы со своих мест не поднимемся.

Я до сих пор помню, как стеснялись мы на первых порах, когда новобранцами жили в казармах и нам впервые пришлось пользоваться общей уборной. Дверей там нет, двадцать человек сидят рядком, как в трамвае. Их можно окинуть одним взглядом, — ведь солдат всегда должен быть под наблюдением.

С тех пор мы научились преодолевать не только свою стыдливость, но и многое другое. Со временем мы привыкли еще и не к таким вещам.

Здесь, на свежем воздухе, это занятие доставляет нам истинное наслаждение. Не знаю, почему мы раньше стеснялись говорить об этих отправлениях, — ведь они так же естественны, как еда и питье. Быть может, о них и не стоило бы особенно распространяться, если бы они не играли в нашей жизни столь существенную роль и если их естественность не была бы для нас в новинку, — именно для нас, потому что для других она всегда была очевидной истиной.

Для солдата желудок и пищеварение составляют особую сферу, которая ему ближе, чем всем остальным людям. Его словарный запас на три четверти заимствован из этой сферы, и именно здесь солдат находит те краски, с помощью которых он умеет так сочно и самобытно выразить и величайшую радость и глубочайшее возмущение. Ни на каком другом наречии нельзя выразиться более кратко и ясно. Когда мы вернемся домой, наши домашние и наши учителя будут здорово удивлены, но что поделаешь, — здесь на этом языке говорят все.

Для нас все эти функции организма вновь приобрели свой невинный характер в силу того, что мы поневоле отправляем их публично. Более того: мы настолько отвыкли видеть в этом нечто зазорное, что возможность справить свои дела в уютной обстановке расценивается у нас, я бы сказал, так же высоко, как красиво проведенная комбинация в скате[1] с верными шансами на выигрыш. Недаром в немецком языке возникло выражение «новости из отхожих мест», которым обозначают всякого рода болтовню; где же еще поболтать солдату, как не в этих уголках, которые заменяют ему его традиционное место за столиком в пивной?

---

[1] Распространенная в Германии карточная игра. — Здесь и далее прим. пер.

Сейчас мы чувствуем себя лучше, чем в самом комфортабельном туалете с белыми кафельными стенками. Там может быть чисто, — и только; здесь же просто хорошо.

Удивительно бездумные часы... Над нами синее небо. На горизонте повисли ярко освещенные желтые аэростаты и белые облачка — разрывы зенитных снарядов. Порой они взлетают высоким снопом, — это зенитчики охотятся за аэропланом.

Приглушенный гул фронта доносится до нас лишь очень слабо, как далекая-далекая гроза. Стоит шмелю прожужжать, и гула этого уже совсем не слышно.

А вокруг нас расстилается цветущий луг. Колышутся нежные метелки трав, порхают капустницы, они плывут в мягком, теплом воздухе позднего лета; мы читаем письма и газеты и курим, мы снимаем фуражки и кладем их рядом с собой, ветер играет нашими волосами, он играет нашими словами и мыслями.

Три будки стоят среди пламенно-красных цветов полевого мака...

Мы кладем на колени крышку от бочки с маргарином. На ней удобно играть в скат. Кропп прихватил с собой карты. Каждый кон ската чередуется с партией в рамс[1]. За такой игрой можно просидеть целую вечность.

От бараков к нам долетают звуки гармоники. Порой мы кладем карты и смотрим друг на друга. Тогда кто-нибудь говорит: «Эх, ребята...» или: «А ведь еще немного, и нам всем была бы крышка...» — и мы на минуту умолкаем. Мы отдаемся властному, загнанному внутрь чувству, каждый из нас ощущает его присутствие, слова тут не нужны. Как легко могло бы случиться, что сегодня нам уже не пришлось бы сидеть в этих кабинах, — ведь мы, черт побери, были на волосок от этого. И поэтому все вокруг воспринимается так остро и заново — алые маки и сытная еда, сигареты и летний ветерок.

Кропп спрашивает:

— Кеммериха кто-нибудь из вас видел с тех пор?

---

[1] Карточная игра.

— Он в Сен-Жозефе, в лазарете, — говорю я.

— У него сквозное ранение бедра — верный шанс вернуться домой, — замечает Мюллер.

Мы решаем навестить Кеммериха сегодня после обеда.

Кропп вытаскивает какое-то письмо:

— Вам привет от Канторека.

Мы смеемся. Мюллер бросает окурок и говорит:

— Хотел бы я, чтобы он был здесь.

Канторек, строгий маленький человечек в сером сюртуке, с острым, как мышиная мордочка, личиком, был у нас классным наставником. Он был примерно такого же роста, что и унтер-офицер Химмельштос, «гроза Клостерберга». Кстати, как это ни странно, но всяческие беды и несчастья на этом свете очень часто исходят от людей маленького роста; у них гораздо более энергичный и неуживчивый характер, чем у людей высоких. Я всегда старался не попадать в часть, где ротами командуют офицеры невысокого роста: они всегда ужасно придираются.

На уроках гимнастики Канторек выступал перед нами с речами и в конце концов добился того, что наш класс, строем, под его командой, отправился в окружное военное управление, где мы записались добровольцами.

Помню как сейчас, как он смотрел на нас, поблескивая стеклышками своих очков, и спрашивал задушевным голосом: «Вы, конечно, тоже пойдете вместе со всеми, не так ли, друзья мои?»

У этих воспитателей всегда найдутся высокие чувства, — ведь они носят их наготове в своем жилетном кармане и выдают по мере надобности поурочно. Но тогда мы об этом еще не задумывались.

Правда, один из нас все же колебался и не очень-то хотел идти вместе со всеми. Это был Йозеф Бем, толстый, добродушный парень. Но и он все-таки поддался уговорам, — иначе он закрыл бы для себя все пути. Быть может, еще кое-кто думал, как он, но остаться в стороне тоже никому не улыбалось, — ведь в то время все, даже родители, так легко бросались словом «трус». Никто просто не представлял себе, какой оборот примет дело. В сущности, самыми умными оказались люди бедные и простые, — они с первого же дня приняли войну как несчастье, тогда как все, кто жил получше, совсем потеряли голову от радости, хотя они-то как раз и могли бы куда скорее разобраться, к чему все это приведет.

Катчинский утверждает, что это все от образованности, от нее, мол, люди глупеют. А уж Кат слов на ветер не бросает.

И случилось так, что как раз Бем погиб одним из первых. Во время атаки он был ранен в лицо, и мы сочли его убитым. Взять его с собой мы не могли, так как нам пришлось поспешно отступить. Во второй половине дня мы вдруг услыхали его крик; он ползал перед окопами и звал на помощь. Во время боя он только потерял сознание. Слепой и обезумевший от боли, он уже не искал укрытия, и его подстрелили, прежде чем мы успели его подобрать.

Канторека в этом, конечно, не обвинишь, — вменять ему в вину то, что он сделал, значило бы заходить очень далеко. Ведь Кантореков были тысячи, и все они были убеждены, что таким образом они творят благое дело, не очень утруждая при этом себя.

Но это именно и делает их в наших глазах банкротами.

Они должны были бы помочь нам, восемнадцатилетним, войти в пору зрелости, в мир труда, долга, культуры и прогресса, стать посредниками между нами и нашим будущим. Иногда мы подтрунивали над ними, могли порой подстроить им какую-нибудь шутку, но в глубине души мы им верили. Признавая их авторитет, мы мысленно связывали с этим понятием знание жизни и дальновидность. Но как только мы увидели первого убитого, это убеждение развеялось в прах. Мы поняли, что их поколение не так честно, как наше; их превосходство заключалось лишь в том, что они умели красиво говорить и обладали известной ловкостью. Первый же артиллерийский обстрел раскрыл перед нами наше заблуждение, и под этим огнем рухнуло то мировоззрение, которое они нам прививали.

Они все еще писали статьи и произносили речи, а мы уже видели лазареты и умирающих; они все еще твердили, что нет ничего выше, чем служение государству, а мы уже знали, что страх смерти сильнее. От этого никто из нас не стал ни бунтовщиком, ни дезертиром, ни трусом (они ведь так легко бросались этими словами): мы любили родину не меньше, чем они, и ни разу не дрогнули, идя в атаку; но теперь мы кое-что поняли, мы словно вдруг прозрели. И мы увидели, что от их мира ничего не осталось. Мы неожиданно очутились в ужасающем одиночестве, и выход из этого одиночества нам предстояло найти самим.

Прежде чем отправиться к Кеммериху, мы упаковываем его вещи: в пути они ему пригодятся.

Полевой лазарет переполнен; здесь, как всегда, пахнет карболкой, гноем и потом. Тот, кто жил в бараках, ко многому привык, но здесь и привычному человеку станет дурно. Мы расспрашиваем, как пройти к Кеммериху; он лежит в одной из палат и встречает нас слабой улыбкой, выражающей радость и беспомощное волнение. Пока он был без сознания, у него украли часы.

Мюллер осуждающе качает головой:

— Я ведь тебе говорил, такие хорошие часы нельзя брать с собой.

Мюллер не очень хорошо соображает и любит поспорить. Иначе он попридержал бы язык: ведь каждому видно, что Кеммериху уже не выйти из этой палаты. Найдутся ли его часы или нет — это абсолютно безразлично, в лучшем случае их пошлют его родным.

— Ну, как дела, Франц? — спрашивает Кропп.

Кеммерих опускает голову.

— В общем ничего, только ужасные боли в ступне.

Мы смотрим на его одеяло. Его нога лежит под проволочным каркасом, одеяло вздувается над ним горбом. Я толкаю Мюллера в коленку, а то он чего доброго скажет Кеммериху о том, что нам рассказали во дворе санитары: у Кеммериха уже нет ступни, — ему ампутировали ногу.

Вид у него ужасный, он изжелта-бледен, на лице проступило выражение отчужденности, те линии, которые нам так хорошо знакомы, потому что мы видели их уже сотни раз. Это даже не линии, это скорее знаки. Под кожей не чувствуется больше биения жизни: она отхлынула в дальние уголки тела, изнутри прокладывает себе путь смерть, глазами она уже завладела. Вот лежит Кеммерих, наш боевой товарищ, который еще так недавно вместе с нами жарил конину и лежал в воронке, — это еще он, и все-таки это уже не он; его образ расплылся и стал нечетким, как фотографическая пластинка, на которой сделаны два снимка. Даже голос у него какой-то пепельный.

Вспоминаю, как мы уезжали на фронт. Его мать, толстая, добродушная женщина, провожала его на вокзал. Она плакала беспрерывно, от этого лицо ее обмякло и распухло. Кеммерих стеснялся ее слез, никто вокруг не вел себя так несдержанно, как она, — казалось, весь ее жир растает от сырости. При этом она, как видно, хотела разжалобить меня, — то и дело хватала меня за руку, умоляя, чтобы я присматривал на фронте за ее Францем. У него и в самом деле было совсем еще детское лицо и такие мягкие кости, что, потаскав на себе ранец в течение какого-нибудь месяца, он уже нажил себе плоскостопие. Но как прикажете присматривать за человеком, если он на фронте!

— Теперь ты сразу попадешь домой, — говорит Кропп, — а то бы тебе пришлось три-четыре месяца ждать отпуска.

Кеммерих кивает. Я не могу смотреть на его руки, — они словно из воска. Под ногтями засела окопная грязь, у нее какой-то ядовитый иссиня-черный цвет. Мне вдруг приходит в голову, что эти ногти не перестанут расти и после того, как Кеммерих умрет, они будут расти еще долго-долго, как белые призрачные грибы в погребе. Я представляю себе эту картину: они свиваются штопором и все растут и растут, и вместе с ними растут волосы на гниющем черепе, как трава на тучной земле, совсем как трава... Неужели и вправду так бывает?..

Мюллер наклоняется за свертком:

— Мы принесли твои вещи, Франц.

Кеммерих делает знак рукой:

— Положите их под кровать.

Мюллер запихивает вещи под кровать. Кеммерих снова заводит разговор о часах. Как бы его успокоить, не вызывая у него подозрений!

Мюллер вылезает из-под кровати с парой летных ботинок. Это великолепные английские ботинки из мягкой желтой кожи, высокие, до колен, со шнуровкой доверху, мечта любого солдата. Их вид приводит Мюллера в восторг, он прикладывает их подошвы к подошвам своих неуклюжих ботинок и спрашивает:

— Так ты хочешь взять их с собой, Франц?

Мы все трое думаем сейчас одно и то же: даже если бы он выздоровел, он все равно смог бы носить только один ботинок, значит, они были бы ему ни к чему. А при нынешнем положении вещей просто ужасно обидно, что они останутся здесь, — ведь как только он умрет, их сразу же заберут себе санитары.

Мюллер спрашивает еще раз.

— А может, ты их оставишь у нас?

Кеммерих не хочет. Эти ботинки — самое лучшее, что у него есть.

— Мы могли бы их обменять на что-нибудь, — снова предлагает Мюллер, — здесь, на фронте, такая вещь всегда пригодится.

Но Кеммерих не поддается на уговоры.

Я наступаю Мюллеру на ногу, он с неохотой ставит чудесные ботинки под кровать.

Некоторое время мы еще продолжаем разговор, затем начинаем прощаться:

— Поправляйся, Франц!

Я обещаю ему зайти завтра еще раз. Мюллер тоже заговаривает об этом; он все время думает о ботинках и поэтому решил их караулить.

Кеммерих застонал. Его лихорадит. Мы выходим во двор, останавливаем там одного из санитаров и уговариваем его сделать Кеммериху укол.

Он отказывается:

— Если каждому давать морфий, нам придется изводить его бочками.

— Ты, наверно, только для офицеров стараешься, — говорит Кропп с неприязнью в голосе.

Я пытаюсь уладить дело, пока не поздно, и для начала предлагаю санитару сигарету. Он берет ее. Затем спрашиваю:

— А ты вообще-то имеешь право давать морфий?

Он воспринимает это как оскорбление:

— Если не верите, зачем тогда спрашивать?..

Я сую ему еще несколько сигарет:

— Будь добр, удружи...

— Ну, ладно, — говорит он.

Кропп идет с ним в палату, — он не доверяет ему и хочет сам присутствовать при этом. Мы ждем его во дворе.

Мюллер снова заводит речь о ботинках:

— Они бы мне были как раз впору. В моих штиблетах я себе все ноги изотру. Как ты думаешь, он до завтра еще протянет, до того времени, как мы освободимся? Если он помрет ночью, нам ботинок не видать как своих ушей.

Альберт возвращается из палаты.

— Вы о чем? — спрашивает он.

— Да нет, ничего, — отвечает Мюллер.

Мы идем в наши бараки. Я думаю о письме, которое мне надо будет завтра написать матери Кеммериха. Меня знобит, я с удовольствием выпил бы сейчас водки. Мюллер срывает травинки и жует их. Вдруг коротышка Кропп бросает свою сигарету, с остервенением топчет ее ногами, оглядывается с каким-то опустошенным, безумным выражением на лице и бормочет:

— Дерьмо, дерьмо, все вокруг дерьмо проклятое!

Мы идем дальше, идем долго. Кропп успокоился, мы знаем, что с ним сейчас было: это фронтовая истерия, такие припадки бывают у каждого.

Мюллер спрашивает его:

— А что пишет Канторек?

— Он пишет, что мы железная молодежь, — смеется Кропп.

Мы смеемся все трое горьким смехом. Кропп сквернословит; он рад, что в состоянии говорить.

Да, вот как рассуждают они, они, эти сто тысяч Кантореков! Железная молодежь! Молодежь! Каждому из нас не больше двадцати лет. Но разве мы молоды? Разве мы молодежь? Это было давно. Сейчас мы старики.

II

Странно вспоминать о том, что у меня дома, в одном из ящиков письменного стола, лежит начатая драма «Саул» и связка стихотворений. Я просидел над своими произведениями не один вечер, — ведь почти каждый из нас занимался чем-нибудь в этом роде; но все это стало для меня настолько неправдоподобным, что я уже не могу себе это по-настоящему представить.

С тех пор как мы здесь, наша прежняя жизнь резко прервалась, хотя мы со своей стороны ничего для этого не предпринимали. Порой мы пытаемся припомнить все по порядку и найти объяснение, но у нас это как-то не получается. Особенно неясно все именно нам, двадцатилетним, — Кроппу, Мюллеру, Лееру, мне, — всем тем, кого Канторек называет железной молодежью. Люди постарше крепко связаны с прошлым, у них есть почва под ногами, есть жены, дети, профессии и интересы; эти узы уже настолько прочны, что война не может их разорвать. У нас же, двадцатилетних, есть только наши родители, да у некоторых — девушка. Это не так уж много, — ведь в нашем возрасте привязанность к родителям особенно ослабевает, а девушки еще не стоят на первом плане. А помимо этого, мы почти ничего не знали: у нас были свои мечтания, кой-какие увлечения да школа; больше мы еще ничего не успели пережить. И от этого ничего не осталось.

Канторек сказал бы, что мы стояли на самом пороге жизни. В общем это верно. Мы еще не успели пустить корни. Война нас смыла. Для других, тех, кто постарше, война — это временный перерыв, они могут ее мысленно перескочить. Нас же война подхватила и понесла, и мы не знаем, чем все это кончится. Пока что мы знаем только одно: мы огрубели, но как-то по-особенному, так что в нашем очерствении есть и тоска, хотя теперь мы даже и грустим-то не так уж часто.

Если Мюллеру очень хочется получить ботинки Кеммериха, то это вовсе не значит, что он проявляет к нему меньше участия, чем человек, который в своей скорби не решился бы и подумать об этом. Для него это просто разные вещи. Если бы ботинки могли еще принести Кеммериху хоть какую-нибудь пользу, Мюллер предпочел бы ходить босиком по колючей проволоке, чем размышлять о том, как их заполучить. Но сейчас ботинки представляют собой нечто совершенно не относящееся к состоянию Кеммериха, а в то же время Мюллеру они бы очень пригодились. Кеммерих умрет, — так не все ли равно, кому они достанутся? И почему бы Мюллеру не охотиться за ними, ведь у него на них больше прав, чем у какого-нибудь санитара! Когда Кеммерих умрет, будет поздно. Вот почему Мюллер уже сейчас присматривает за ними.

Мы разучились рассуждать иначе, ибо все другие рассуждения искусственны. Мы придаем значение только фактам, только они для нас важны. А хорошие ботинки не так-то просто найти.

Раньше и это было не так. Когда мы шли в окружное военное управление, мы еще представляли собой школьный класс, двадцать юношей, и прежде чем переступить порог казармы, вся наша веселая компания отправилась бриться в парикмахерскую, причем многие делали это в первый раз. У нас не было твердых планов на будущее, лишь у очень немногих мысли о карьере и призвании приняли уже настолько определенную форму, чтобы играть какую-то практическую роль в их жизни; зато у нас было множество неясных идеалов, под влиянием которых и жизнь, и даже война представлялись нам в идеализированном, почти романтическом свете.

В течение десяти недель мы проходили военное обучение, и за это время нас успели перевоспитать более основательно, чем за десять школьных лет. Нам внушали, что начищенная пуговица важнее, чем целых четыре тома Шопенгауэра. Мы убедились — сначала с удивлением, затем с горечью и наконец с равнодушием — в том, что здесь все решает, как видно, не разум, а сапожная щетка, не мысль, а заведенный некогда распорядок, не свобода, а муштра. Мы стали солдатами по доброй воле, из энтузиазма; но здесь делалось все, чтобы выбить из нас это чувство. Через три недели нам уже не казалось непостижимым, что почтальон с лычками унтера имеет над нами больше власти, чем наши родители, наши школьные наставники и все носители человеческой культуры от Платона до Гете, вместе взятые. Мы видели своими молодыми, зоркими глазами, что классический идеал отечества, который нам нарисовали наши учителя, пока что находил здесь реальное воплощение в столь полном отречении от своей личности, какого никто и никогда не вздумал бы потребовать даже от самого последнего слуги. Козырять, стоять навытяжку, заниматься шагистикой, брать на караул, вертеться направо и налево, щелкать каблуками, терпеть брань и тысячи придирок, — мы мыслили себе нашу задачу совсем иначе и считали, что нас готовят к подвигам, как цирковых лошадей готовят к выступлению. Впрочем, мы скоро привыкли к этому. Мы даже поняли, что кое-что из этого было действительно необходимо, зато все остальное, безусловно, только мешало. На эти вещи у солдата тонкий нюх.

Группами в три-четыре человека наш класс разбросали по отделениям, вместе с фрисландскими рыбаками, крестьянами, рабочими и ремесленниками, с которыми мы вскоре подружились. Кропп, Мюллер, Кеммерих и я попали в девятое отделение, которым командовал унтер-офицер Химмельштос.

Он слыл за самого свирепого тирана в наших казармах и гордился этим. Маленький, коренастый человек, прослуживший двенадцать лет, с ярко-рыжими, подкрученными вверх усами, в прошлом почтальон. С Кроппом, Тьяденом, Вестхусом и со мной у него были особые счеты, так как он чувствовал наше молчаливое сопротивление.

Однажды утром я четырнадцать раз заправлял его койку. Каждый раз он придирался к чему-нибудь и сбрасывал постель на пол. Проработав двадцать часов, — конечно, с перерывами, — я надраил пару допотопных, твердых, как камень, сапог до такого зеркального блеска, что даже Химмельштосу не к чему было больше придраться. По его приказу я дочиста выскоблил зубной щеткой пол нашей казармы. Вооружившись половой щеткой и совком, мы с Кроппом стали выполнять его задание — очистить от снега казарменный двор, и наверно замерзли бы, но не отступились, если бы во двор случайно не заглянул один лейтенант, который отослал нас в казарму и здорово распек Химмельштоса. Увы, после этого Химмельштос только еще более люто возненавидел нас. Четыре недели подряд я нес по воскресеньям караульную службу и, к тому же, был весь этот месяц дневальным; меня гоняли с полной выкладкой и с винтовкой в руке по раскисшему, мокрому пустырю под команду «ложись!» и «бегом марш!», пока я не стал похож на ком грязи и не свалился от изнеможения; через четыре часа я предъявил Химмельштосу мое безукоризненно вычищенное обмундирование, — правда, после того, как я стер себе руки в кровь. Мы с Кроппом, Вестхусом и Тьяденом разучивали «стойку смирно» в лютую стужу без перчаток, сжимая голыми пальцами ледяной ствол винтовки, а Химмельштос выжидающе петлял вокруг, подкарауливая, не шевельнемся ли мы хоть чуть-чуть, чтобы обвинить нас в невыполнении команды. Я восемь раз должен был сбегать с верхнего этажа казармы во двор, ночью, в два часа, за то, что мои кальсоны свешивались на несколько сантиметров с края скамейки, на которой мы складывали на ночь свою одежду. Рядом со мной, наступая мне на пальцы, бежал дежурный унтер-офицер, — это был Химмельштос. На занятиях штыковым боем мне всегда приходилось сражаться с Химмельштосом, причем я ворочал тяжелую железную раму, а у него в руках была легонькая деревянная винтовка, так что ему ничего не стоило наставить мне синяков на руках; однажды, правда, я разозлился, очертя голову бросился на него, и нанес ему такой удар в живот, что сбил его с ног. Когда он пошел жаловаться, командир роты поднял его на смех и сказал, что тут надо самому не зевать; он знал своего Химмельштоса и, как видно, ничего не имел против, чтобы тот остался в дураках. Я в совершенстве овладел искусством лазить на шкафчики; через некоторое время и по части приседаний мне тоже не было равных; мы дрожали, едва заслышав голос Химмельштоса, но одолеть нас этой взбесившейся почтовой кляче так и не удалось.

В одно из воскресений мы с Кроппом шли мимо бараков, неся на шесте полные ведра из уборной, которую мы чистили, и когда проходивший мимо Химмельштос (он собрался пойти в город и был при всем параде), остановившись перед нами, спросил, как нам нравится эта работа, мы сделали вид, что запнулись, и выплеснули ведро ему на ноги. Он был вне себя от ярости, но ведь и нашему терпению пришел конец.

— Я вас упеку в крепость! — кричал он.

Кропп не выдержал.

— Но сначала будет расследование, и тогда мы выложим все, — сказал он.

— Как вы разговариваете с унтер-офицером? — орал Химмельштос. — Вы что, с ума сошли? Подождите, пока вас спросят! Так что вы там сделаете?

— Выложим все насчет господина унтер-офицера! — сказал Кропп, держа руки по швам.

Тут Химмельштос все-таки почуял, чем это пахнет, и убрался, не говоря ни слова. Правда, уходя, он еще тявкнул: «Я вам это припомню!» — но власть его была подорвана. Он еще раз попытался отыграться, гоняя нас по пустырю и командуя «ложись!» и «встать, бегом марш!». Мы, конечно, каждый раз делали что положено, — ведь приказ есть приказ, его надо выполнять. Но мы выполняли его так медленно, что это приводило Химмельштоса в отчаяние. Мы не спеша опускались на колени, затем опирались на руки и так далее; тем временем он уже в ярости подавал другую команду. Прежде чем мы успели вспотеть, он сорвал себе глотку.

Тогда он оставил нас в покое. Правда, он все еще называл нас сукиными детьми. Но в его ругани слышалось уважение.

Были среди унтеров и порядочные люди, которые вели себя благоразумнее; их было немало, они даже составляли большинство. Но все они прежде всего хотели как можно дольше удержаться на своем тепленьком местечке в тылу, а на это мог рассчитывать только тот, кто был строг с новобранцами.

Поэтому мы испытали на себе, пожалуй, все возможные виды казарменной муштры, и нередко нам хотелось выть от ярости.

Некоторые из нас подорвали свое здоровье, а Вольф умер от воспаления легких. Но мы сочли бы себя достойными осмеяния, если бы сдались. Мы стали черствыми, недоверчивыми, безжалостными, мстительными, грубыми, — и хорошо, что стали такими: именно этих качеств нам и не хватало. Если бы нас послали в окопы, не дав нам пройти эту закалку, большинство из нас наверно сошло бы с ума. А так мы оказались подготовленными к тому, что нас ожидало.

Мы не дали себя сломить, мы приспособились; в этом нам помогли наши двадцать лет, из-за которых многое другое было для нас так трудно. Но самое главное это то, что в нас проснулось сильное, всегда готовое претвориться в действие чувство взаимной спаянности; и впоследствии, когда мы попали на фронт, оно переросло в единственно хорошее, что породила война, — в товарищество!

Я сижу у кровати Кеммериха. Он все больше сдает. Вокруг нас страшная суматоха. Пришел санитарный поезд, и в палатах отбирают раненых, которые могут выдержать эвакуацию. У кровати Кеммериха врач не останавливается, он даже не смотрит на него.

— В следующий раз, Франц, — говорю я.

Опираясь на локти, он приподнимается над подушками:

— Мне ампутировали ногу.

Значит, он все-таки узнал об этом. Я киваю головой и говорю:

— Будь доволен, что отделался только этим.

Он молчит.

Я заговариваю снова:

— Тебе могли бы отнять обе ноги, Франц. Вот Вегелер потерял правую руку. Это куда хуже. И потом, ты ведь поедешь домой.

Он смотрит на меня:

— Ты думаешь?

— Конечно.

Он спрашивает еще раз:

— Ты думаешь?

— Это точно Франц. Только сначала тебе надо оправиться после операции.

Он дает мне знак подвинуться поближе. Я наклоняюсь над ним, и он шепчет:

— Я не верю в это.

— Не говори глупостей, Франц, через несколько дней ты сам увидишь. Ну что тут такого особенного? Ну, отняли ногу. Здесь еще и не такое из кусочков сшивают.

Он поднимает руку:

— А вот посмотри-ка сюда; видишь, какие пальцы?

— Это от операции. Лопай как следует, и все будет хорошо. Кормят здесь прилично?

Он показывает миску: она почти полна. Мне становится тревожно:

— Франц, тебе надо кушать. Это — самое главное. Ведь с едой здесь как будто хорошо.

Он не хочет меня слушать. Помолчав, он говорит с расстановкой:

— Когда-то я хотел стать лесничим.

— Это ты еще успеешь сделать, — утешаю я. — Сейчас придумали такие замечательные протезы, с ними ты и не заметишь, что у тебя не все в порядке. Их соединяют с мускулами. С протезом для руки можно, например, двигать пальцами и работать, даже писать. А кроме того, сейчас все время изобретают что-нибудь новое.

Некоторое время он лежит неподвижно. Потом говорит:

— Можешь взять мои ботинки. Отдай их Мюллеру.

Я киваю головой и соображаю, что бы ему такое сказать, как бы его приободрить. Его губы стерты с лица, рот стал больше, зубы резко выделяются, как будто они из мела. Его тело тает, лоб становится круче, скулы выпячиваются. Скелет постепенно выступает наружу. Глаза уже начали западать. Через несколько часов все будет кончено.

Кеммерих не первый умирающий, которого я вижу; но тут дело другое: ведь мы с ним вместе росли. Я списывал у него сочинения. В школе он обычно носил коричневый костюм с поясом, до блеска вытертый на локтях. Только он один во всем классе умел крутить «солнце» на турнике. При этом его волосы развевались, как шелк, и падали ему на лицо. Канторек гордился им. А вот сигарет Кеммерих не выносил. Кожа у него была белая-белая, он чем-то напоминал девочку.

Я смотрю на свои сапоги. Они огромные и неуклюжие, штаны заправлены в голенища; когда стоишь в этих широченных трубах, выглядишь толстым и сильным. Но когда мы идем мыться и раздеваемся, наши бедра и плечи вдруг снова становятся узкими. Тогда мы уже не солдаты, а почти мальчики, никто не поверил бы, что мы можем таскать на себе тяжелые ранцы. Странно глядеть на нас, когда мы голые, — мы тогда не на службе, да и чувствуем себя штатскими.

Раздевшись, Франц Кеммерих становился маленьким и тоненьким, как ребенок. И вот он лежит передо мной, — как же так? Надо бы провести мимо этой койки всех, кто живет на белом свете, и сказать: это Франц Кеммерих, ему девятнадцать с половиной лет, он не хочет умирать. Не дайте ему умереть!

Мысли мешаются у меня в голове. От этого воздуха, насыщенного карболкой и гниением, в легких скапливается мокрота, это какое-то тягучее, удушливое месиво.

Наступают сумерки. Лицо Кеммериха блекнет, оно выделяется на фоне подушек, такое бледное, что кажется прозрачным. Губы тихо шевелятся. Я склоняюсь над ним. Он шепчет:

— Если мои часы найдутся, пошлите их домой.

Я не пытаюсь возражать. Теперь это уже бесполезно. Его не убедишь. Мне страшно становится при мысли о том, что я ничем не могу помочь. Этот лоб с провалившимися висками, этот рот, похожий скорее на оскал черепа, этот заострившийся нос! И плачущая толстая женщина там, в нашем городе, которой мне надо написать. Ах, если бы это письмо было уже отослано!

По палатам ходят санитары с ведрами и склянками.

Один из них подходит к нам, испытующе смотрит на Кеммериха и снова удаляется. Видно, что он ждет, — наверно, ему нужна койка.

Я придвигаюсь поближе к Францу и начинаю говорить, как будто это может его спасти:

— Послушай, Франц, может быть, ты попадешь в санаторий в Клостерберге, где кругом виллы. Тогда ты будешь смотреть из окна на поля, а вдалеке, на горизонте, увидишь те два дерева. Сейчас самая чудесная пора, хлеба поспевают, по вечерам поля переливаются под солнцем, как перламутр. А тополевая аллея у ручья, где мы колюшек ловили! Ты снова заведешь себе аквариум и будешь разводить рыб, в город будешь ходить, ни у кого не отпрашиваясь, и даже сможешь играть на рояле, если захочешь.

Я наклоняюсь к его лицу, над которым сгустились тени. Он еще дышит, тихо-тихо. Его лицо влажно, он плачет. Ну и наделал я дел с моими глупыми разговорами!

— Не надо, Франц, — я обнимаю его за плечи и прижимаюсь лицом к его лицу. — Может, поспишь немного?

Он не отвечает. По его щекам текут слезы. Мне хотелось бы их утереть, но мой носовой платок слишком грязен.

Проходит час. Я сижу возле него и напряженно слежу за выражением его лица, — быть может, он захочет еще что-нибудь сказать. Ах, если бы он открыл рот и закричал! Но он только плачет, отвернувшись к стене. Он не говорит о матери, братьях или сестрах, он вообще ничего не говорит, это для него, как видно, уже позади; теперь он остался наедине со своей коротенькой, девятнадцатилетней жизнью и плачет, потому что она уходит от него.

Никогда я больше не видел, чтобы кто-нибудь прощался с жизнью так трудно, с таким безудержным отчаяньем, хотя и смерть Тидьена тоже была тяжелым зрелищем: этот здоровый, как бык, парень во весь голос звал свою мать и с выкаченными глазами, в смятении, угрожал врачу штыком, не подпуская его к своей койке, пока наконец не упал как подкошенный.

Вдруг Кеммерих издает стон и начинает хрипеть.

Я вскакиваю, выбегаю, задевая за койки, из палаты и спрашиваю:

— Где врач? Где врач?

Увидев человека в белом халате, я хватаю его за руку и не отпускаю:

— Идите скорей, а то Франц Кеммерих умрет.

Он вырывает руку и спрашивает стоящего рядом с нами санитара:

— Это еще что такое?

Тот докладывает:

— Двадцать шестая койка, ампутация ноги выше колена.

Врач раздраженно кричит:

— А я почем знаю, я сегодня ампутировал пять ног! — Он отталкивает меня, говорит санитару: — Посмотрите! — и убегает в операционную.

Я иду за санитаром, и все во мне кипит от злости. Он смотрит на меня и говорит:

— Операция за операцией, с пяти часов утра, просто с ума сойти, вот что я тебе скажу. Только за сегодня опять шестнадцать смертных случаев, твой будет семнадцатый. Сегодня наверняка дойдет до двадцати...

Мне дурно, я вдруг чувствую, что больше не выдержу. Ругаться я уже не стану, это бесполезно, мне хочется свалиться и больше не вставать.

Мы у койки Кеммериха. Он умер. Лицо у него еще мокрое от слез. Глаза полуоткрыты, они пожелтели, как старые костяные пуговицы...

Санитар толкает меня в бок:

— Вещи заберешь?

Я киваю.

Он продолжает:

— Его придется сразу же унести, нам койка нужна. Там уже в тамбуре лежат.

Я забираю вещи и снимаю с Кеммериха опознавательный знак. Санитар спрашивает, где его солдатская книжка. Книжки нет. Я говорю, что она, наверно, в канцелярии, и ухожу. Следом за мной санитары уже тащат Франца и укладывают его на плащ-палатку.

Мне кажется, что темнота и ветер за воротами лазарета приносят избавление. Я вдыхаю воздух как можно глубже, лицо ощущает его прикосновения, небывало теплые и нежные. В голове у меня вдруг начинают мелькать мысли о девушках, о цветущих лугах, о белых облаках. Сапоги несут меня вперед, я иду быстрее, я бегу.

Мимо меня проходят солдаты, их разговоры волнуют меня, хотя я не понимаю, о чем они говорят. В земле бродят какие-то силы, они вливаются в меня через подошвы. Ночь потрескивает электрическим треском, фронт глухо громыхает вдали, как целый оркестр из барабанов. Я легко управляю всеми движениями своего тела, я чувствую силу в каждом суставе, я посапываю и отфыркиваюсь. Живет ночь, живу я. Я ощущаю голод, более острый, чем голод в желудке...

Мюллер стоит у барака и ждет меня. Я отдаю ему ботинки. Мы входим, и он примеряет их. Они ему как раз впору...

Он начинает рыться в своих запасах и предлагает мне порядочный кусок колбасы. Мы съедаем ее, запивая горячим чаем с ромом.

III

К нам прибыло пополнение. Пустые места на нарах заполняются, и вскоре в бараках уже нет ни одного свободного тюфяка с соломой. Часть вновь прибывших — старослужащие, но, кроме них, к нам прислали двадцать пять человек молодняка из фронтовых пересыльных пунктов. Они почти на год моложе нас. Кропп толкает меня:

— Ты уже видел этих младенцев?

Я киваю. Мы принимаем гордый, самодовольный вид, устраиваем бритье во дворе, ходим, сунув руки в карманы, поглядываем на новобранцев и чувствуем себя старыми служаками.

Катчинский присоединяется к нам. Мы разгуливаем по конюшням и подходим к новичкам, которые как раз получают противогазы и кофе на завтрак. Кат спрашивает одного из самых молоденьких:

— Ну что, небось, уж давно ничего дельного не лопали?

Новичок морщится:

— На завтрак — лепешки из брюквы, на обед — винегрет из брюквы, на ужин — котлеты из брюквы с салатом из брюквы.

Катчинский свистит с видом знатока.

— Лепешки из брюквы? Вам повезло, — ведь теперь уже делают хлеб из опилок. А что ты скажешь насчет фасоли, не хочешь ли чуток?

Парня бросает в краску:

— Нечего меня разыгрывать.

Катчинский немногословен:

— Бери котелок...

Мы с любопытством идем за ним. Он подводит нас к бочонку, стоящему возле его тюфяка. Бочонок и в самом деле почти заполнен фасолью с говядиной. Катчинский стоит перед ним важный, как генерал, и говорит:

— А ну, налетай! Солдату зевать не годится!

Мы поражены.

— Вот это да, Кат! И где ты только раздобыл такое? — спрашиваю я.

— Помидор рад был, что я его избавил от хлопот. Я ему за это три куска парашютного шелка дал. А что, фасоль и в холодном виде еда что надо, а?

С видом благодетеля он накладывает парнишке порцию и говорит:

— Если заявишься сюда еще раз, в правой руке у тебя будет котелок, а в левой — сигара или горсть табачку. Понятно?

Затем он оборачивается к нам:

— С вас я, конечно, ничего не возьму.

Катчинский совершенно незаменимый человек, — у него есть какое-то шестое чувство. Такие люди, как он, есть везде, но заранее их никогда не распознаешь. В каждой роте есть один, а то и два солдата из этой породы. Катчинский — самый пройдошливый из всех, кого я знаю. По профессии он, кажется, сапожник, но дело не в этом, — он знает все ремесла. С ним хорошо дружить. Мы с Кроппом дружим с ним, Хайе Вестхус тоже, можно считать, входит в нашу компанию. Впрочем, он скорее исполнительный орган: когда проворачивается какое-нибудь дельце, для которого нужны крепкие кулаки, он работает по указаниям Ката. За это он получает свою долю.

Вот прибываем мы, например, ночью в совершенно незнакомую местность, в какой-то жалкий городишко, при виде которого сразу становится ясно, что здесь давно уже растащили все, кроме стен. Нам отводят ночлег в неосвещенном здании маленькой фабрики, временно приспособленной под казарму. В нем стоят кровати, вернее — деревянные рамы, на которые натянута проволочная сетка.

Спать на этой сетке жестко. Нам нечего подложить под себя, — одеяла нужны нам, чтобы укрываться. Плащ-палатка слишком тонка.

Кат выясняет обстановку и говорит Хайе Вестхусу:

— Ну-ка, пойдем со мной.

Они уходят в город, хотя он им совершенно незнаком. Через какие-нибудь полчаса они возвращаются, в руках у них огромные охапки соломы. Кат нашел конюшню, а в ней была солома. Теперь спать нам будет хорошо, и можно бы уже ложиться, да только животы у нас подводит от голода.

Кропп спрашивает какого-то артиллериста, который давно уже стоит со своей частью здесь:

— Нет ли тут где-нибудь столовой?

Артиллерист смеется:

— Ишь, чего захотел! Здесь хоть шаром покати. Здесь ты и корки хлеба не достанешь.

— А что, из местных здесь никто уже не живет?

Артиллерист сплевывает:

— Почему же, кое-кто остался. Только они сами трутся у каждого котла и попрошайничают.

Дело плохо. Видно, придется подтянуть ремень потуже и ждать до утра, когда подбросят продовольствие.

Но вот я вижу, что Кат надевает фуражку, и спрашиваю:

— Куда ты, Кат?

— Разведать местность. Может, выжмем что-нибудь.

Неторопливо выходит он на улицу.

Артиллерист ухмыляется:

— Выжимай, выжимай! Смотри не надорвись!

В полном разочаровании мы заваливаемся на койки и уже подумываем, не сглодать ли по кусочку из неприкосновенного запаса. Но это кажется нам слишком рискованным. Тогда мы пытаемся отыграться на сне.

Кропп переламывает сигарету и дает мне половину. Тьяден рассказывает о бобах с салом — блюде, которое так любят в его родных краях. Он клянет тех, кто готовит их без стручков. Прежде всего варить надо все вместе, картошку, горох и сало, — ни в коем случае не в отдельности. Кто-то ворчливо замечает, что, если Тьяден сейчас же не замолчит, он из него самого сделает бобовую кашу. После этого в просторном цеху становится тихо и спокойно. Только несколько свечей мерцают в горлышках бутылок, да время от времени сплевывает артиллерист.

Мы уже начинаем дремать, как вдруг дверь открывается, и на пороге появляется Кат. Сначала мне кажется, что я вижу сон: под мышкой у него два каравая хлеба, а в руке — перепачканный кровью мешок с кониной.

Артиллерист роняет трубку изо рта. Он ощупывает хлеб:

— В самом деле, настоящий хлеб, да еще теплый!

Кат не собирается распространяться на эту тему. Он принес хлеб, а остальное не имеет значения. Я уверен, что, если бы его высадили в пустыне, он через час устроил бы ужин из фиников, жаркого и вина.

Он коротко бросает Хайе:

— Наколи дров!

Затем он вытаскивает из-под куртки сковороду и вынимает из кармана пригоршню соли и даже кусочек жира, — он ничего не забыл. Хайе разводит на полу костер. Дрова звонко трещат в пустом цеху. Мы слезаем с коек.

Артиллерист колеблется. Он подумывает, не выразить ли ему свое восхищение, — быть может, тогда и ему что-нибудь перепадет. Но Катчинский даже не смотрит на артиллериста, он для него просто пустое место. Тот уходит, бормоча проклятия.

Кат знает способ жарить конину, чтобы она стала мягкой. Ее нельзя сразу же класть на сковородку, а то она будет жесткой. Сначала ее надо поварить в воде. С ножами в руках мы садимся на корточки вокруг огня и наедаемся до отвала.

Вот какой у нас Кат. Если бы было на свете место, где раздобыть что-нибудь съестное можно было бы только раз в году в течение одного часа, то именно в этот час он, словно по наитию, надел бы фуражку, отправился в путь и, устремившись, как по компасу, прямо к цели, разыскал бы эту снедь.

Он находит все: когда холодно, он найдет печурку и дрова, он отыскивает сено и солому, столы и стулья, но прежде всего — жратву. Это какая-то загадка, он достает все это словно из-под земли, как по волшебству. Он превзошел самого себя, когда достал четыре банки омаров. Впрочем, мы предпочли бы им кусок сала.

Мы разлеглись у бараков, на солнечной стороне.

Пахнет смолой, летом и потными ногами.

Кат сидит возле меня; он никогда не прочь побеседовать. Сегодня нас заставили целый час тренироваться, — мы учились отдавать честь, так как Тьяден небрежно откозырял какому-то майору. Кат все никак не может забыть этого. Он заявляет:

— Вот увидите, мы проиграем войну из-за того, что слишком хорошо умеем козырять.

К нам подходит Кропп. Босой, с засученными штанами, он вышагивает, как журавль. Он постирал свои носки и кладет их сушиться на траву. Кат смотрит в небо, испускает громкий звук и задумчиво поясняет:

— Этот вздох издал горох.

Кропп и Кат вступают в дискуссию. Одновременно они заключают пари на бутылку пива об исходе воздушного боя, который сейчас разыгрывается над нами.

Кат твердо придерживается своего мнения, которое он как старый солдат-балагур и на этот раз высказывает в стихотворной форме: «Когда бы все были равны, на свете б не было войны».

В противоположность Кату Кропп — философ. Он предлагает, чтобы при объявлении войны устраивалось нечто вроде народного празднества, с музыкой и с входными билетами, как во время боя быков. Затем на арену должны выйти министры и генералы враждующих стран, в трусиках, вооруженные дубинками, и пусть они схватятся друг с другом. Кто останется в живых, объявит свою страну победительницей. Это было бы проще и справедливее, чем то, что делается здесь, где друг с другом воюют совсем не те люди.

Предложение Кроппа имеет успех. Затем разговор постепенно переходит на муштру в казармах.

При этом мне вспоминается одна картина. Раскаленный полдень на казарменном дворе. Зной неподвижно висит над плацем. Казармы словно вымерли. Все спят. Слышно только, как тренируются барабанщики; они расположились где-то неподалеку и барабанят неумело, монотонно, тупо. Замечательное трезвучие: полуденный зной, казарменный двор и барабанная дробь!

В окнах казармы пусто и темно. Кое-где на подоконниках сушатся солдатские штаны. На эти окна смотришь с вожделением. В казармах сейчас прохладно.

О, темные, душные казарменные помещения, с вашими железными койками, одеялами в клетку, высокими шкафчиками и стоящими перед ними скамейками! Даже и вы можете стать желанными; более того: здесь, на фронте, вы озарены отблеском сказочно далекой родины и дома, вы, чуланы, пропитанные испарениями спящих и их одежды, пропахшие перестоявшейся пищей и табачным дымом!

Катчинский живописует их, не жалея красок и с большим воодушевлением. Чего бы мы не отдали за то, чтобы вернуться туда! Ведь о чем-нибудь большем мы даже и думать не смеем...

А занятия по стрелковому оружию в ранние утренние часы: «Из чего состоит винтовка образца девяносто восьмого года?» А занятия по гимнастике после обеда: «Кто играет на рояле, — шаг вперед. Правое плечо вперед шагом марш. Доложите на кухне, что вы прибыли чистить картошку».

Мы упиваемся воспоминаниями. Вдруг Кропп смеется и говорит:

— В Лейне пересадка.

Это была любимая игра нашего капрала. Лейне — узловая станция. Чтобы наши отпускники не плутали на ее путях, Химмельштос обучал нас в казарме, как делать пересадку. Мы должны были усвоить, что, если хочешь пересесть в Лейне с дальнего поезда на местный, надо пройти через туннель. Каждый из нас становился слева от своей койки, которая изображала этот туннель. Затем подавалась команда: «В Лейне пересадка!» — и все с быстротой молнии пролезали под койками на другую сторону. Мы упражнялись в этом часами...

Тем временем немецкий аэроплан успели сбить. Он падает, как комета, волоча за собой хвост из дыма. Кропп проиграл на этом бутылку пива и с неохотой отсчитывает деньги.

— А когда Химмельштос был почтальоном, он наверняка был скромным человеком, — сказал я, после того как Альберт справился со своим разочарованием, — но стоило ему стать унтер-офицером, как он превратился в живодера. Как это получается?

Этот вопрос растормошил Кроппа:

— Да и не только Химмельштос, это случается с очень многими. Как получат нашивки или саблю, так сразу становятся совсем другими людьми, словно бетону нажрались.

— Все дело в мундире, — высказываю я предположение.

— Да, в общем примерно так, — говорит Кат, готовясь произнести целую речь, — но причину надо искать не в этом. Видишь ли, если ты приучишь собаку есть картошку, а потом положишь ей кусок мяса, то она все ж таки схватит мясо, потому что это у нее в крови. А если ты дашь человеку кусочек власти, с ним будет то же самое: он за нее ухватится. Это получается само собой, потому что человек как таковой — перво-наперво скотина, и разве только сверху у него бывает слой порядочности, все равно что горбушка хлеба, на которую намазали сала. Вся военная служба в том и состоит, что у одного есть власть над другим. Плохо только то, что у каждого ее слишком много; унтер-офицер может гонять рядового, лейтенант — унтер-офицера, капитан — лейтенанта, да так, что человек с ума сойти может. И так как каждый из них знает, что это его право, то у него и появляются такие вот привычки. Возьми самый простой пример: вот идем мы с учений и устали как собаки. А тут команда: «Запевай!» Конечно, поем мы так, что слушать тошно: каждый рад, что хоть винтовку-то еще тащить может. И вот уже роту повернули кругом и в наказание заставили заниматься еще часок. На обратном пути опять команда: «Запевай!» — и на этот раз мы поем по-настоящему. Какой во всем этом смысл? Да просто командир роты поставил на своем, ведь у него есть власть. Никто ему ничего на это не скажет, наоборот, все считают его настоящим офицером. А ведь это еще мелочь, они еще и не такое выдумывают, чтобы покуражиться над нашим братом. И вот я вас спрашиваю: кто, на какой штатской должности, пусть даже в самом высоком чине, может себе позволить что-либо подобное, не рискуя, что ему набьют морду? Такое можно себе позволить только в армии! А это, знаете ли, хоть кому голову вскружит! И чем более мелкой сошкой человек был в штатской жизни, тем больше он задается здесь.

— Ну да, как говорится, дисциплинка нужна, — небрежно вставляет Кропп.

— К чему придраться, они всегда найдут, — ворчит Кат. — Ну что ж, может, так оно и надо. Но только нельзя же издеваться над людьми. А вот попробуй объяснить все это какому-нибудь слесарю, батраку или вообще рабочему человеку, попробуй растолковать это простому пехотинцу, — а ведь их здесь больше всего, — он видит только, что с него дерут три шкуры, а потом отправят на фронт, и он прекрасно понимает, что нужно и что не нужно. Если простой солдат здесь на передовых держится так стойко, так это, доложу я вам, просто удивительно! То есть просто удивительно!

Все соглашаются, так как каждый из нас знает, что муштра кончается только в окопах, но уже в нескольких километрах от передовой она начинается снова, причем начинается с самых нелепых вещей — с козыряния и шагистики. Солдата надо во что бы то ни стало чем-нибудь занять, это железный закон.

Но тут появляется Тьяден, на его лице красные пятна. Он так взволнован, что даже заикается. Сияя от радости, он произносит, четко выговаривая каждый слог:

— Химмельштос едет к нам. Его отправили на фронт.

К Химмельштосу Тьяден питает особую ненависть, так как во время нашего пребывания в барачном лагере Химмельштос «воспитывал» его на свой манер. Тьяден мочится под себя, этот грех случается с ним ночью, во сне. Химмельштос безапелляционно заявил, что это просто лень, и нашел прекрасное, вполне достойное своего изобретателя средство, как исцелить Тьядена.

Химмельштос отыскал в соседнем бараке другого солдата, страдавшего тем же недугом, по фамилии Киндерфатер, и перевел его к Тьядену. В бараках стояли обычные армейские койки, двухъярусные, с проволочной сеткой. Химмельштос разместил Тьядена и Киндерфатера так, что одному из них досталось верхнее место, другому — нижнее. Понятно, что лежащему внизу приходилось несладко. Зато на следующий вечер они должны были меняться местами: лежавший внизу перебирался наверх, и таким образом совершалось возмездие. Химмельштос называл это самовоспитанием.

Это была подлая, хотя и остроумная выдумка. К сожалению, из нее ничего не вышло, так как предпосылка оказалась все же неправильной: в обоих случаях дело объяснялось вовсе не ленью. Для того чтобы понять это, достаточно было посмотреть на их землистого цвета кожу. Дело кончилось тем, что каждую ночь кто-нибудь из них спал на полу. При этом он мог легко простудиться...

Тем временем Хайе тоже подсел к нам. Он подмигивает мне и любовно потирает свою лапищу. С ним вместе мы пережили прекраснейший день нашей солдатской жизни. Это было накануне нашей отправки на фронт. Мы были прикомандированы к одному из полков с многозначным номером, но сначала нас еще вызвали для экипировки обратно в гарнизон, однако послали не на сборный пункт, а в другие казармы. На следующий день, рано утром, мы должны были выехать. Вечером мы собрались вместе, чтобы расквитаться с Химмельштосом. Уже несколько месяцев тому назад мы поклялись друг другу сделать это. Кропп шел в своих планах даже еще дальше: он решил, что после войны пойдет служить по почтовому ведомству, чтобы впоследствии, когда Химмельштос снова будет почтальоном, стать его начальником. Он с упоением рисовал себе, как будет школить его. Поэтому-то Химмельштос никак не мог сломить нас; мы всегда рассчитывали на то, что рано или поздно он попадется в наши руки, уж во всяком случае в конце войны.

Пока что мы решили как следует отдубасить его.

Что особенного смогут нам за это сделать, если он нас не узнает, а завтра утром мы все равно уедем?

Мы уже знали пивную, в которой он сидел каждый вечер. Когда он возвращался оттуда в казармы, ему приходилось идти по неосвещенной дороге, где не было домов. Там мы и подстерегали его, спрятавшись за грудой камней. Я прихватил с собой постельник. Мы дрожали от нетерпения. А вдруг он будет не один? Наконец послышались его шаги, мы их уже изучили, ведь мы так часто слышали их по утрам, когда дверь казармы распахивалась и дневальные кричали во всю глотку: «Подъем!»

— Один? — шепнул Кропп.

— Один.

Мы с Тьяденом крадучись обошли камни.

Вот уже сверкнула пряжка на ремне Химмельштоса.

Как видно, унтер-офицер был немного навеселе: он пел.

Ничего не подозревая, он прошел мимо нас.

Мы схватили постельник, набросили его, бесшумно прыгнув сзади на Химмельштоса, и резко рванули концы так, что тот, стоя в белом мешке, не мог поднять руки.

Песня умолкла.

Еще мгновение, и Хайе Вестхус был возле Химмельштоса. Широко расставив локти, он отшвырнул нас, — так ему хотелось быть первым. Смакуя каждое движение, он стал в позу, вытянул свою длинную, как семафор, ручищу с огромной, как лопата, ладонью и так двинул по мешку, что этот удар мог бы убить быка.

Химмельштос перекувырнулся, отлетел метров на пять и заорал благим матом. Но и об этом мы подумали заранее: у нас была с собой подушка. Хайе присел, положил подушку себе на колени, схватил Химмельштоса за то место, где виднелась голова, и прижал ее к подушке. Голос унтер-офицера тотчас стал приглушенным. Время от времени Хайе давал ему перевести дух, и тогда мычание на минуту превращалось в великолепный звонкий крик, который тут же вновь ослабевал до писка.

Тут Тьяден отстегнул у Химмельштоса подтяжки и спустил ему штаны. Плетку Тьяден держал в зубах. Затем он поднялся и заработал руками.

Это была дивная картина: лежавший на земли Химмельштос, склонившийся над ним и державший его голову на коленях Хайе, с дьявольской улыбкой на лице и с разинутым от наслаждения ртом, затем вздрагивающие полосатые кальсоны на кривых ногах, выделывающих под спущенными штанами самые замысловатые движения, а над ними в позе дровосека неутомимый Тьяден. В конце концов нам пришлось силой оттащить его, а то мы бы никогда не дождались своей очереди.

Наконец Хайе снова поставил Химмельштоса на ноги и в заключение исполнил еще один индивидуальный номер. Размахнувшись правой рукой чуть не до неба, словно собираясь захватить пригоршню звезд, он влепил Химмельштосу оплеуху. Химмельштос опрокинулся навзничь. Хайе снова поднял его, привел в исходное положение и, показав высокий класс точности, закатил ему вторую, — на этот раз левой рукой. Химмельштос взвыл и, став на четвереньки, пустился наутек. Его полосатый почтальонский зад светился в лучах луны.

Мы ретировались на рысях.

Хайе еще раз оглянулся и сказал удовлетворенно, злобно и несколько загадочно:

— Кровавая месть — как кровяная колбаса.

В сущности, Химмельштосу следовало бы радоваться: ведь его слова о том, что люди всегда должны взаимно воспитывать друг друга, не остались втуне, они были применены к нему самому. Мы оказались понятливыми учениками и хорошо усвоили его метод.

Он так никогда и не дознался, кто ему устроил этот сюрприз. Правда, при этом он приобрел постельник, которого мы уже не нашли на месте происшествия, когда заглянули туда через несколько часов.

События этого вечера были причиной того, что, отъезжая на следующее утро на фронт, мы держались довольно молодцевато. Какой-то старик с развевающейся окладистой бородой был так тронут нашим видом, что назвал нас юными героями.

IV

Мы едем к передовой на саперные работы. С наступлением темноты к баракам подъезжают грузовые автомобили. Мы влезаем в кузов. Вечер теплый, и сумерки кажутся нам огромным полотнищем, под защитой которого мы чувствуем себя спокойнее. Сумерки сближают нас; даже скуповатый Тьяден протягивает мне сигарету и дает прикурить.

Мы стоим вплотную друг к другу, локоть к локтю, сесть никто не может. Да мы и не привыкли сидеть. Мюллер впервые с давних пор в хорошем настроении: он в новых ботинках.

Моторы завывают, грузовики громыхают и лязгают. Дороги разъезжены, на каждом шагу — ухаб, и мы все время ныряем вниз, так что чуть не вылетаем из кузова. Это нас нисколько не тревожит. В самом деле, что может с нами случиться? Сломанная рука лучше, чем простреленный живот, и многие только обрадовались бы такому удобному случаю попасть домой.

Рядом с нами идут длинные колонны машин с боеприпасами. Они спешат, все время обгоняют нас. Мы окликаем сопровождающих, перебрасываемся с ними шутками.

Впереди показалась высокая каменная стена, — это ограда дома, стоящего поодаль от дороги. Вдруг я начинаю прислушиваться. Не ошибся ли я? Нет, я снова явственно слышу гоготание гусей. Я гляжу на Катчинского, он глядит на меня, мы сразу же поняли друг друга.

— Кат, я слышу, тут есть кандидат на сковородку...

Он кивает:

— Это мы провернем, когда возвратимся. Я в курсе дела.

Ну конечно же, Кат в курсе дела. Он наверняка знает каждую гусиную ножку в радиусе двадцати километров.

Мы въезжаем в район артиллерийских позиций. Для маскировки с воздуха орудийные окопы обсажены кустами, образующими сплошные зеленые беседки, словно артиллеристы собрались встречать праздник кущей. Эти беседки имели бы совсем мирный вид, если бы под их веселыми сводами не скрывались пушки.

От орудийной гари и капелек тумана воздух становится вязким. На языке чувствуется горький привкус порохового дыма. Выстрелы грохочут так, что наш грузовик ходит ходуном, вслед за ним с ревом катится эхо, все вокруг дрожит. Наши лица незаметно изменяют свое выражение. Правда, мы едем не на передовую, а только на саперные работы, но на каждом лице сейчас написано: это полоса фронта, мы вступили в ее пределы.

Это еще не страх. Тот, кто ездил сюда так часто, как мы, становится толстокожим. Только молоденькие новобранцы взволнованы. Кат учит их:

— А это тридцатилинейка[1]. Слышите, вот она выстрелила, сейчас будет разрыв.

Но глухой отзвук разрывов не доносится до нас. Он тонет в смутном гуле фронта. Кат прислушивается к нему:

— Сегодня ночью нам дадут прикурить.

Мы все тоже прислушиваемся. На фронте беспокойно. Кропп говорит:

— Томми, уже стреляют.

С той стороны явственно слышатся выстрелы. Это английские батареи, справа от нашего участка. Они начали обстрел на час раньше. При нас они всегда начинали ровно в десять.

— Ишь, чего выдумали, — ворчит Мюллер, — у них, видать, часы идут вперед.

— Я же вам говорю, нам дадут прикурить, у меня перед этим всегда кости ноют.

Кат втягивает голову в плечи.

---

[1] Тридцатилинейная пушка, т. е. орудие калибром в 75 мм. Линия — устаревшая мера длины, равная 2,5 мм.

Рядом с нами ухают три выстрела. Косой луч пламени прорезает туман, стволы ревут и гудят. Мы поеживаемся от холода и радуемся, что завтра утром снова будем в бараках.

Наши лица не стали бледнее или краснее обычного; нет в них особенного напряжения или безразличия, но все же они сейчас не такие, как всегда. Мы чувствуем, что у нас в крови включен какой-то контакт. Это не пустые слова; это действительно так. Фронт, сознание, что ты на фронте, — вот что заставляет срабатывать этот контакт. В то мгновение, когда раздается свист первых снарядов, когда выстрелы начинают рвать воздух, — в наших жилах, в наших руках, в наших глазах вдруг появляется ощущение сосредоточенного ожидания, настороженности, обостренной чуткости, удивительной восприимчивости всех органов чувств. Все тело разом приходит в состояние полной готовности.

Мне нередко кажется, что это от воздуха: сотрясаемый взрывами, вибрирующий воздух фронта внезапно возбуждает нас своей тихой дрожью; а может быть, это сам фронт — от него исходит нечто вроде электрического тока, который мобилизует какие-то неведомые нервные окончания.

Каждый раз повторяется одно и то же: когда мы выезжаем, мы просто солдаты, порой угрюмые, порой веселые, но как только мы видим первые орудийные окопы, все, что мы говорим друг другу, звучит уже по-иному...

Вот Кат сказал: «Нам дадут прикурить». Если бы он сказал это, стоя у бараков, то это было бы просто его мнение, и только; но когда он произносит эти слова здесь, в них слышится нечто обнаженно-резкое, как холодный блеск штыка в лунную ночь; они врезаются в наши мысли, как нож в масло, становятся весомее и взывают к тому бессознательному инстинкту, который пробуждается у нас здесь, — слова эти с их темным, грозным смыслом: «Нам дадут прикурить». Быть может, это наша жизнь содрогается в своих самых сокровенных тайниках и поднимается из глубин, чтобы постоять за себя.

Фронт представляется мне зловещим водоворотом. Еще вдалеке от его центра, в спокойных водах уже начинаешь ощущать ту силу, с которой он всасывает тебя в свою воронку, медленно, неотвратимо, почти полностью парализуя всякое сопротивление.

Зато из земли, из воздуха в нас вливаются силы, нужные для того, чтобы защищаться, — особенно из земли. Ни для кого на свете земля не означает так много, как для солдата. В те минуты, когда он приникает к ней, долго и крепко сжимая ее в своих объятиях, когда под огнем страх смерти заставляет его глубоко зарываться в нее лицом и всем своим телом, она его единственный друг, его брат, его мать. Ей, безмолвной надежной заступнице, стоном и криком поверяет он свой страх и свою боль, и она принимает их и снова отпускает его на десять секунд, — десять секунд перебежки, еще десять секунд жизни, — и опять подхватывает его, чтобы укрыть, порой навсегда.

Земля, земля, земля!..

Земля! У тебя есть складки, и впадины, и ложбинки, в которые можно залечь с разбега и можно забиться как крот! Земля! Когда мы корчились в предсмертной тоске, под всплесками несущего уничтожение огня, под леденящий душу вой взрывов, ты вновь дарила нам жизнь, вливала ее в нас могучей встречной струей! Смятение обезумевших живых существ, которых чуть было не разорвало на клочки, передавалось тебе, и мы чувствовали в наших руках твои ответные токи и вцеплялись еще крепче в тебя пальцами, и, безмолвно, боязливо радуясь еще одной пережитой минуте, впивались в тебя губами!

Грохот первых разрывов одним взмахом переносит какую-то частичку нашего бытия на тысячи лет назад. В нас просыпается инстинкт зверя, — это он руководит нашими действиями и охраняет нас. В нем нет осознанности, он действует гораздо быстрее, гораздо увереннее, гораздо безошибочнее, чем сознание. Этого нельзя объяснить. Ты идешь и ни о чем не думаешь, как вдруг ты уже лежишь в ямке, и где-то позади тебя дождем рассыпаются осколки, а между тем ты не помнишь, чтобы слышал звук приближающегося снаряда или хотя бы подумал о том, что тебе надо залечь. Если бы ты полагался только на свой слух, от тебя давно бы ничего не осталось, кроме разбросанных во все стороны кусков мяса. Нет, это было другое, то, похожее на ясновидение, чутье, которое есть у всех нас; это оно вдруг заставляет солдата падать ничком и спасает его от смерти, хотя он и не знает, как это происходит. Если бы не это чутье, от Фландрии до Вогезов давно бы уже не было ни одного живого человека.

Когда мы выезжаем, мы просто солдаты, порой угрюмые, порой веселые, но как только мы добираемся до полосы, где начинается фронт, мы становимся полулюдьми-полуживотными.

Наша колонна втягивается в жиденький лесок. Мы проезжаем мимо походных кухонь. За лесом мы слезаем. Грузовики идут обратно. Они должны заехать за нами завтра до рассвета.

Над лугами стелется достающий до груди слой тумана и порохового дыма. Светит луна. По дороге проходят какие-то части. На касках играют тусклые отблески лунного света. Из белого тумана выглядывают только головы и винтовки, кивающие головы, колыхающиеся стволы.

Вдали, ближе к передовой, тумана нет. Головы превращаются там в человеческие фигуры; солдатские куртки, брюки и сапоги выплывают из тумана, как из молочного озера. Они образуют походную колонну. Колонна движется, все прямо и прямо, фигуры сливаются в сплошной клин, отдельных людей уже нельзя различить, лишь темный клин с причудливыми отростками из плывущих в туманном озере голов и винтовок медленно продвигается вперед. Это колонна, а не люди.

По одной из поперечных дорог навстречу нам подъезжают легкие орудия и повозки с боеприпасами. Конские спины лоснятся в лунном свете, движения лошадей красивы, они закидывают головы, видно, как блестят их глаза. Орудия и повозки скользят мимо нас на расплывающемся фоне лунного ландшафта, всадники с их касками кажутся рыцарями давно ушедших времен, в этом есть что-то красивое и трогательное.

Мы идем к саперному складу. Одни взваливают на плечи острые гнутые железные бруски, и мы идем дальше. Нести все это неудобно и тяжело.

Местность становится все более изрытой. Идущие впереди передают по цепи: «Внимание, слева глубокая воронка», «Осторожно, траншея».

Наши глаза напряжены, наши ноги и палки ощупывают почву, прежде чем принять на себя вес нашего тела. Внезапно колонна останавливается; некоторые налетают лицом на моток проволоки, который несут перед нами. Слышится брань.

Мы наткнулись на разбитые повозки. Новая команда: «Кончай курить!» Мы подошли вплотную к окопам.

Пока мы шли, стало совсем темно. Мы обходим лесок, и теперь перед нами открывается участок передовой.

Весь горизонт, от края до края, светится смутным красноватым заревом. Оно в непрестанном движении, там и сям его прорезают вспышки пламени над стволами батарей. Высоко в небе взлетают осветительные ракеты — серебристые и красные шары; они лопаются и осыпаются дождем белых, зеленых и красных звезд. Время от времени в воздух взмывают французские ракеты, которые выбрасывают шелковый парашютик и медленно-медленно опускаются на нем к земле. От них все вокруг освещено как днем, их свет доходит до нас, мы видим на земле резкие контуры наших теней. Ракеты висят в воздухе несколько минут, потом догорают. Тотчас же повсюду взлетают новые, и вперемешку с ними — опять зеленые, красные и синие.

— Влипли, — говорит Кат.

Раскаты орудийного грома усиливаются до сплошного приглушенного грохота, потом он снова распадается на отдельные группы разрывов. Сухим треском пощелкивают пулеметные очереди. Над нашими головами мчится, воет, свистит и шипит что-то невидимое, заполняющее весь воздух. Это снаряды мелких калибров, но между ними в ночи уже слышится басовитое пение крупнокалиберных «тяжелых чемоданов», которые падают где-то далеко позади. Они издают хриплый трубный звук, всегда идущий откуда-то издалека, как зов оленей во время течки, и их путь пролегает высоко над воем и свистом обычных снарядов.

Прожекторы начинают ощупывать черное небо. Их лучи скользят по нему, как гигантские, суживающиеся на конце линейки. Один из них стоит неподвижно и только чуть подрагивает. Тотчас же рядом с ним появляется второй; они скрещиваются, между ними виднеется черное насекомое, оно пытается уйти: это аэроплан. Лучи сбивают его с курса, ослепляют его, и он падает.

Мы забиваем железные колья в землю, на равном расстоянии друг от друга. Каждый моток держат двое, а двое других разматывают колючую проволоку. Это отвратительная проволока с густо насаженными длинными остриями. Я разучился разматывать ее и расцарапал себе руку.

Через несколько часов мы управились. Но у нас еще есть время до прибытия машин. Большинство из нас ложится спать. Я тоже пытаюсь заснуть. Однако для этого слишком свежо. Чувствуется, что мы недалеко от моря: холод то и дело будит нас.

Один раз мне удается уснуть крепко. Я просыпаюсь, словно от внезапного толчка, и не могу понять, где я. Я вижу звезды, вижу ракеты, и на мгновение мне кажется, будто я уснул на каком-то празднике в саду. Я не знаю, утро ли сейчас или вечер, я лежу в белой колыбели рассвета и ожидаю ласковых слов, которые вот-вот должны прозвучать, — слов ласковых, домашних, — уж не плачу ли я? Я подношу руку к глазам, — как странно, разве я ребенок? Кожа у меня нежная... Все это длится лишь одно мгновение, затем я узнаю силуэт Катчинского. Он сидит спокойно, как и подобает старому служаке, и курит трубку, — разумеется, трубку с крышечкой. Заметив, что я проснулся, он говорит:

— А здорово тебя, однако, передернуло. Это был просто дымовой патрон. Он упал вон в те кусты.

Я сажусь, на душе у меня какое-то странное чувство одиночества. Хорошо, что рядом со мной Кат. Он задумчиво смотрит в сторону переднего края и говорит:

— Очень неплохой фейерверк, если бы только это не было так опасно.

Позади нас ударил снаряд. Некоторые новобранцы испуганно вскакивают. Через несколько минут разрывается еще один, на этот раз ближе. Кат выбивает свою трубку:

— Сейчас нам дадут жару.

Обстрел начался. Мы отползаем в сторону, насколько это удается сделать в спешке. Следующий снаряд уже накрывает нас.

Кто-то кричит. Над горизонтом поднимаются зеленые ракеты. Фонтаном взлетает грязь, свистят осколки. Шлепающий звук их падения слышен еще долгое время после того, как стихает шум разрывов.

Рядом с нами лежит насмерть перепуганный новобранец с льняными волосами. Он закрыл лицо руками. Его каска откатилась в сторону. Я подтягиваю ее и собираюсь нахлобучить ему на голову. Он поднимает глаза, отталкивает каску и, как ребенок, лезет головой мне под мышку, крепко прижимаясь к моей груди. Его узкие плечи вздрагивают. Такие плечи были у Кеммериха.

Я его не гоню. Но чтобы хоть как-нибудь использовать каску, я пристраиваю ее новобранцу на заднюю часть, — не для того чтобы подурачиться, а просто из тех соображений, что сейчас это самая уязвимая точка его тела. Правда, там толстый слой мяса, но ранение в это место — ужасно болезненная штука, к тому же приходится несколько месяцев лежать в лазарете, все время на животе, а после выписки почти наверняка будешь хромать.

Где-то с оглушительным треском упал снаряд. В промежутках между разрывами слышны чьи-то крики.

Наконец грохот стихает. Огонь пронесся над нами, теперь его перенесли на самые дальние запасные позиции. Мы решаемся поднять голову и осмотреться. В небе трепещут красные ракеты. Наверно сейчас будет атака.

На нашем участке пока что по-прежнему тихо. Я сажусь и треплю новобранца по плечу:

— Очнись, малыш! На этот раз опять все обошлось.

Он растерянно оглядывается. Я успокаиваю его:

— Ничего, привыкнешь.

Он замечает свою каску и надевает ее. Постепенно он приходит в себя. Вдруг он краснеет как маков цвет, на лице его написано смущение. Он осторожно дотрагивается рукой до штанов и жалобно смотрит на меня. Я сразу же соображаю, в чем дело: у него пушечная болезнь. Я, правда, вовсе не за этим подставил ему каску как раз туда, куда надо, но теперь я все же стараюсь утешить его:

— Стыдиться тут нечего; еще и не таким, как ты, случалось наложить в штаны, когда они впервые попадали под огонь. Зайди за куст, сними кальсоны, и дело с концом.

Он семенит за кусты. Вокруг становится тише, однако крики не прекращаются.

— В чем дело, Альберт? — спрашиваю я.

— Несколько прямых попаданий на соседнем участке.

Крики продолжаются. Это не люди, люди не могут так страшно кричать.

Кат говорит:

— Раненые лошади.

Я еще никогда не слыхал, чтобы лошади кричали, и мне что-то не верится. Это стонет сам многострадальный мир, в этих стонах слышатся все муки живой плоти, жгучая, ужасающая боль. Мы побледнели. Детеринг встает во весь рост:

— Изверги, живодеры! Да пристрелите же их!

Детеринг — крестьянин и знает толк в лошадях. Он взволнован. А стрельба как нарочно почти совсем стихла. От этого их крики слышны еще отчетливее. Мы уже не понимаем, откуда они берутся в этом внезапно притихшем серебристом мире; невидимые, призрачные, они повсюду, где-то между небом и землей, они становятся все пронзительнее, этому, кажется, не будет конца, — Детеринг уже вне себя от ярости и громко кричит:

— Застрелите их, застрелите же их наконец, черт вас возьми!

— Им ведь нужно сперва подобрать раненых, — говорит Кат.

Мы встаем и идем искать место, где все это происходит. Если мы увидим лошадей, нам будет не так невыносимо тяжело слышать их крики. У Майера есть с собой бинокль. Мы смутно видим темный клубок — группу санитаров с носилками и еще какие-то черные большие движущиеся комья. Это раненые лошади. Но не все. Некоторые носятся еще дальше впереди, валятся на землю и снова мчатся галопом. У одной разорвано брюхо, из него длинным жгутом свисают кишки. Лошадь запутывается в них и падает, но снова встает на ноги.

Детеринг вскидывает винтовку и целится. Кат ударом кулака направляет ствол вверх:

— Ты с ума сошел?

Детеринг дрожит всем телом и швыряет винтовку оземь.

Мы садимся и зажимаем уши. Но нам не удается укрыться от этого душераздирающего стона, этого вопля отчаяния, — от него нигде не укроешься.

Все мы видали виды. Но здесь и нас бросает в холодный пот. Хочется встать и бежать без оглядки, все равно куда, лишь бы не слышать больше этого крика. А ведь это только лошади, это не люди.

От темного клубка снова отделяются фигуры людей с носилками. Затем раздается несколько одиночных выстрелов. Черные комья дергаются и становятся более плоскими. Наконец-то! Но еще не все кончено. Люди не могут подобраться к тем раненым животным, которые в страхе бегают по лугу, всю свою боль вложив в крик, вырывающийся из широко разинутой пасти. Одна из фигур опускается на колено... Выстрел. Лошадь свалилась, а вот и еще одна. Последняя уперлась передними ногами в землю и кружится как карусель. Присев на круп и высоко задрав голову, она ходит по кругу, опираясь на передние ноги, — наверно, у нее раздроблен хребет. Солдат бежит к лошади и приканчивает ее выстрелом. Медленно, покорно она опускается на землю.

Мы отнимаем ладони от ушей. Крик умолк. Лишь один протяжный замирающий вздох все еще дрожит в воздухе. И снова вокруг нас только ракеты, пение снарядов и звезды, и теперь это даже немного странно.

Детеринг отходит в сторону и говорит в сердцах:

— А эти-то твари в чем провинились, хотел бы я знать!

Потом он снова подходит к нам. Он говорит взволнованно, его голос звучит почти торжественно:

— Самая величайшая подлость, — это гнать на войну животных, вот что я вам скажу!

Мы идем обратно. Пора добираться до наших машин. Небо чуть-чуть посветлело. Уже три часа утра. Потянуло свежим, прохладным ветром; в предрассветной мгле наши лица стали серыми.

На ощупь, гуськом мы пробираемся вперед через окопы и воронки и снова попадаем в полосу тумана. Катчинский беспокоится — это дурной знак.

— Что с тобой, Кат? — спрашивает Кропп.

— Мне хотелось бы, чтобы мы поскорее попали домой.

Под словом «домой» он подразумевает наши бараки.

— Теперь уже недолго, Кат.

Кат нервничает.

— Не знаю, не знаю...

Мы добираемся до траншей, затем выходим на луга. Вот и лесок появился; здесь нам знаком каждый клочок земли. А вот и кладбище с его холмиками и черными крестами.

Но тут за нашей спиной раздается свист. Он нарастает до треска, до грохота. Мы пригнулись — в ста метрах перед нами взлетает облако пламени.

Через минуту следует второй удар, и над макушками леса медленно поднимается целый кусок лесной почвы, а с ним и три-четыре дерева, которые тоже одно мгновение висят в воздухе и разлетаются в щепки. Шипя, как клапаны парового котла, за ними уже летят следующие снаряды, — это шквальный огонь.

Кто-то кричит:

— В укрытие! В укрытие!

Луг — плоский, как доска, лес — слишком далеко, и там все равно опасно; единственное укрытие — это кладбище и его могилы. Спотыкаясь в темноте, мы бежим туда, в одно мгновение каждый прилипает к одному из холмиков, как метко припечатанный плевок.

Через какие-нибудь несколько секунд было бы уже поздно. В окружающей нас тьме начинается какой-то шабаш. Все вокруг ходит ходуном. Огромные горбатые чудища, чернее, чем самая черная ночь, мчатся прямо на нас, проносятся над нашими головами. Пламя взрывов трепетно озаряет кладбище.

Все выходы отрезаны. В свете вспышек я отваживаюсь бросить взгляд на луг. Он напоминает вздыбленную поверхность бурного моря, фонтанами взметаются ослепительно яркие разрывы снарядов. Нечего и думать, чтобы кто-нибудь смог сейчас перебраться через него.

Лес исчезает на наших глазах, снаряды вбивают его в землю, разносят в щепки, рвут на клочки. Нам придется остаться здесь, на кладбище.

Перед нами разверзлась трещина. Дождем летят комья земли. Я ощущаю толчок. Рукав мундира вспорот осколком. Сжимаю кулак. Боли нет. Но это меня не успокаивает, — при ранении боль всегда чувствуется немного позже. Я ощупываю руку. Она оцарапана, но цела. Тут что-то с треском ударяется о мою голову, так что у меня темнеет в глазах. Молнией мелькает мысль: только не потерять сознания! На секунду я проваливаюсь в черное месиво, но тотчас же снова выскакиваю на поверхность. В мою каску угодил осколок, он был уже на излете, и не смог пробить ее. Вытираю забившуюся в глаза труху. Передо мной раскрылась яма, я смутно вижу ее очертания. Снаряды редко попадают в одну и ту же воронку, поэтому я хочу перебраться туда. Я рывком ныряю вперед, распластавшись как рыба на дне, но тут снова слышится свист, я сжимаюсь в комок, ощупью ищу укрытие, натыкаюсь левой рукой на какой-то предмет. Прижимаюсь к нему, он поддается, у меня вырывается стон, земля трескается, взрывная волна гремит в моих ушах, я подо что-то заползаю, чем-то накрываюсь сверху. Это доски и сукно, но это укрытие, жалкое укрытие от сыплющихся сверху осколков.

Открываю глаза. Мои пальцы вцепились в какой-то рукав, в чью-то руку. Раненый? Я кричу ему. Ответа нет. Это мертвый. Моя рука тянется дальше, натыкается на щепки, и тогда я вспоминаю, что мы на кладбище.

Но огонь сильнее, чем все другое. Он выключает сознание, я забиваюсь еще глубже под гроб, — он защитит меня, даже если в нем лежит сама смерть.

Передо мной зияет воронка. Я пожираю ее глазами, мне нужно добраться до нее одним прыжком. Вдруг кто-то бьет меня по лицу, чья-то рука цепляется за мое плечо. Уж не мертвец ли воскрес? Рука трясет меня, я поворачиваю голову и при свете короткой, длящейся всего лишь секунду вспышки с недоумением вглядываюсь в лицо Катчинского; он широко раскрыл рот и что-то кричит; я ничего не слышу, он трясет меня, приближает свое лицо ко мне; наконец грохот на мгновение ослабевает, и до меня доходит его голос:

— Газ, га-аз, га-аз, передай дальше.

Я рывком достаю коробку противогаза. Неподалеку от меня кто-то лежит. У меня сейчас только одна мысль — этот человек должен знать!

— Га-аз, га-аз!

Я кричу, подкатываюсь к нему, бью его коробкой, он ничего не замечает. Еще удар, еще удар. Он только пригибается, — это один из новобранцев. В отчаянии я ищу глазами Ката, — он уже надел маску. Тогда я вытаскиваю свою, каска слетает у меня с головы, резина обтягивает мое лицо. Я наконец добрался до новобранца, его противогаз как раз у меня под рукой, я вытаскиваю маску, натягиваю ему на голову, он тоже хватается за нее, я отпускаю его, бросок, и я уже лежу в воронке.

Глухие хлопки химических снарядов смешиваются с грохотом разрывов. Между разрывами слышно гудение набатного колокола; гонги и металлические трещотки возвещают далеко вокруг: «Газ, газ, газ!»

За моей спиной что-то шлепается о дно воронки.

Раз-другой. Я протираю запотевшие от дыхания очки противогаза. Это Кат, Кропп и еще кто-то. Мы лежим вчетвером в тягостном, напряженном ожидании и стараемся дышать как можно реже.

В эти первые минуты решается вопрос жизни и смерти: герметична ли маска? Я помню страшные картины в лазарете: отравленные газом, которые еще несколько долгих дней умирают от удушья и рвоты, по кусочкам отхаркивая перегоревшие легкие.

Я дышу осторожно, прижав губы к клапану. Сейчас облако газа расползается по земле, проникая во все углубления. Как огромная мягкая медуза, заползает оно в нашу воронку, лениво заполняя ее своим студенистым телом. Я толкаю Ката: нам лучше выбраться наверх, чем лежать здесь, где больше всего скапливается газ. Но мы не успеваем сделать это: на нас снова обрушивается огненный шквал. На этот раз грохочут, кажется, уже не снаряды, — это бушует сама земля.

На нас с треском летит что-то черное и падает совсем рядом с нами, это подброшенный взрывом гроб.

Я вижу, что Кат делает какие-то движения, и ползу к нему. Гроб упал прямо на вытянутую руку того солдата, что лежал четвертым в нашей яме. Свободной рукой он пытается сорвать с себя маску. Кропп успевает вовремя схватить его руку и, заломив ее резким движением за спину, крепко держит.

Мы с Катом пробуем освободить раненую руку. Крышка гроба треснула и держится непрочно; мы без труда открываем ее; труп мы выбрасываем, и он скатывается на дно воронки; затем мы пытаемся приподнять нижнюю часть гроба.

К счастью, солдат потерял сознание, и Альберт может нам помочь. Теперь нам уже не надо действовать так осторожно, и мы работаем в полную силу. Наконец гроб со скрипом трогается с места и приподнимается на подсунутых под него лопатах.

Стало светлее. Кат берет обломок крышки, подкладывает его под раздробленное плечо, и мы делаем перевязку, истратив на это все бинты из наших индивидуальных пакетов. Пока что мы больше ничего не можем сделать.

Моя голова в противогазе звенит и гудит, она, кажется, вот-вот лопнет. Легкие работают с большой нагрузкой: им приходится вдыхать все тот же самый горячий, уже не раз побывавший в них воздух, вены на висках вздуваются. Еще немного, и я наверно задохнусь.

В воронку просачивается серый свет. По кладбищу гуляет ветер. Я перекатываюсь через край воронки. В мутно-грязных сумерках рассвета передо мной лежит чья-то оторванная нога, сапог на ней совершенно цел, сейчас я вижу все это вполне отчетливо. Но вот в нескольких метрах подальше кто-то поднимается с земли; я протираю стекла, от волнения они сразу же снова запотевают, я с напряжением вглядываюсь в его лицо, — так и есть: на нем уже нет противогаза.

Еще несколько секунд я выжидаю: он не падает, он что-то ищет глазами и делает несколько шагов, — ветер разогнал газ, воздух чист. Тогда и я тоже с хрипом срываю с себя маску и падаю. Воздух хлынул мне в грудь, как холодная вода, глаза вылезают из орбит, какая-то темная волна захлестывает меня и гасит сознание.

Разрывов больше не слышно. Я оборачиваюсь к воронке и делаю знак остальным. Они вылезают и сдергивают маски. Мы подхватываем раненого, один из нас поддерживает его руку в лубке. Затем мы поспешно уходим.

От кладбища осталась груда развалин. Повсюду разбросаны гробы и покойники. Они умерли еще раз, но каждый из тех, кто был разорван на клочки, спас жизнь кому-нибудь из нас.

Ограда разбита, проходящие за ней рельсы фронтовой узкоколейки сорваны со шпал, их высоко загнутые концы вздыбились в небо. Перед нами кто-то лежит. Мы останавливаемся; только Кропп идет с раненым дальше.

Лежащий на земле солдат — один из новобранцев. Его бедро перепачкано кровью; он так обессилел, что я достаю свою фляжку, в которой у меня осталось немного рому с чаем. Кат отводит мою руку и нагибается к нему.

— Куда тебя угораздило, браток?

Он только водит глазами; он слишком слаб, чтобы говорить.

Мы осторожно разрезаем штанину. Он стонет.

— Спокойно, спокойно, сейчас тебе будет легче.

Если у него ранение в живот, ему ничего нельзя пить. Его не стошнило, — это хороший признак. Мы обнажаем ему бедро. Это сплошная кровавая каша с осколками кости. Задет сустав. Этот мальчик никогда больше не сможет ходить.

Я провожу влажным пальцем по его вискам и даю ему отхлебнуть глоток рому. Глаза его немного оживают. Только теперь мы замечаем, что и правая рука тоже кровоточит.

Кат раздергивает два бинта, стараясь сделать их как можно шире, чтобы они прикрыли рану. Я ищу какой-нибудь материи, чтобы перевязать ногу поверх бинтов. Больше у нас ничего нет, поэтому я вспарываю штанину раненого еще дальше, чтобы использовать для перевязки кусок от его кальсон. Но кальсон на нем нет. Я присматриваюсь к нему повнимательней: это мой давешний знакомый с льняными волосами.

Тем временем Кат обыскал карманы одного из убитых и нашел в них еще несколько пакетиков с бинтами, которые мы осторожно прикладываем к ране. Паренек все время не спускает с нас глаз. Я говорю ему:

— Мы сходим за носилками.

Тогда он разжимает губы и шепчет:

— Останьтесь здесь.

Кат говорит:

— Мы ведь ненадолго. Мы придем за тобой с носилками.

Трудно сказать, понял ли он нас. Жалобно, как ребенок, хнычет он нам вслед:

— Не уходите.

Кат оглядывается и шепчет:

— А может, просто взять револьвер, чтобы все это поскорее кончилось?

Паренек вряд ли перенесет транспортировку и в лучшем случае протянет еще несколько дней. Но все, что он пережил до сих пор, — ничто в сравнении с тем, что ему еще предстоит перед смертью. Сейчас он еще оглушен и ничего не чувствует. Через час он превратится в кричащий от невыносимой боли комок нервов. Дни, которые ему еще осталось прожить, будут для него непрерывной, сводящей с ума пыткой. И кому это надо, чтобы он промучился эти несколько дней?..

Я киваю:

— Да, Кат, надо просто взять револьвер.

— Давай его сюда, — говорит он и останавливается.

Я вижу, что он решился. Оглядываемся, — мы уже не одни. Возле нас скапливается кучка солдат, из воронок и могил показываются головы.

Мы приносим носилки.

Кат покачивает головой:

— Такие молодые...

Он повторяет:

— Такие молодые, ни в чем не повинные парни...

Наши потери оказались меньше, чем можно было ожидать: пять убитых и восемь раненых. Это был лишь короткий огневой налет. Двое из убитых лежат в одной из развороченных могил; нам остается только засыпать их.

Мы отправляемся в обратный путь. Растянувшись цепочкой, мы молча бредем в затылок друг другу. Раненых отправляют на медицинский пункт. Утро пасмурное, санитары бегают с номерками и карточками, раненые тихо стонут. Начинается дождь.

Через час мы добираемся до наших машин и залегаем в них. Теперь нам уже не так тесно.

Дождь пошел сильнее. Мы разворачиваем плащ-палатки и натягиваем их на голову. Дождь барабанит по ним. С боков стекают струйки воды. Машины с хлюпаньем ныряют в выбоины, и мы раскачиваемся в полусне из стороны в сторону.

В передней части кузова стоят два солдата, которые держат в руках длинные палки с рогулькой на конце. Они следят за телефонными проводами, висящими поперек дороги так низко, что могут снести наши головы. Своими рогатками солдаты заранее подхватывают провод и приподнимают его над машиной. Мы слышим их возгласы: «Внимание — провод», приседаем в полусне и снова выпрямляемся.

Монотонно раскачиваются машины, монотонно звучат окрики, монотонно идет дождь. Вода льется на наши головы и на головы убитых на передовой, на тело маленького новобранца и на его рану, которая слишком велика для его бедра, она льется на могилу Кеммериха, она льется в наши сердца.

Где-то ударил снаряд. Мы вздрагиваем, глаза напряжены, руки вновь готовы перебросить тело через борт машины в придорожную канаву.

Но больше ничего не слышно. Лишь время от времени — монотонные возгласы: «Внимание — провод». Мы приседаем — мы снова дремлем.

V

Хлопотно убивать каждую вошь в отдельности, если их у тебя сотни. Эти твари не такие уж мягкие, и давить их ногтем в конце концов надоедает. Поэтому Тьяден взял крышечку от коробки с ваксой и приладил ее с помощью кусочка проволоки над горящим огарком свечи. Стоит только бросить вошь на эту маленькую сковородку, как сразу же раздается легкий треск и насекомому приходит конец.

Мы уселись в кружок, голые по пояс (в помещении тепло), держим рубашки на коленях, а наши руки заняты работой. У Хайе какая-то особая порода вшей: на голове у них красный крест. Он утверждает поэтому, что привез их с собой из лазарета в Туру и что он заполучил их непосредственно от одного майора медицинской службы. Их жир, который медленно скапливается в жестяной крышечке, Хайе собирается использовать для смазки сапог и целые полчаса оглушительно хохочет над своей шуткой.

Однако сегодня она не имеет у нас особенного успеха: мы слишком заняты другими мыслями.

Слух подтвердился: Химмельштос прибыл. Он появился у нас вчера, мы уже слышали его так хорошо знакомый нам голос. Говорят, что он переусердствовал, гоняя новобранцев. Он не знал, что среди них был сын одного очень крупного провинциального чиновника. Это его и погубило.

Здесь его многое ожидает. Вот уже несколько часов Тьяден обсуждает с нами, что он ему скажет, перебирая при этом всевозможные варианты. Хайе задумчиво поглядывает на свою огромную лапищу и подмигивает мне одним глазом. Избиение Химмельштоса было вершиной жизненного пути Хайе; он рассказывал мне, что и сейчас нередко видит эту сцену во сне.

Кропп и Мюллер беседуют. Кропп — единственный, у кого сегодня есть трофей: он раздобыл котелок чечевицы, вероятно, на кухне у саперов. Мюллер с жадностью косится на котелок, однако берет себя в руки и спрашивает:

— Альберт, что бы ты сделал, если бы сейчас вдруг объявили мир?

— Мир? Этого вообще не может быть! — отрезает Кропп.

— Ну, а все же, — настаивает Мюллер, — ну, что бы ты стал делать?

— Дернул бы отсюда! — ворчит Кропп.

— Это ясно. А потом?

— Напился бы, — говорит Альберт.

— Не трепись, я с тобой серьезно...

— И я тоже серьезно, — говорит Альберт. — А что же прикажешь делать еще?

Кат проявляет интерес к разговору. Он требует у Кроппа, чтобы тот выделил ему чечевицы, получает свою часть, затем долгое время размышляет и наконец высказывает свое мнение:

— Напиться, конечно, можно, а вообще-то айда на ближайшую станцию и домой, к бабе. Пойми ж ты, чудак человек, это ж мир...

Он роется в своем клеенчатом бумажнике, достает какую-то фотографию и с гордостью показывает ее всем по очереди:

— Моя старуха!

Затем он снова убирает фотографию и разражается бранью:

— Подлая война: черт ее побери...

— Тебе хорошо говорить, — вставляю я, — у тебя — сынишка и жена.

— Правильно, — подтверждает он, — и мне надо думать о том, как их прокормить.

Мы смеемся:

— За этим делом не станет, Кат: если понадобится, ты просто реквизируешь, что тебе нужно.

Мюллер голоден, и полученные ответы не удовлетворяют его. Он внезапно прерывает сладкие мечты Хайе Вестхуса, который мысленно избивает своего недруга.

— Хайе, а что бы стал делать ты, если бы сейчас наступил мир?

— На месте Хайе я бы хорошенько всыпал тебе по заднице, чтобы ты вообще не заводил здесь этих разговорчиков, — говорю я. — С чего это ты вдруг?

— С чего на крыше коровье дерьмо? — лаконично отвечает Мюллер и снова обращается к Хайе Вестхусу со своим вопросом.

Хайе трудно ответить с ходу. На его веснушчатом лице написано недоумение:

— Это когда уже не будет войны, так, что ли?

— Ну да. Какой ты у нас сообразительный!

— Так ведь после войны наверно опять будут бабы, верно? — Хайе облизывается.

— Будут и бабы.

— Вот житуха-то будет, забодай меня комар! — говорит Хайе, и лицо его оттаивает. — Тогда я подобрал бы себе крепкую бабенку, этакого, знаете ли, драгуна в юбке, чтоб было бы за что подержаться, и без долгих разговоров — в постельку. Нет, вы только подумайте, настоящая перина, да еще на пружинном матраце! Эх, ребята, да я целую неделю и штанов бы не надевал!

Все молчат. Слишком уж великолепна эта картина. Мороз пробегает у нас по коже. Наконец Мюллер собирается с духом и спрашивает:

— А потом?

Хайе молчит. Затем он несколько нерешительно заявляет:

— Если бы я был унтер-офицером, я бы еще остался на сверхсрочную.

— Хайе, ты просто не в своем уме, — говорю я.

Ничуть не обижаясь, он отвечает мне вопросом:

— А ты когда-нибудь резал торф? Поди, попробуй.

С этими словами он достает из-за голенища ложку и запускает ее в котелок Альберта.

— И все-таки это, наверно, не хуже, чем рыть окопы в Шампани, — отвечаю я.

Хайе жует и ухмыляется:

— Зато дольше. Да и отлынивать там нельзя.

— Но послушай, Хайе, чудак, дома-то ведь все-таки лучше!

— Как сказать, — говорит он и задумывается с открытым ртом.

На его лице написано, о чем он сейчас думает. Жалкая лачуга на болоте, тяжелая работа в знойной степи с раннего утра и до вечера, скудный заработок, грязная одежда поденщика...

— В мирное время на действительной можно жить припеваючи, — говорит он. — Каждый день тебе засыпают твой корм, а не то можешь устроить скандал: у тебя есть своя постель, каждую неделю чистое белье, как у господ; ты унтер-офицер, служишь свою службу, обмундирован с иголочки; по вечерам ты вольная птица и идешь себе в пивную.

Хайе чрезвычайно гордится своей идеей. Он просто влюблен в нее.

— А отслужил свои двенадцать лет — получай аттестат на пенсию и иди в сельские жандармы. Тогда можешь хоть целый день гулять.

От этих грез о будущем его бросает в пот.

— Ты только подумай, как тебя будут угощать! Здесь рюмка коньяку, там пол-литра. С жандармом небось каждый захочет дружить.

— Да ты ведь никогда не станешь унтером, Хайе, — вставляет Кат.

Хайе смущенно смотрит на него и умолкает. Наверно, он думает сейчас о ясных осенних вечерах, о воскресеньях в степи, звоне деревенских колоколов, о ночах, проведенных с батрачками, о гречишных пирогах с салом, о сельском трактире, где можно целыми часами беспечно болтать с друзьями...

Его воображение не в силах так быстро управиться с нахлынувшими на него картинами; поэтому он только раздраженно ворчит:

— И чего вы вечно лезете с вашими дурацкими расспросами?

Он натягивает на себя рубашку и застегивает куртку.

— А ты бы что сделал, Тьяден? — спрашивает Кропп.

Тьяден думает только об одном:

— Стал бы следить за Химмельштосом, чтобы не упустить его.

Дай Тьядену волю, он, пожалуй, посадил бы Химмельштоса в клетку, чтобы каждое утро нападать на него с дубинкой. Сейчас он опять размечтался и говорит, обращаясь к Кроппу:

— На твоем месте я постарался бы стать лейтенантом. Тогда бы ты мог гонять его, пока у него задница не взопреет.

— А ты, Детеринг? — продолжает допытываться Мюллер. С его любовью задавать вопросы ему бы только ребят учить.

Детеринг не охотник до разговоров. Но на этот вопрос он отвечает. Он смотрит в небо и произносит всего лишь одну фразу:

— Я подоспел бы как раз к уборке.

С этими словами он встает и уходит.

Его одолевают заботы. Хозяйство приходится вести жене. К тому же, у него еще забрали двух лошадей. Каждый день он читает доходящие до нас газеты: уж нет ли дождя в его родных краях в Ольденбурге? А то они не успеют убрать сено.

В этот момент появляется Химмельштос. Он направляется прямо к нам. Лицо Тьядена покрывается пятнами. Он растягивается во весь рост на траве и от волнения закрывает глаза.

Химмельштос ведет себя несколько нерешительно, он замедляет шаги. Но затем все-таки подходит к нам. Никто даже и не думает встать. Кропп с интересом разглядывает его.

Теперь он стоит перед нами и ждет. Видя, что все молчат, он пускает пробный шар:

— Ну как дела?

Проходит несколько секунд; Химмельштос явно не знает, как ему следует себя вести. С каким удовольствием он заставил бы нас сейчас сделать хорошую пробежку! Однако он, как видно, уже понял, что фронт — это не казармы. Он делает еще одну попытку, обращаясь на этот раз не ко всем сразу, а только к одному из нас; он надеется, что так скорее получит ответ. Ближе всех к нему сидит Кропп. Его-то Химмельштос и решает удостоить своим вниманием.

— Тоже здесь?

Но Альберт отнюдь не собирается напрашиваться к нему в друзья.

— Немножко подольше, чем вы, — кратко отвечает он.

Рыжие усы Химмельштоса подрагивают.

— Вы, кажется, меня не узнаете?

Тьяден открывает глаза:

— Нет, почему же?

Теперь Химмельштос поворачивается к нему:

— Ведь это Тьяден, не так ли?

Тьяден поднимает голову:

— А хочешь, я тебе скажу, кто ты?

Химмельштос обескуражен:

— С каких это пор мы с вами на ты? Мы, по-моему, еще в канаве вместе не валялись.

Он никак не может найти выход из создавшегося положения. Столь открытой вражды он от нас не ожидал. Но пока что он держит ухо востро, — наверно, ему уже успели наболтать про выстрелы в спину.

Слова Химмельштоса о канаве настолько разъярили Тьядена, что он даже становится остроумным:

— Нет, ты там один валялся.

Теперь и Химмельштос тоже кипит от злости. Однако Тьяден поспешно опережает его; ему не терпится высказать до конца свою мысль.

— Так сказать тебе, кто ты? Ты гад паршивый, вот ты кто! Я уж давно хотел тебе это сказать.

В его сонных свиных глазках светится торжество, — он много месяцев ждал той минуты, когда швырнет этого «гада» в лицо своему недругу.

Химмельштоса тоже прорвало:

— Ах ты щенок, грязная торфяная крыса! Встать, руки по швам, когда с вами разговаривает начальник!

Тьяден делает величественный жест:

— Вольно, Химмельштос. Кру-гом!

Химмельштос бушует. Это уже не человек, — это оживший устав строевой службы, негодующий на нарушителей. Сам кайзер не счел бы себя более оскорбленным, чем он. Он рявкает:

— Тьяден, я приказываю вам по долгу службы: встать!

— Еще что прикажете? — спрашивает Тьяден.

— Вы будете выполнять мой приказ или нет?

Тьяден отвечает, не повышая голоса, и, сам того не зная, заканчивает свою речь популярнейшей цитатой из немецкого классика[1]. Одновременно он оголяет свой тыл.

Химмельштос срывается с места, словно его ветром подхватило:

— Вы пойдете под трибунал!

Мы видим, как он убегает по направлению к ротной канцелярии.

Хайе и Тьяден оглушительно ржут, — так умеют хохотать только торфяники. У Хайе от смеха заскакивает челюсть, и он беспомощно мычит открытым ртом. Альберт вправляет ее ударом кулака.

Кат озабочен:

— Если он доложит, тебе несдобровать.

— А ты думаешь, он доложит? — спрашивает Тьяден.

— Обязательно, — говорю я.

---

[1] Нецензурное ругательство, пришедшее в немецкий язык из пьесы И. В. Гете «Гетц фон Берлихинген». «Цитировать “Гетца фон Берлихингена”» — выражаться нецензурно.

— Тебе закатят по меньшей мере пять суток строгого, — заявляет Кат.

Тьядена это ничуть не страшит.

— Пять суток в кутузке — это пять суток отдыха.

— А если в крепость? — допытывается более основательный Мюллер.

— Пока сидишь там, глядишь и отвоевался.

Тьяден — счастливчик. Он не знает, что такое заботы. В сопровождении Хайе и Леера он удаляется, чтобы не попасться начальству под горячую руку.

Мюллер все еще не закончил свой опрос. Он снова принимается за Кроппа:

— Альберт, ну а если ты и вправду попал бы сейчас домой, что б ты стал тогда делать?

Теперь Кропп наелся и стал от этого уступчивее:

— А сколько человек осталось от нашего класса?

Мы подсчитываем: семь человек из двадцати убиты, четверо — ранены, один — в сумасшедшем доме. Значит, нас набралось бы в лучшем случае двенадцать человек.

— Из них трое — лейтенанты, — говорит Мюллер. — Ты думаешь, они согласились бы, чтобы на них снова орал Канторек?

Мы думаем, что нет; мы тоже не захотели бы, чтобы он орал на нас.

— А как ты представляешь себе, что такое тройное действие в «Вильгельме Телле»? — вдруг вспоминает Кропп и хохочет до слез.

— Какие цели ставил перед собой геттингенский «Союз рощи»? — испытующе спрашивает Мюллер, внезапно переходя на строгий тон.

— Сколько детей было у Карла Смелого? — спокойно парирую я.

— Из вас ничего путного не выйдет, Боймер, — квакает Мюллер.

— Когда была битва при Заме? — интересуется Кропп.

— У вас нет прочных моральных принципов, Кропп, садитесь! Три с минусом! — говорю я, делая пренебрежительный жест рукой.

— Какие государственные задачи Ликург почитал важнейшими? — шипит Мюллер, поправляя воображаемое пенсне.

— Как нужно расставить знаки препинания во фразе: «Мы, немцы, не боимся никого, кроме бога?» — вопрошаю я.

— Сколько жителей насчитывает Мельбурн? — щебечет в ответ Мюллер.

— Как же вы будете жить, если даже этого не знаете? — спрашиваю я Альберта возмущенным тоном.

Но тот пускает в ход другой козырь:

— В чем заключается явление сцепления?

Мы уже успели основательно позабыть все эти премудрости. Они оказались совершенно бесполезными. Но никто не учил нас в школе, как закуривать под дождем и на ветру или как разжигать костер из сырых дров, никто не объяснял, что удар штыком лучше всего наносить в живот, а не в ребра, потому что в животе штык не застревает.

Мюллер задумчиво говорит:

— А что толку? Ведь нам все равно придется снова сесть на школьную скамью.

Я считаю, что это исключено:

— Может быть, нам разрешат сдавать льготные экзамены?

— Для этого нужна подготовка. И даже если ты их сдашь, что потом? Быть студентом не намного лучше. Если у тебя нет денег, тебе все равно придется зубрить.

— Нет, это, пожалуй, немного получше. Но и там тебе тоже будут вдалбливать всякую чушь.

Кропп настроен совершенно так же, как мы:

— Как можно принимать все это всерьез, если ты побывал здесь, на фронте?

— Но надо же тебе иметь профессию, — возражает Мюллер, точь-в-точь так, как говаривал Канторек.

Альберт вычищает ножом грязь из-под ногтей. Мы удивлены таким щегольством. Но он делает это просто потому, что задумался. Он отбрасывает нож и заявляет:

— В том-то и дело. И Кат, и Детеринг, и Хайе снова вернутся к своей профессии, потому что у них она уже была раньше. И Химмельштос — тоже. А вот у нас ее не было. Как же нам привыкнуть к какому-нибудь делу после всего этого? — Он кивает головой в сторону фронта.

— Хорошо бы стать рантье, тогда можно было бы жить где-нибудь в лесу, в полном одиночестве, — говорю я, но мне тотчас же становится стыдно за эти чрезмерные претензии.

— Что же с нами будет, когда мы вернемся? — спрашивает Мюллер, и даже ему становится не по себе.

Кропп пожимает плечами:

— Не знаю. Сначала надо остаться в живых, а там видно будет.

В сущности, никто из нас ничего не может сказать.

— Так что же мы стали бы делать? — спрашиваю я.

— У меня ни к чему нет охоты, — устало отвечает Кропп. — Ведь рано или поздно ты умрешь, так не все ли равно, что ты нажил? И вообще я не верю, что мы вернемся.

— Знаешь, Альберт, когда я об этом размышляю, — говорю я через некоторое время, переворачиваясь на спину, — когда я думаю о том, что однажды я услышу слово «мир» и это будет правда, мне хочется сделать что-нибудь немыслимое, — так опьяняет меня это слово. Что-нибудь такое, чтобы знать, что ты не напрасно валялся здесь в грязи, не напрасно попал в этот переплет. Только я ничего не могу придумать. То, что действительно можно сделать, вся эта процедура приобретения профессии, — сначала учеба, потом жалованье и так далее, — от этого меня с души воротит, потому что так было всегда, и все это отвратительно. Но ничего другого я не нахожу, ничего другого я не вижу, Альберт.

В эту минуту все кажется мне беспросветным, и меня охватывает отчаяние.

Кропп думает о том же.

— И вообще всем нам будет трудно. Неужели они там, в тылу, никогда не задумываются над этим? Два года подряд стрелять из винтовки и метать гранаты — это нельзя сбросить с себя, как сбрасывают грязное белье...

Мы приходим к заключению, что нечто подобное переживает каждый, — не только мы здесь, но и всякий, кто находится в том же положении, где бы он ни был; только одни чувствуют это больше, другие — меньше. Это общая судьба нашего поколения.

Альберт высказывает эту мысль вслух:

— Война сделала нас никчемными людьми.

Он прав. Мы больше не молодежь. Мы уже не собираемся брать жизнь с бою. Мы беглецы. Мы бежим от самих себя. От своей жизни. Нам было восемнадцать лет, и мы только еще начинали любить мир и жизнь; нам пришлось стрелять по ним. Первый же разорвавшийся снаряд попал в наше сердце. Мы отрезаны от разумной деятельности, от человеческих стремлений, от прогресса. Мы больше не верим в них. Мы верим в войну.

Канцелярия зашевелилась. Как видно, Химмельштос поднял там всех на ноги. Во главе карательного отряда трусит толстый фельдфебель. Любопытно, что почти все ротные фельдфебеля — толстяки.

За ним следует снедаемый жаждой мести Химмельштос. Его сапоги сверкают на солнце.

Мы встаем.

— Где Тьяден? — пыхтит фельдфебель.

Разумеется, никто этого не знает. Глаза Химмельштоса сверкают злобой.

— Вы, конечно, знаете. Только не хотите сказать. Признавайтесь, где он?

Фельдфебель рыскает глазами.

Тьядена нигде не видно. Тогда он пытается взяться за дело с другого конца:

— Через десять минут он должен явиться в канцелярию.

После этого он удаляется. Химмельштос следует в его кильватере.

— У меня предчувствие, что в следующий раз, когда будем рыть окопы, я случайно уроню моток проволоки Химмельштосу на ноги, — говорит Кропп.

— Да и вообще нам с ним будет не скучно, — смеется Мюллер.

Мы осмелились дать отпор какому-то жалкому почтальону и уже гордимся этим.

Я иду в барак и предупреждаю Тьядена, что ему надо исчезнуть.

Затем мы переходим на другое место и, развалясь на травке, снова начинаем играть в карты. Ведь все, что мы умеем, это играть в карты, сквернословить и воевать. Не очень много для двадцати — слишком много для двадцати лет.

Через полчаса Химмельштос снова наведывается к нам. Никто не обращает на него внимания. Он спрашивает, где Тьяден. Мы пожимаем плечами.

— Вас ведь послали за ним, — настаивает он.

— Что значит «послали»? — спрашивает Кропп.

— Ну, вам приказали...

— Я попросил бы вас выбирать выражения, — говорит Кропп начальственным тоном. — Мы не позволим обращаться к нам не по уставу.

Химмельштос огорошен:

— Кто это обращается к вам не по уставу?

— Вы!

— Я?

— Ну да.

Химмельштос напряженно думает. Он недоверчиво косится на Кроппа, не совсем понимая, что тот имеет в виду. Во всяком случае, на этот раз он не вполне уверен в себе и решает пойти нам навстречу:

— Так вы его не нашли?

Кропп ложится в траву и говорит:

— А вы хоть раз бывали здесь, на фронте?

— Это вас не касается, — решительно заявляет Химмельштос. — Я требую, чтобы вы мне ответили на мой вопрос.

— Ладно, отвечу, — говорит Кропп поднимаясь. — Посмотрите-ка вон туда, видите, на небе такие маленькие облачка? Это разрывы зениток. Вчера мы были там. Пять убитых, восемь раненых. А ведь ничего особенного вчера в общем-то и не было. В следующий раз, когда мы отправимся туда вместе с вами, рядовые не будут умирать, не спросив вашего разрешения. Они будут становиться перед вами во фронт, пятки вместе, носки врозь, и молодцевато спрашивать: «Разрешите выйти из строя? Дозвольте отправиться на тот свет!» Нам здесь так не хватало таких людей, как вы.

Сказав это, он снова садится. Химмельштос уносится стремительно, как комета.

— Трое суток ареста, — предполагает Кат.

— Следующий заход сделаю я, — говорю я Альберту.

Но нас больше не беспокоят. Зато вечером, во время поверки, нам устраивают допрос. В канцелярии сидит командир нашего взвода лейтенант Бертинк и вызывает всех по очереди.

Как свидетель, я тоже предстаю перед ним и излагаю обстоятельства, заставившие Тьядена взбунтоваться. История с «исцелением» Тьядена от недержания мочи производит сильное впечатление. Вызывают Химмельштоса, и я еще раз повторяю свои показания.

— Это правда? — спрашивает Бертинк Химмельштоса.

Тот пытается выкрутиться, но, когда Кропп подтверждает сказанное мною, ему в конце концов приходится признаться.

— Почему же никто не доложил об этом еще тогда? — спрашивает Бертинк.

Мы молчим, — ведь он сам прекрасно знает, что жаловаться на такие пустяки — это в армии гиблое дело. Да и вообще, какие могут быть жалобы на военной службе? Он, как видно, понимает нас и для начала распекает Химмельштоса, в энергичных выражениях разъясняя ему еще раз, что фронт это не казармы. Затем настает очередь Тьядена. С ним лейтенант обходится покруче. Он долго читает ему мораль и налагает на него трое суток ареста. Кроппу он подмигивает и велит записать ему одни сутки.

— Ничего не поделаешь, — говорит он ему с сожалением.

Он у нас умница.

Простой арест — приятное времяпрепровождение. Помещение для арестантов — бывший курятник; там они могут принимать гостей, мы знаем, как к ним пробраться.

Строгий арест пришлось бы отсиживать в погребе. Раньше нас еще привязывали к дереву, но сейчас это запрещено. Все-таки иногда с нами обращаются как с людьми.

Не успели Тьяден и Кропп отсидеть час за проволочной решеткой, как мы уже отправляемся навестить их. Тьяден встречает нас петушиным криком. Затем мы до поздней ночи играем в скат. Этот дурень Тьяден, как всегда, выигрывает.

Когда мы собираемся уходить, Кат спрашивает меня:

— Что ты скажешь насчет жареного гуся?

— Неплохо бы, — говорю я.

Мы забираемся на машину с боеприпасами. За проезд с нас берут две сигареты. Кат заметил место точно. Птичник принадлежит штабу одного из полков. Я берусь стащить гуся, и Кат меня инструктирует. Птичник находится за оградой, дверь не на замке, а только на колышке.

Кат подставляет мне руки, я упираюсь в них ногой и перелезаю через ограду. Кат остается стоять на стреме.

Несколько минут я стою на одном месте, чтобы дать глазам привыкнуть к темноте. Затем узнаю птичник. Тихонько подкрадываюсь к нему, нащупываю колышек, вытаскиваю его и открываю дверь.

Я различаю два белых пятна. Гусей двое — это нехорошо: одного схватишь, другой разгогочется. Значит, надо хватать обоих, только побыстрей, тогда дело выгорит.

Одним прыжком я бросаюсь на них. Одного мне удается схватить сразу же, через мгновение я держу и второго. Я с остервенением бью их головами об стену, чтобы оглушить. Но, должно быть, мне надо было двинуть их посильнее. Подлые твари хрипят и начинают бить лапами и хлопать крыльями. Я сражаюсь с ожесточением, но, бог ты мой, сколько силы у этакого вот гуся! Они тащат меня в разные стороны, так что я еле держусь на ногах. Жутко смотреть, как они трепыхаются в потемках, белые как простыни; у меня выросли крылья, я уже побаиваюсь, не вознесусь ли я на небо, в руках у меня словно два привязных аэростата.

Без шума дело все-таки не обошлось: одна из длинношеих птиц хлебнула воздуху и заверещала как будильник. Не успел я оглянуться, как что-то мягкое подкатилось к птичнику: я ощущаю толчок, падаю на землю и слышу злобное рычание. Собака... Я поглядываю на нее сбоку, она вот-вот готова вцепиться мне в глотку. Я тотчас же замираю и первым делом подтягиваю подбородок к воротнику своей солдатской куртки.

Это дог. Проходит целая вечность, прежде чем он убирает свою морду и садится рядом со мной. Но как только я пытаюсь шевельнуться, он рычит. Я размышляю. Единственное, что я могу сделать, — это как-нибудь дотянуться до моего револьвера. Так или иначе мне надо убраться отсюда, пока не пришли люди. Сантиметр за сантиметром я подбираюсь рукой к кобуре.

У меня такое ощущение, будто прошло уже несколько часов. Каждый раз легкое движение руки — и грозное рычание, затем полная неподвижность и новая попытка. Когда наконец револьвер оказался у меня в руке, она начинает дрожать. Я прижимаю ее к земле и уясняю себе план действий: рывком поднять револьвер, выстрелить, прежде чем дог успеет вцепиться и удрать.

Я делаю глубокие, медленные вдохи и успокаиваюсь. Затем, затаив дыхание, вскидываю револьвер. Выстрел. Дог с воем метнулся в сторону, я пробкой вылетаю в дверь и лечу кувырком, споткнувшись об одного из удравших гусей.

Я успеваю на бегу подхватить его, одним взмахом швыряю его через ограду и сам взбираюсь на нее. Я еще сижу на гребне стены, а дог уже оправился от испуга и прыгает, стараясь достать меня. Я кубарем скатываюсь на другую сторону. В десяти шагах от меня стоит Кат, с гусем под мышкой. Как только он замечает меня, мы убегаем.

Наконец нам можно немного отдышаться. У гуся уже скручена шея, с этим делом Кат управился за одну секунду. Мы решаем тотчас же изжарить его, чтобы никто ничего не заметил. Я приношу из барака кастрюли и дрова, и мы забираемся в маленький заброшенный сарайчик, который заранее держали на примете для подобных случаев. Мы плотно завешиваем единственное оконце. В сарае есть нечто вроде плиты: лист железа, положенный на кирпичи. Мы разводим огонь.

Кат ощипывает гуся и подготовляет его. Перья мы заботливо откладываем в сторону. Из них мы собираемся сделать для себя две подушечки с надписью: «Спокойно спи под грохот канонады!»

Над нашим убежищем навис отдаленный гул фронтовой артиллерии. По лицам нашим пробегают вспышки света, на стене пляшут тени. Порой слышится глухой треск, тогда наш сарайчик трясется. Это авиабомбы. Один раз до нас смутно доносятся крики. Должно быть, бомба угодила в барак.

Жужжат аэропланы, — раздается татаканье пулеметов. Но свет из сарая не проникает наружу, и никто не сможет заметить нас.

В глухую полночь сидим мы лицом к лицу, Кат и я, два солдата в заношенных куртках, и жарим гуся. Мы почти не разговариваем, но проявляем друг к другу столько самой нежной заботливости, что, пожалуй, на это вряд ли способны даже влюбленные. Мы два человеческих существа, две крошечные искорки жизни, а вокруг нас ночь и заколдованная черта смерти. Мы сидим у этой черты, под вечной угрозой, но под временной защитой. С наших рук капает жир, наши сердца так близки друг к другу, и в этот час в них происходит то же, что и вокруг нас: в свете неяркого огня от сердца к сердцу идут трепетные отблески и тени чувств. Что он знает обо мне? Что я о нем знаю? Раньше у нас не было бы ни одной сходной мысли, — теперь мы сидим перед гусем, и один ощущает присутствие другого, и один так близок другому, что нам не хочется об этом говорить.

Зажарить гуся — дело нескорое, даже если он молодой и жирный. Поэтому мы сменяем друг друга. Один поливает птицу жиром, другой тем временем спит. Мало-помалу в сарае разливается чудесный запах.

Проникающие снаружи звуки собираются в один пучок, начинают восприниматься как сон, однако сознание выключено еще не полностью. Я вижу в полусне, как Кат поднимает и опускает ложку, — я люблю его, люблю его плечи, его угловатую согнувшуюся фигуру, — и в то же время я вижу где-то позади него леса и звезды, и чей-то добрый голос произносит слова, и они успокаивают меня, солдата в больших сапогах, с поясным ремнем и с мешочком для сухарей, солдата, который шагает по уходящей вдаль дороге, такой маленький под высоким небосводом, солдата, который быстро забывает пережитое и только изредка бывает грустным, который все шагает и шагает под огромным пологом ночного неба.

Маленький солдат и добрый голос; если бы кто-нибудь вздумал ласково погладить этого солдата в больших сапогах и с засыпанным землей сердцем, он, наверно, уже не понял бы ласки, этот солдат, идущий вперед, потому что на нем сапоги, и забывший все, кроме того, что ему надо идти вперед. Что это там вдали? Как будто цветы и какой-то пейзаж, такой умиротворенный, что солдату хочется плакать. А может быть, перед ним витают те радости, которых он никогда не знал, а значит и не мог утратить, смущающие его душу и все-таки ушедшие для него навсегда? Может быть, это его двадцать лет?

Что это такое на моем лице? Уж не следы ли слез? И где я? Передо мной стоит Кат; его огромная горбатая тень как-то по-домашнему укрывает меня. Он что-то тихо говорит, улыбается и опять идет к огню.

Затем он говорит:

— Готово.

— Да, Кат.

Я стряхиваю с себя сон. Посреди сарая поблескивает румяная корочка жаркого. Мы достаем наши складные вилки и перочинные ножи, и каждый отрезает себе по ножке. Мы едим гуся с солдатским хлебом, макая его в подливку. Едим мы медленно, всецело отдаваясь наслаждению.

— Вкусно, Кат?

— Хорошо! А как тебе?

— Хорошо, Кат!

Сейчас мы братья, и мы подкладываем друг другу самые лакомые кусочки. Затем я выкуриваю сигарету, а Кат — сигару. От гуся еще много осталось.

— Кат, а что если мы снесем по куску Кроппу и Тьядену?

— Идет, — соглашается он. Мы отрезаем порцию и заботливо заворачиваем ее в кусок газеты. Остатки мы собираемся снести к себе в барак, но потом Кат смеется и произносит одно только слово:

— Тьяден.

Он прав, — нам действительно нужно взять с собой все. Мы отправляемся в курятник, чтобы разбудить Кроппа и Тьядена. Но сначала мы еще убираем перья.

Кропп и Тьяден принимают нас за каких-то призраков. Затем они начинают с хрустом работать челюстями. У Тьядена во рту крылышко, он держит его обеими руками, как губную гармонику, и жует. Он прихлебывает жир из кастрюли и чавкает.

— Этого я вам никогда не забуду!

Мы идем к себе в барак. Над нами снова высокое небо со звездами и с первыми проблесками рассвета, под ним шагаю я, солдат в больших сапогах и с полным желудком, маленький солдат на заре, а рядом со мной, согнувшийся, угловатый, идет Кат, мой товарищ.

В предрассветных сумерках очертания барака надвигаются на нас, как черный, благодатный сон.

VI

Поговаривают о наступлении. Нас отправляют на фронт на два дня раньше обычного. По пути мы проезжаем мимо разбитой снарядами школы. Вдоль ее фасада высокой двойной стеной сложены новенькие светлые неполированные гробы. Они еще пахнут смолой, сосновым деревом и лесом. Их здесь по крайней мере сотня.

— Однако они тут ничего не забыли для наступления, — удивленно говорит Мюллер.

— Это для нас, — ворчит Детеринг.

— Типун тебе на язык, — прикрикивает на него Кат.

— Будь доволен, если тебе еще достанется гроб, — зубоскалит Тьяден, — для тебя они просто подберут плащ-палатку по твоей комплекции, вот увидишь. По тебе ведь только в тире стрелять.

Другие тоже острят, хотя всем явно не по себе; а что же нам делать еще? Ведь гробы и в самом деле припасены для нас. Это дело у них хорошо поставлено.

Вся линия фронта находится в скрытом движении. Ночью мы пытаемся выяснить обстановку. У нас сравнительно тихо, поэтому мы слышим, как за линией обороны противника всю ночь катятся железнодорожные составы, безостановочно, до самого рассвета. Кат сказал, что французы не отходят, а, наоборот, подвозят войска, — войска, боеприпасы, орудия.

Английская артиллерия получила подкрепления, это мы слышим сразу же. Справа от фермы стоят по крайней мере четыре новые батареи двадцатилинеек, не считая старых, а за искалеченным тополем установлены минометы. Кроме того, сюда перебросили изрядное количество этих французских игрушек, что стреляют снарядами с ударными взрывателями.

Настроение у нас подавленное. Через два часа после того, как мы спустились в блиндажи, наши окопы обстреляла своя же артиллерия. Это уже третий случай за последний месяц. Пусть бы они еще ошибались в наводке, тогда никто бы им ничего не сказал, но это ведь все оттого, что стволы у орудий слишком разношены; рассеивание такое большое, что зачастую снаряды ложатся как попало и даже залетают на наш участок. Из-за этого сегодня ночью у нас было двое раненых.

Фронт — это клетка, и тому, кто в нее попал, приходится, напрягая нервы, ждать, что с ним будет дальше. Мы сидим за решеткой, прутья которой — траектории снарядов; мы живем в напряженном ожидании неведомого. Мы отданы во власть случая. Когда на меня летит снаряд, я могу пригнуться, — и это все; я не могу знать, куда он ударит, и никак не могу воздействовать на него.

Именно эта зависимость от случая и делает нас такими равнодушными. Несколько месяцев тому назад я сидел в блиндаже и играл в скат; через некоторое время я встал и пошел навестить своих знакомых в другом блиндаже. Когда я вернулся, от первого блиндажа почти ничего не осталось: тяжелый снаряд разбил его всмятку. Я опять пошел во второй и подоспел как раз вовремя, чтобы помочь его откапывать, — за это время его успело засыпать.

Меня могут убить, — это дело случая. Но то, что я остаюсь в живых, это опять-таки дело случая. Я могу погибнуть в надежно укрепленном блиндаже, раздавленный его стенами, и могу остаться невредимым, пролежав десять часов в чистом поле под шквальным огнем. Каждый солдат остается в живых лишь благодаря тысяче разных случаев. И каждый солдат верит в случай и полагается на него.

Нам надо присматривать за своим хлебом. За последнее время, с тех пор как в окопах больше не поддерживается порядок, у нас расплодились крысы. По словам Детеринга, это самый верный признак того, что скоро мы хлебнем горя.

Здешние крысы как-то особенно противны, уж очень они большие. Они из той породы, которую называют трупными крысами. У них омерзительные, злющие, безусые морды, и уже один вид их длинных, голых хвостов вызывает тошноту.

Их, как видно, мучит голод. Почти у каждого из нас они обглодали его порцию хлеба. Кропп крепко завязал свой хлеб в плащ-палатку и положил его под голову, но все равно не может спать, так как крысы бегают по его лицу, стараясь добраться до хлеба. Детеринг решил схитрить: он прицепил к потолку кусок тонкой проволоки и повесил на нее узелок с хлебом. Однажды ночью он включил свой карманный фонарик и увидел, что проволока раскачивается. Верхом на узелке сидела жирная крыса.

В конце концов мы решаем разделаться с ними. Мы аккуратно вырезаем обглоданные места; выбросить хлеб мы никак не можем, иначе завтра нам самим будет нечего есть.

Вырезанные куски мы складываем на пол в самой середине блиндажа. Каждый достает свою лопату и ложится, держа ее наготове. Детеринг, Кропп и Кат приготовились включить свои карманные фонарики.

Уже через несколько минут мы слышим шорохи и возню. Шорохи становятся громче, теперь уже можно различить царапанье множества крысиных лапок. Вспыхивают фонарики, и все дружно бьют лопатами по черному клубку, который с писком распадается. Результаты неплохие. Мы выгребаем из блиндажа искромсанные крысиные трупы и снова устраиваем засаду.

Нам еще несколько раз удается устроить это побоище. Затем крысы замечают что-то неладное, а может быть, они учуяли кровь. Больше они не появляются. Но остатки хлеба на полу на следующий день исчезают: они их все-таки растащили.

На соседнем участке они напали на двух больших кошек и собаку, искусали их до смерти и объели их трупы.

На следующий день нам выдают сыр. Каждый получает почти по четверти головки. С одной стороны это хорошо, потому что сыр — вкусная штука, но с другой стороны это плохо, так как до сих пор эти большие красные шары всегда были признаком того, что нам предстоит попасть в переплет. После того как нам выдали еще и водку, у нас стало еще больше оснований ждать беды. Выпить-то мы ее выпили, но все-таки при этом нам было не по себе.

Весь день мы соревнуемся в стрельбе по крысам и слоняемся как неприкаянные. Нам пополняют запасы патронов и ручных гранат. Штыки мы осматриваем сами. Дело в том, что у некоторых штыков на спинке лезвия есть зубья, как у пилы. Если кто-нибудь из наших попадется на той стороне с такой штуковиной, ему не миновать расправы. На соседнем участке были обнаружены трупы наших солдат, которых недосчитались после боя; им отрезали этой пилой уши и выкололи глаза. Затем им набили опилками рот и нос, так что они задохнулись.

У некоторых новобранцев есть еще штыки этого образца; эти штыки мы у них отбираем и достаем для них другие.

Впрочем, штык во многом утратил свое значение. Теперь пошла новая мода ходить в атаку: некоторые берут с собой только ручные гранаты и лопату. Отточенная лопата — более легкое и универсальное оружие, ею можно не только тыкать снизу, под подбородок, ею прежде всего можно рубить наотмашь. Удар получается более увесистый, особенно если нанести его сбоку, под углом, между плечом и шеей; тогда легко можно рассечь человека до самой груди. Когда колешь штыком, он часто застревает; чтобы его вытащить, нужно с силой упереться ногой в живот противника, а тем временем тебя самого свободно могут угостить штыком. К тому же он иногда еще и обламывается.

Ночью на наши окопы пускают газ. Мы ждем атаки и, приготовившись отбить ее, лежим в противогазах, готовые сбросить их, как только перед нами вынырнет силуэт первого солдата.

Но вот уже начинает светать, а у нас все по-прежнему спокойно. Только с тыловых дорог по ту сторону фронта все еще доносится этот изматывающий нервы гул. Поезда, поезда, машины, машины, — куда только стягивают все это? Наша артиллерия все время бьет в том направлении, но гул не смолкает, он все еще не смолкает...

У нас усталые лица, мы не глядим друг на друга.

— Опять будет то же самое, как в тот раз на Сомме; там нас после этого семь суток держали под ураганным огнем, — мрачно говорит Кат.

С тех пор как мы здесь, он даже перестал острить, а это плохо, — ведь Кат старый окопный волк, у него на все есть чутье. Один только Тьяден радуется усиленным порциям и рому; он даже считает, что в нашу смену здесь вообще ничего не случится и мы так же спокойно вернемся на отдых.

Нам уже начинает казаться, что так оно и будет.

Проходят дни за днями. Ночью я сижу в ячейке на посту подслушивания. Надо мной взлетают и опускаются осветительные ракеты и световые парашюты. — Все во мне настороже, все напряжено, сердце колотится. Мои глаза то и дело задерживаются на светящемся циферблате часов: стрелка словно топчется на одном месте. Сон смежает мне веки, я шевелю пальцами в сапогах, чтобы не уснуть. За мою смену ничего нового не происходит; я слышу только гул колес с той стороны. Постепенно мы успокаиваемся и все время режемся в скат по большой. Может быть, нам еще повезет.

Днем в небе роем висят привязные аэростаты. Говорят, что во время наступления аэропланы пехоты и танки будут на этот раз брошены также и на наш участок. Но сейчас нас гораздо больше интересует то, что рассказывают о новых огнеметах.

Среди ночи мы просыпаемся. Земля гудит. Над нами тяжелая завеса огня. Мы жмемся по углам. По звуку можно различить снаряды всех калибров.

Каждый хватается за свои вещи и то и дело проверяет, все ли на месте. Блиндаж дрожит, ночь ревет и мечет молнии. При свете мгновенных вспышек мы смотрим друг на друга. Лица у всех побледнели, губы сжаты; мы только головой качаем: что же это делается?

Каждый ощущает всем своим телом, как тяжелые снаряды сносят бруствер окопа, как они вскапывают откос блиндажа и крошат лежащие сверху бетонные глыбы. Порой мы различаем более глухой, более сокрушительный, чем обычно, удар, словно разъяренный хищник бешено вонзает когти в свою жертву, — это прямое попадание в окоп. Наутро некоторые новобранцы позеленели с лица, и их уже рвет. Они еще совсем необстрелянные.

В убежище медленно просачивается неприятно серый свет, и вспышки падающих снарядов становятся бледнее. Наступило утро. Теперь к огню артиллерии прибавились разрывы мин. Нет ничего ужаснее, чем этот неистовой силы смерч. Там, где он пронесся, остается братская могила.

Новая смена наблюдателей отправляется на посты, отдежурившие вваливаются в окоп, забрызганные грязью, дрожащие. Один из них молча ложится в угол и начинает есть; другой, вновь призванный резервист, судорожно всхлипывает; его дважды перебрасывало взрывной волной через бруствер, но он отделался только нервным шоком.

Новобранцы поглядывают на него. Такое состояние быстро передается другим, нам нужно быть начеку, кое у кого из них уже начинают подрагивать губы. Хорошо, что ночь прошла; быть может, атака начнется в первой половине дня.

Огонь не утихает. Местность позади нас тоже под обстрелом. Куда ни взглянешь, повсюду взлетают фонтаны грязи и металла. Противник обстреливает очень широкую полосу.

Атака не начинается, но снаряды все еще рвутся. Мы постепенно глохнем. Теперь уже почти все молчат. Все равно никто не может понять друг друга.

От нашего окопа почти ничего не осталось. В некоторых местах его глубина достигает всего лишь каких-нибудь полметра, он весь скрылся под ямами, воронками и грудами земли. Прямо перед нашим убежищем разрывается снаряд. Тотчас же вокруг становится темно. Наше убежище засыпало, и нам приходится откапывать себя. Через час мы снова освободили вход, и нам стало спокойнее, потому что мы были заняты делом.

К нам спускается наш командир роты и рассказывает, что у нас разрушены два блиндажа. При виде его новобранцы успокаиваются. Он говорит, что сегодня вечером будет сделана попытка доставить нам еду. Это утешительная новость. Никто об этом и не думал, кроме Тьядена. Это уже какая-то ниточка, протянувшаяся к нам из внешнего мира; если вспомнили о еде, значит дело не так уж плохо, думают новобранцы. Мы их не разубеждаем, нам-то известно, что еда — это так же важно, как боеприпасы, и только поэтому ее во что бы то ни стало надо доставить.

Но первая попытка кончается неудачей. Высылают еще одну команду. Ей тоже приходится повернуть назад. Наконец подносчиков возглавляет Кат, но и он возвращается с пустыми руками. Под этим огнем никто не проскочит, он так плотен, что через него и мышь не прошмыгнет.

Мы затягиваем наши ремни на последнюю дырочку и жуем каждый кусок хлеба втрое дольше обыкновенного. И все же его не хватает; у нас животы подвело от голода. Один ломтик у меня еще остался про запас; мякиш я съедаю, а корку оставляю в мешочке; время от времени я принимаюсь ее сосать.

Ночь тянется невыносимо долго. Мы не можем уснуть, мы смотрим перед собой осоловелыми глазами и дремлем. Тьядену жалко тех обглоданных кусочков хлеба, которые мы извели на приманку для крыс; их надо было бы просто припрятать. Сейчас любой из нас съел бы их. Воды нам тоже не хватает, но это пока еще терпимо.

Под утро, когда еще совсем темно, у нас начинается переполох. Стая спасающихся бегством крыс врывается через входную дверь и начинает быстро карабкаться по стенам. Карманные фонарики освещают отчаянно мечущихся животных. Все кричат, ругаются и бьют крыс чем попало. Это взрыв ярости и отчаяния, которые в течение долгих часов не находили себе разрядки. Лица искажены злобой, руки наносят удары, крысы пищат. Все так разошлись, что уже трудно угомониться, — еще немного, и мы набросимся друг на друга.

Этот взрыв энергии совсем измотал нас. Мы лежим и снова начинаем ждать. Просто чудо, что в нашем блиндаже все еще нет потерь. Это одно из немногих глубоких убежищ, которые до сих пор уцелели.

В блиндаж ползком пробирается унтер-офицер; в руках у него буханка хлеба; ночью троим из наших все же удалось проскочить под огнем и принести кое-что поесть. Они рассказали, что полоса обстрела тянется до самых артиллерийских позиций и огонь там такой же плотный. Просто удивительно, откуда у них на той стороне столько пушек!

Нам приходится ждать, бесконечно долго ждать. Среди дня случается то, чего я ожидал. У одного из новобранцев — припадок. Я давно уже наблюдал за ним. Он беспокойно двигал челюстями и то сжимал, то разжимал кулаки. Мы не раз видели такие вот затравленные, вылезающие из орбит глаза. За последние часы он только с виду присмирел. Сейчас он весь внутренне осел, как подгнившее дерево.

Он встает, бесшумно ползет через весь блиндаж, на минуту останавливается и затем подкатывается к выходу. Я переворачиваюсь на другой бок:

— Ты куда это?

— Я сейчас же вернусь, — говорит он и хочет обойти меня.

— Обожди немного, огонь уже стихает.

Он прислушивается, и на одно мгновение его глаза проясняются. Затем в них снова появляется мутный блеск, как у бешеной собаки. Он молча отпихивает меня.

— Минутку, братец, — зову я его.

Кат насторожился. Как раз в тот момент, когда новобранец отталкивает меня, он хватает его за руку, и мы крепко держим его.

Он тотчас же начинает буянить:

— Пустите меня, пустите, я хочу выйти отсюда!

Он ничего не хочет слушать, брыкается и дерется, с его покрытых пеной губ непрестанно срываются слова, нечленораздельные, бессмысленные. Это приступ особого страха, когда человек боится остаться в блиндаже, — ему кажется, что он здесь задохнется, и он весь во власти одного только стремления — выбраться наружу. Если бы мы отпустили его, он побежал бы куда глаза глядят, позабыв, что надо укрыться. Он не первый.

Он уже закатил глаза и так буйствует, что приходится его поколотить, чтобы он образумился, — ничего другого не остается. Мы проделываем это быстро и безжалостно, и нам удается добиться того, что он пока что сидит смирно. Увидев эту сцену, остальные новобранцы побледнели; будем надеяться, что это их припугнет. Сегодняшний ураганный огонь — слишком тяжелое испытание для этих несчастных парней, — с полевого пересыльного пункта они сразу же попали в такую переделку, от которой даже и бывалому человеку впору поседеть.

После этого случая спертый воздух блиндажа еще больше раздражает нас. Мы сидим в собственной могиле и ждем только того, чтобы нас засыпало.

Неистовый вой и ослепительная вспышка. Блиндаж трещит по всем швам от угодившего в него снаряда, к счастью, легкого, так что бетонная кладка выдержала удар. Слышится звон металла и еще какой-то страшный скрежет, стены ходят ходуном, винтовки, каски, земля, грязь и пыль взлетают к потолку. Снаружи проникает густой, пахнущий серой дым. Если бы мы сидели не в прочном убежище, а в одном из тех балаганчиков, что стали строить в последнее время, никто из нас не остался бы в живых.

Но и сейчас этот снаряд наделал нам немало хлопот. Давешний новобранец снова разбушевался, и его примеру последовали еще двое. Один из них вырывается и убегает. Мы возимся с двумя другими. Я бросаюсь вслед за беглецом и уже подумываю, не выстрелить ли ему в ноги, но тут что-то со свистом несется на меня. Я распластываюсь на земле, а когда поднимаюсь, стенка окопа уже облеплена горячими осколками, кусками мяса и обрывками обмундирования. Я снова залезаю в блиндаж.

Первый новобранец, как видно, и в самом деле сошел с ума. Когда мы его отпускаем, он пригибает голову, как козел, и бьется лбом о стену. Ночью надо будет попытаться отправить его в тыл. Пока что мы связываем его, но с таким расчетом, чтобы можно было сразу же освободить, если начнется атака.

Кат предлагает сыграть в карты, — делать-то все равно нечего, может быть, от этого нам станет легче. Но игра не клеится, — мы прислушиваемся к каждому снаряду, рвущемуся поближе к нам, и сбиваемся при подсчете взяток или же сбрасываем не ту масть. Нам приходится отказаться от этой затеи. Мы сидим словно в оглушительно грохочущем котле, по которому со всех сторон стучат палками.

Еще одна ночь. Теперь мы уже отупели от напряжения. Это то убийственное напряжение, когда кажется, что тебе царапают спинной мозг зазубренным ножом. Ноги отказываются служить, руки дрожат, тело стало тоненькой пленкой, под которой прячется с трудом загнанное внутрь безумие, таится каждую минуту готовый вырваться наружу безудержный, бесконечный вопль. Мы стали бесплотными, у нас больше нет мускулов, мы уже стараемся не смотреть друг на друга, опасаясь, что сейчас произойдет что-то непредвиденное и страшное. Мы плотно сжимаем губы. Это пройдет... Это пройдет... Быть может, мы еще уцелеем.

Внезапно ближние разрывы разом смолкают. Огонь все еще продолжается, но теперь он перенесен назад, наша позиция вышла из-под обстрела. Мы хватаем гранаты, забрасываем ими подход к блиндажу и выскакиваем наружу. Ураганный огонь прекратился, но зато по местности позади нас ведется интенсивный заградительный огонь. Сейчас будет атака.

Никто не поверил бы, что в этой изрытой воронками пустыне еще могут быть люди, но сейчас из окопов повсюду выглядывают стальные каски, а в пятидесяти метрах от нас уже установлен пулемет, который тотчас же начинает строчить.

Проволочные заграждения разнесены в клочья. Но все же они еще могут на некоторое время задержать противника. Мы видим, как приближаются атакующие. Наша артиллерия дает огоньку. Стучат пулеметы, потрескивают ружейные выстрелы. Атакующие подбираются все ближе. Хайе и Кропп начинают метать гранаты. Они стараются бросать как можно чаще, мы заранее оттягиваем для них рукоятки. Хайе бросает на шестьдесят метров, Кропп — на пятьдесят, это уже испробовано, а такие вещи важно знать точно. На бегу солдаты противника почти ничего не смогут сделать, сначала им надо подойти к нам метров на тридцать.

Мы различаем перекошенные лица, плоские каски. Это французы. Они добрались до остатков проволочных заграждений и уже понесли заметные на глаз потери. Одну из их цепей скашивает стоящий рядом с нами пулемет; затем он начинает давать задержки при заряжании, и французы подходят ближе.

Я вижу, как один из них падает в рогатку, высоко подняв лицо. Туловище оседает вниз, руки принимают такое положение, будто он собрался молиться. Потом туловище отваливается совсем, и только оторванные по локоть руки висят на проволоке.

В ту минуту, когда мы начинаем отходить, впереди над землей приподнимаются три головы. Под одной из касок — темная острая бородка и два глаза, пристально глядящих прямо на меня. Я поднимаю руку с гранатой, но не могу метнуть ее в эти странные глаза. На мгновение вся панорама боя кружится в каком-то шальном танце вокруг меня и этих двух глаз, которые кажутся мне единственной неподвижной точкой. Затем голова в каске зашевелилась, показалась рука, — она делает какое-то движение, и моя граната летит туда, прямо в эти глаза.

Мы бежим назад, заваливаем окоп рогатками и, отбежав на известное расстояние, бросаем в сторону взведенные гранаты, чтобы обеспечить свое отступление огневым прикрытием. Пулеметы следующей позиции открывают огонь.

Мы превратились в опасных зверей. Мы не сражаемся, мы спасаем себя от уничтожения. Мы швыряем наши гранаты в людей,

— какое нам сейчас дело до того, люди или не люди эти существа с человеческими руками и в касках? В их облике за нами гонится сама смерть, впервые за три дня мы можем взглянуть ей в лицо, впервые за три дня мы можем от нее защищаться, нами владеет бешеная ярость, мы уже не бессильные жертвы, ожидающие своей судьбы, лежа на эшафоте; теперь мы можем разрушать и убивать, чтобы спастись самим, чтобы спастись и отомстить за себя.

Мы укрываемся за каждым выступом, за каждым столбом проволочного заграждения, швыряем под ноги наступающим снопы осколков и снова молниеносно делаем перебежку. Грохот рвущихся гранат с силой отдается в наших руках, в наших ногах. Сжавшись в комочек, как кошки, мы бежим, подхваченные этой неудержимо увлекающей нас волной, которая делает нас жестокими, превращает нас в бандитов, убийц, я сказал бы — в дьяволов, и, вселяя в нас страх, ярость и жажду жизни, удесятеряет наши силы, — волной, которая помогает нам отыскать путь к спасению и победить смерть. Если бы среди атакующих был твой отец, ты не колеблясь метнул бы гранату и в него!

Мы сдаем окопы первой позиции. Но разве это теперь окопы? Они разбиты, уничтожены, от них остались лишь отдельные участки траншеи, ямы, связанные ходами сообщения, да кое-где огневые точки в воронках, — вот и все. Зато потери французов становятся все более чувствительными. Они не ожидали встретить столь упорное сопротивление.

Скоро полдень. Солнце печет, пот щиплет глаза, мы вытираем его рукавом, иногда на рукаве оказывается кровь. Показался первый более или менее уцелевший окоп. В нем сидят солдаты, они приготовились к контратаке, и мы присоединяемся к ним. Наша артиллерия открывает мощный огонь и не дает нам сделать бросок. Бегущие за нами цепи тоже приостанавливаются. Они не могут продвигаться. Атака захлебнулась по вине нашей же артиллерии. Мы выжидаем... Огонь перекатывается на сто метров дальше, и мы снова прорываемся вперед. Рядом со мной одному ефрейтору оторвало голову. Он пробегает еще несколько шагов, а кровь из его шеи хлещет фонтаном.

До настоящей рукопашной схватки дело не доходит, так как французам приходится поспешно отойти. Мы добегаем до наших разрушенных траншей, вновь захватываем их и продолжаем наступать дальше.

О, эти броски вперед после отступления! Ты уже добрался до спасительных запасных позиций, тебе хочется проползти через них ужом, скрыться, исчезнуть, и вот приходится поворачивать обратно и снова идти в этот ад. В эти минуты мы действуем как автоматы, — иначе мы остались бы лежать в окопе, обессиленные, безвольные. Но что-то увлекает нас за собой, и мы идем вперед, помимо нашей воли и все-таки с неукротимой яростью и бешеной злобой в сердце, — идем убивать, ибо перед нами те, в ком мы сейчас видим наших злейших врагов. Их винтовки и гранаты направлены на нас, и если мы не уничтожим их, они уничтожат нас!

По бурой земле, изорванной, растрескавшейся бурой земле, отливающей жирным блеском под лучами солнца, двигаются тупые, не знающие усталости люди-автоматы. Наше тяжелое, учащенное дыхание — это скрежет раскручивающейся в них пружины, наши губы пересохли, голова налита свинцом, как после ночной попойки. Мы еле держимся на ногах, но все же тащимся вперед, а в наше изрешеченное, продырявленное сознание с мучительной отчетливостью врезается образ бурой земли с жирными пятнами солнца и с корчащимися или уже мертвыми телами солдат, которые лежат на ней, как это так и надо, солдат, которые хватают нас за ноги, кричат, когда мы перепрыгиваем через них.

Мы утратили всякое чувство близости друг к другу, и когда наш затравленный взгляд останавливается на ком-нибудь из товарищей, мы с трудом узнаем его. Мы бесчувственные мертвецы, которым какой-то фокусник, какой-то злой волшебник вернул способность бегать и убивать.

Один молодой француз отстал. Наши настигают его, он поднимает руки, в одной из них он держит револьвер. Непонятно, что он хочет делать — стрелять или сдаваться. Ударом лопаты ему рассекают лицо. Увидев это, другой француз пытается уйти от погони, но в его спину с хрустом вонзается штык. Он высоко подпрыгивает и, расставив руки, широко раскрыв кричащий рот, шатаясь из стороны в сторону, бежит дальше; штык, покачиваясь, торчит из его спины. Третий бросает свою винтовку и присаживается на корточки, закрывая глаза руками. Вместе с несколькими другими пленными он остается позади, чтобы унести раненых.

Продолжая преследование, мы неожиданно натыкаемся на вражеские позиции.

Мы так плотно насели на отходящих французов, что нам удается прибежать почти одновременно с ними.

Поэтому потерь у нас немного. Какой-то пулемет подал было голос, но граната заставляет его замолчать. И все же за эти несколько секунд пятеро наших солдат успели получить ранение в живот. Кат наносит удар прикладом одному из уцелевших пулеметчиков, превращая его лицо в кровавое месиво. Остальных мы приканчиваем, прежде чем они успевают схватиться за гранаты. Затем мы с жадностью выпиваем воду из пулеметных кожухов.

Повсюду щелкают перерезающие проволоку кусачки, хлопают перебрасываемые через заграждения доски, и мы проскакиваем сквозь узкие проходы во вражеские траншеи. Хайе вонзает свою лопату в шею какого-то великана-француза и бросает первую гранату. На несколько секунд мы приседаем за бруствером, затем лежащий перед нами прямой участок окопа оказывается свободным. Еще один бросок, и шипящие осколки прокладывают нам путь в следующую, скрытую за поворотом траншею. На бегу мы швыряем в двери блиндажей связки гранат, земля вздрагивает, слышатся треск и стоны, все обволакивается дымом, мы спотыкаемся о скользкие куски мяса, я падаю на чей-то вспоротый живот, на котором лежит новенькая, чистенькая офицерская фуражка.

Бой приостанавливается: мы оторвалась от противника. Нам здесь долго не продержаться, поэтому нас решают отвести под прикрытием нашей артиллерии на старые позиции. Узнав об этом, мы сломя голову бросаемся в ближайшие убежища, — прежде чем удрать, — нам надо еще запастись консервами, и мы хватаем все, что попадается под руку, в первую очередь — банки с тушенкой и с маслом.

Мы благополучно возвращаемся на наши прежние позиции. Пока что нас не атакуют. Больше часа мы отлеживаемся, тяжело переводя дыхание и не разговаривая друг с другом. Мы настолько выдохлись, что, несмотря на сильный голод, даже не вспоминаем о консервах. Лишь постепенно мы снова начинаем напоминать людей.

Трофейная тушенка славится по всему фронту. Она даже является иногда главной целью тех внезапных ударов, которые время от времени предпринимаются с нашей стороны, — ведь кормят нас плохо и мы постоянно голодны.

Всего мы сцапали пять банок. Да, со снабжением у них там дело хорошо поставлено, ничего не скажешь, это просто здорово; не то что наш брат, которого держат впроголодь, на повидле из репы; мяса у них хоть завались, — стоит только руку протянуть. Хайе раздобыл, кроме того, длинную французскую булку и засунул ее за ремень, как лопату. С одного конца она немного запачкана кровью, но это можно отрезать.

Просто счастье, что теперь мы можем как следует поесть, — нам еще понадобится наша сила. Поесть досыта — это так же ценно, как иметь надежный блиндаж; вот почему мы с такой жадностью охотимся за едой, — ведь она может спасти нам жизнь.

Тьяден захватил еще один трофей: две фляжки коньяку. Мы пускаем их по кругу.

Артиллерия противника, по обыкновению, благословляет нас на сон грядущий. Наступает ночь, из воронок поднимаются облачка тумана, как будто там обитают какие-то таинственные призраки. Белая пелена робко стелется по дну ямы, словно не решаясь переползти через край. Затем от воронки к воронке протягиваются длинные полосы.

Стало свежо. Я стою на посту и вглядываюсь в ночной мрак. Я чувствую себя расслабленным, как всегда бывает после атаки, и мне становится трудно оставаться наедине со своими мыслями. Собственно говоря, это не мысли, — это воспоминания, которые застали меня врасплох в эту минуту слабости и пробудили во мне странные чувства.

В небо взвиваются осветительные ракеты, и я вижу перед собой картину: летний вечер, я стою в крытой галерее во внутреннем дворе собора и смотрю на высокие кусты роз, цветущих в середине маленького садика, где похоронены члены соборного капитула. Вокруг стоят статуи, изображающие страсти Христовы. Во дворе ни души, невозмутимая тишина объемлет этот цветущий уголок, теплое солнце лежит на толстых серых плитах, я кладу на них руку и ощущаю тепло. Над правым углом шиферной крыши парит зеленая башня собора, высоко уходящая в блеклую, мягкую синеву вечера. Между озаренными колоннами опоясывающей дворик галереи — прохладный сумрак, какой бывает только в церквах. Я стою в нем и думаю о том, что в двадцать лет я познал те смущающие воображение тайны, которые связаны с женщинами.

Картина ошеломляюще близка, и пока она не исчезает, стертая вспышкой следующей ракеты, я чувствую себя там, в галерее собора.

Я беру свою винтовку и ставлю ее прямо. Ствол отпотел, я крепко сжимаю его рукой и растираю пальцами капельки тумана.

На окраине нашего города, среди лугов, над ручьем возвышался ряд старых тополей. Они были видны издалека, и хотя стояли только в один ряд, их называли Тополевой аллеей. Они полюбились нам, когда мы были еще детьми, нас почему-то влекло к ним, мы проводили возле них целые дни и слушали их тихий шелест. Мы сидели под ними на берегу, свесив ноги в светлые, торопливые волны ручья. Свежий запах воды и мелодия ветра в ветвях тополей безраздельно владели нашим воображением. Мы очень любили их, и у меня до сих пор сильнее бьется сердце, когда порой передо мной промелькнут видения тех дней.

Удивительно, что все встающие передо мной картины прошлого обладают двумя свойствами. Они всегда дышат тишиной, это в них самое яркое, и даже когда в действительности дело обстояло не совсем так, от них все равно веет спокойствием. Это беззвучные видения, которые говорят со мной взглядами и жестами, без слов, молча, и в их безмолвии есть что-то потрясающее, так что я вынужден ущипнуть себя за рукав и потрогать винтовку, чтобы не уступить соблазну слиться с этой тишиной, раствориться в ней, чтобы не поддаться желанию лечь, растянуться во весь рост, сладко отдаваясь безмолвной, но властной силе воспоминаний.

Мы уже не можем представить себе, что такое тишина. Вот почему она так часто присутствует в наших воспоминаниях. На фронте тишины не бывает, а он властвует на таком большом пространстве, что мы никогда не находимся вне его пределов. Даже на сборных пунктах и в лагерях для отдыха в ближнем тылу всегда стоят в наших ушах гудение и приглушенный грохот канонады. Мы никогда не удаляемся на такое расстояние, чтобы не слышать их. А в последние дни грохот был невыносимым.

Эта тишина — причина того, что образы прошлого пробуждают не столько желания, сколько печаль, безмерную, неуемную тоску. Оно было, но больше не вернется. Оно ушло, стало другим миром, с которым для нас все покончено. В казармах эти образы прошлого вызывали у нас бурные порывы мятежных желаний. Тогда мы были еще связаны с ним, мы принадлежали ему, оно принадлежало нам, хотя мы и были разлучены. Эти образы всплывали при звуках солдатских песен, которые мы пели, отправляясь по утрам в луга на строевые учения; справа — алое зарево зари, слева — черные силуэты леса; в ту пору они были острым, отчетливым воспоминанием, которое еще жило в нас и исходило не извне, а от нас самих.

Но здесь, в окопах, мы его утратили. Оно уже больше не пробуждается в нас, — мы умерли, и оно отодвинулось куда-то вдаль, оно стало загадочным отблеском чего-то забытого, видением, которое иногда предстает перед нами; мы его боимся и любим его безнадежной любовью. Видения прошлого сильны, и наша тоска по прошлому тоже сильна, но оно недостижимо, и мы это знаем. Вспоминать о нем так же безнадежно, как ожидать, что ты станешь генералом.

И даже если бы нам разрешили вернуться в те места, где прошла наша юность, мы, наверно, не знали бы, что нам там делать. Те тайные силы, которые чуть заметными токами текли от них к нам, уже нельзя воскресить. Вокруг нас были бы те же виды, мы бродили бы по тем же местам; мы с любовью узнавали бы их и были бы растроганы, увидев их вновь. Но мы испытали бы то же самое чувство, которое испытываешь, задумавшись над фотографией убитого товарища: это его черты, это его лицо, и пережитые вместе с ним дни приобретают в памяти обманчивую видимость настоящей жизни, но все-таки это не он сам.

Мы не были бы больше связаны с этими местами, как мы были связаны с ними раньше. Ведь нас влекло к ним не потому, что мы сознавали красоту этих пейзажей и разлитое в них особое настроение, — нет, мы просто чувствовали, что мы одно целое со всеми вещами и событиями, составляющими фон нашего бытия, испытывали чувство братской близости к ним, чувство, которое выделяло нас как одно поколение, так что мир наших родителей всегда казался нам немного непонятным. Мы так нежно и самозабвенно любили все окружающее, и каждая мелочь была для нас ступенькой, ведущей в бесконечность. Быть может, то была привилегия молодости, — нам казалось, что в мире нет никаких перегородок, мы не допускали мысли о том, что все имеет свой конец; мы предчувствовали кровь, и это предчувствие делало каждого из нас одной из струек в потоке жизни.

Сегодня мы бродили бы по родным местам как заезжие туристы. Над нами тяготеет проклятие — культ фактов. Мы различаем вещи, как торгаши, и понимаем необходимость, как мясники. Мы перестали быть беспечными, мы стали ужасающе равнодушными. Допустим, что мы останемся в живых; но будем ли мы жить?

Мы беспомощны, как покинутые дети, и многоопытны, как старики, мы стали черствыми, и жалкими, и поверхностными, — мне кажется, что нам уже не возродиться.

У меня мерзнут руки, а по коже пробегает озноб, хотя ночь теплая. Холодок чувствуется только от тумана, этого жуткого тумана, который обволакивает лежащих перед нашими окопами мертвецов и высасывает из них последние, притаившиеся где-то внутри остатки жизни. Завтра они станут бледными и зелеными, а их кровь застынет и почернеет.

Осветительные ракеты все еще взлетают в небо и бросают свой беспощадный свет на окаменевший пейзаж — облитые холодным сиянием кратеры, как на луне. В мои мысли закрадываются страх и беспокойство, их занесла туда бегущая под кожей кровь. Мысли слабеют и дрожат, им хочется тепла и жизни. Им не выдержать без утешения и обмана, они путаются при виде неприкрытого лика отчаяния.

Я слышу побрякивание котелков и сразу же ощущаю острую потребность съесть чего-нибудь горячего, — от этого мне станет лучше, это успокоит меня. Я с трудом заставляю себя дождаться смены.

Затем я иду в блиндаж, где мне оставлена миска с перловой кашей. Каша вкусная, с салом, я ем ее не торопясь. Но я ни с кем не говорю, хотя все повеселели, потому что огонь смолк.

Проходит день за днем, и каждый час кажется чем-то непостижимым и в то же время обыденным. Атаки чередуются с контратаками, и на изрытом воронками поле между двумя линиями окопов постепенно скапливается все больше убитых. Раненых, которые лежат неподалеку, нам обычно удается вынести. Однако некоторым приходится лежать долго, и мы слышим, как они умирают.

Одного из них мы тщетно разыскиваем целых двое суток. По всей вероятности, он лежит на животе и не может перевернуться. Ничем другим нельзя объяснить, почему мы никак не можем найти его, —

ведь если не удается установить, откуда слышится крик, то это может быть только оттого, что раненый кричит, прижавшись ртом к самой земле.

Должно быть, у бедняги какая-то особенно болезненная рана; видно, это один из тех скверных случаев, когда ранение не настолько тяжелое, чтобы человек быстро обессилел и угас, почти не приходя в сознание, но и не настолько легкое, чтобы он мог переносить боль, утешая себя надеждой на выздоровление. Кат считает, что у раненого либо раздроблен таз, либо поврежден позвоночник. Грудь, очевидно, цела, — иначе у него не хватило бы сил так долго кричать. Кроме того, при других ранениях он смог бы ползти, и мы увидели бы его.

Его крик постепенно становится хриплым. На беду, по звуку голоса никак нельзя сказать, откуда он слышится. В первую ночь люди из нашей части трижды отправляются на поиски. Порой им кажется, что они засекли место, и они начинают ползти туда, но стоит им прислушаться опять, как голос каждый раз доносится совсем с другой стороны.

Мы ищем до самого рассвета, но поиски наши безрезультатны. Днем местность осматривают через бинокли; нигде ничего не видно. На второй день раненый кричит тише; должно быть, губы и рот у него пересохли.

Тому, кто его найдет, командир роты обещал предоставить внеочередной отпуск, да еще три дня дополнительно. Это весьма заманчивая перспектива, но мы и без того сделали бы все, что можно, — уж очень страшно слышать, как он кричит. Кат и Кропп предпринимают еще одну вылазку, уже во второй половине дня. Но все напрасно, они возвращаются без него.

А между тем мы отчетливо разбираем, что он кричит. Сначала он только все время звал на помощь; на вторую ночь у него, по-видимому, начался жар, — он разговаривает со своей женой и детьми, и мы часто улавливаем имя Элиза. Сегодня он уже только плачет. К вечеру голос угасает, превращаясь в кряхтение. Но раненый еще всю ночь тихо стонет. Мы очень ясно слышим все это, так как ветер дует прямо на наши окопы. Утром, когда мы считаем, что он давно уже отмучился, до нас еще раз доносится булькающий предсмертный хрип.

Дни стоят жаркие, а убитых никто не хоронит. Мы не можем унести всех, — мы не знаем, куда их девать. Снаряды зарывают их тела в землю. У некоторых трупов вспучивает животы, они раздуваются как воздушные шары. Эти животы шипят, урчат и поднимаются. В них бродят газы.

Небо синее и безоблачное. К вечеру становится душно, от земли веет теплом. Когда ветер дует на нас, он приносит с собой кровавый чад, густой и отвратительно сладковатый, — это трупные испарения воронок, которые напоминают смесь хлороформа и тления и вызывают у нас тошноту и рвоту.

По ночам становится спокойно, и мы начинаем охотиться за медными ведущими поясками снарядов и за шелковыми парашютиками от французских осветительных ракет. Почему эти пояски пользуются таким большим спросом, этого, собственно говоря, никто толком не знает. По словам тех, кто их собирает, пояски представляют собой большую ценность. Некоторые насобирали целые мешки и повсюду таскают их с собой, так что, когда мы отходим в тыл, им приходится идти, согнувшись в три погибели.

Один только Хайе сумел объяснить, зачем они ему нужны: он хочет послать их своей невесте вместо подвязок. Как и следовало ожидать, услыхав это объяснение, фрисландцы веселятся до упаду; они бьют себя по колену, — вот это да, черт побери, какую штуку отмочил этот Хайе! Больше всех разошелся Тьяден; он держит в руках самый большой поясок и поминутно просовывает в него свою ногу, чтобы показать, сколько там еще осталось свободного места.

— Послушай, Хайе, что ж у ней должны быть за ноги! Эх, и ноги же! — Его мысли перебираются повыше: — А задница, задница у ней небось как... как у слонихи.

Он все никак не угомонится:

— Да, с такой бы я не прочь побаловаться, разрази меня гром!

Хайе сияет, довольный тем, что его невеста пользуется таким шумным успехом, и говорит самодовольно и лаконично:

— Девка ядреная!

Шелковые парашютики находят более практическое применение. Из трех или четырех штук, — смотря по объему груди, — получается блузка. Мы с Кроппом используем их как носовые платки. Другие посылают их домой. Если бы женщины могли увидеть, какой опасности мы себя подчас подвергаем, раздобывая для них эти тоненькие лоскутки, они бы, наверно, не на шутку перепугались.

Кат застает Тьядена в тот момент, когда он преспокойно пытается сбить пояски с одного из неразорвавшихся снарядов. У любого из нас он, конечно, разорвался бы в руках, но Тьядену, как всегда, везет.

Однажды перед нашим окопом все утро резвились две бабочки. Это капустницы, — на их желтых крылышках сидят красные точечки. И как их только сюда занесло, — ни цветов, ни других растений здесь нигде не увидишь! Бабочки отдыхают на зубах черепа. Птицы — такие же беззаботные твари; они давно уже привыкли к войне. Каждое утро над передовой взмывают в воздух жаворонки. В прошлом году нам попадались даже сидящие на яйцах самочки, которым действительно удалось вывести птенцов.

Крысы больше не наведываются к нам в окоп. Теперь они перебрались туда, вперед, — мы знаем, зачем. Они жиреют; увидев одну, мы ее подстреливаем. Мы снова слышим по ночам перестук колес с той стороны. Днем по нам ведут лишь обычный, не сильный огонь, так что теперь мы можем привести в порядок траншеи. О том, чтобы мы не скучали, заботятся летчики. В воздухе по нескольку раз в день разыгрываются бои, которые неизменно привлекают любителей этих зрелищ.

Мы ничего не имеем против бомбардировщиков, но к аэропланам войсковой разведки мы испытываем лютую ненависть, — ведь это они навлекают на нас артиллерийские обстрелы. Через несколько минут после их появления на нас сыплются шрапнель и гранаты. Из-за этого мы теряем одиннадцать человек за один день, в том числе пять санитаров. Двоих буквально разнесло на клочки; Тьяден говорит, что теперь их можно было бы соскрести ложкой со стенки окопа и похоронить в котелке. Третьему оторвало ноги вместе с нижней частью туловища. Верхний обрубок стоит, прислонившись к стенке траншеи, лицо у убитого лимонно-желтого цвета, а в бороде еще тлеет сигарета. Добравшись до губ, огонек с шипением гаснет.

Пока что мы складываем убитых в большую воронку. Они лежат там уже в три слоя.

Внезапно огонь забарабанил с новой силой. Вскоре мы опять впадаем в напряженную оцепенелость бездеятельного ожидания.

Атака, контратака, удар, контрудар, — все это слова, но как много за ними кроется! У нас большие потери, главным образом за счет новобранцев. На наш участок опять прислали пополнение. Это один из свежих полков, почти сплошь молодежь последних наборов. До отправки на фронт они не прошли почти никакой подготовки, им успели только преподать немного теории. Они, правда, знают, что такое ручная граната, но очень смутно представляют себе, как надо укрываться, а главное, не умеют присматриваться к местности. Они не видят ни бугорков, ни кочек, разве что самые заметные, не меньше полуметра в высоту.

Хотя подкрепление нам совершенно необходимо, от новобранцев толку мало; наоборот, с их приходом у нас скорее даже прибавилось работы. Попав в эту зону боев, они чувствуют себя беспомощными и гибнут как мухи. В современной позиционной войне бой требует знаний и опыта, солдат должен разбираться в местности, его ухо должно чутко распознавать звуки, издаваемые снарядами в полете и при разрыве, он должен уметь заранее определять место, где снаряд упадет, знать, на какое расстояние разлетаются осколки и как от них укрыться.

Разумеется, наше молодое пополнение почти ничего не знает обо всех этих вещах. Оно тает на глазах, — новобранцы даже шрапнель от гранаты толком отличить не умеют, огонь косит их как траву, потому что они боязливо прислушиваются к завыванию не столь опасных «тяжелых чемоданов», ложащихся далеко позади, но не слышат тихого, вкрадчивого свиста маленьких вредных штучек, осколки которых разлетаются над самой землей. Они толпятся как бараны, вместо того, чтобы разбегаться в разные стороны, и даже после того как их ранило, вражеские летчики еще добивают их, стреляя по ним, как по зайцам.

Нам всем хорошо знакомы бледные, исхудавшие от брюквенных рационов лица, судорожно вцепившиеся в землю руки и жалкая храбрость этих несчастных щенят, которые, несмотря ни на что, все же ходят в атаку и вступают в схватку с противником, — этих славных несчастных щенят, таких запуганных, что они не осмеливаются кричать во весь голос и, лежа на земле со вспоротой грудью или животом, с оторванной рукой или ногой, лишь тихо скулят, призывая своих матерей, и умолкают, как только кто-нибудь посмотрит на них!

Их покрытые пушком, заостренные, безжизненные лица выражают ужасающее безразличие: такие пустые лица бывают у мертвых детей.

Горечь комком стоит в горле, когда смотришь, как они вскакивают, бегут и падают. Так бы вот, кажется, взял да и побил их за то, что они такие глупые, или вынес бы их на руках прочь отсюда, где им совсем не место. На них серые солдатские куртки, штаны и сапоги, но большинству из них обмундирование слишком велико, — оно болтается на них, как на вешалке, плечи у них слишком узкие, тело слишком тщедушное, на складе не нашлось мундиров на этот детский размер.

На одного убитого бывалого солдата приходится пять-десять погибших новобранцев.

Многих уносит внезапная химическая атака. Они даже не успевают сообразить, что их ожидает. Один из блиндажей полон трупов с посиневшими лицами и черными губами. В одной из воронок новобранцы слишком рано сняли противогазы; они не знали, что у земли газ держится особенно долго; увидав наверху людей без противогазов, они тоже сняли свои маски и успели глотнуть достаточно газа, чтобы сжечь себе легкие. Сейчас их состояние безнадежно, они умирают медленной, мучительной смертью от кровохарканья и приступов удушья.

Я неожиданно оказываюсь лицом к лицу с Химмельштосом. Мы залегли в одной и той же траншее. Прижавшись друг к другу и затаив дыхание, все выжидают момента, чтобы броситься в атаку.

Я очень возбужден, но когда мы выскакиваем из траншеи, в голове у меня все же успевает мелькнуть мысль: а почему я не вижу Химмельштоса? Я быстро возвращаюсь, соскакиваю вниз и застаю его там; он лежит в углу с легкой царапиной и притворяется раненым. Лицо у него такое, как будто его побили. У него приступ страха, — ведь он здесь тоже новичок. Но меня бесит, что молодые новобранцы пошли в атаку, а он лежит здесь.

— Выходи! — говорю я хриплым от волнения голосом.

Он не трогается с места, губы его дрожат, усы шевелятся.

— Выходи! — повторяю я.

Он подтягивает ноги, прижимается к стенке и скалит зубы, как собачонка.

Я хватаю его под локоть и собираюсь рывком поднять на ноги. Он начинает визжать. Мои нервы больше не выдерживают. Я беру его за глотку, трясу как мешок, так что голова мотается из стороны в сторону, и кричу ему в лицо:

— Ты выйдешь наконец, сволочь? Ах ты гад, ах ты шкура, прятаться вздумал?

Глаза у него становятся стеклянными, я молочу его головой о стенку.

— Ах ты скотина! — Я даю ему пинка под ребра. — Ах ты собака!

Я выпихиваю его в дверь, головой вперед.

Как раз в эту минуту мимо нас пробегает новая цепь наступающих. С ними идет лейтенант. Он видит нас и кричит:

— Вперед, вперед, не отставать!

И если я ничего не мог добиться побоями, то это слово сразу же возымело свое действие. Химмельштос услышал голос начальника и, словно очнувшись, бросает взгляд по сторонам и догоняет цепь атакующих.

Я бегу за ним и вижу, что он несется вскачь. Он снова стал тем же служакой Химмельштосом, каким мы его знали в казармах. Он даже догнал лейтенанта и бежит теперь далеко впереди всех.

Шквальный огонь. Заградительный огонь. Огневые завесы. Мины. Газы. Танки. Пулеметы. Ручные гранаты. Все это слова, слова, но за ними стоят все ужасы, которые переживает человечество.

Наши лица покрылись коростой, в наших мыслях царит хаос, мы смертельно устали; когда начинается атака, многих приходится бить кулаком, чтобы заставить их проснуться и пойти вместе со всеми; глаза воспалены, руки расцарапаны, коленки стерты в кровь, локти разбиты.

Сколько времени прошло? Что это — недели, месяцы, годы? Это всего лишь дни. Время уходит, — мы видим это, глядя в бледные, бескровные лица умирающих; мы закладываем в себя пищу, бегаем, швыряем гранаты, стреляем, убиваем, лежим на земле; мы обессилели и отупели, и нас поддерживает только мысль о том, что вокруг есть еще более слабые, еще более отупевшие, еще более беспомощные, которые, широко раскрыв глаза, смотрят на нас, как на богов, потому что нам иногда удается избежать смерти.

В те немногие часы, когда на фронте спокойно, мы обучаем их: «Смотри, видишь дрыгалку? Это мина, она летит сюда! Лежи спокойно, она упадет вон там, дальше. А вот если она идет так, тогда драпай! От нее можно убежать».

Мы учили их улавливать жужжание мелких калибров, этих коварных штуковин, которых почти не слышно; новобранцы должны так изощрить свой слух, чтобы распознавать среди грохота этот комариный писк. Мы внушаем им, что эти снаряды опаснее крупнокалиберных, которые можно услышать издалека. Мы показываем им, как надо укрываться от аэропланов, как притвориться убитым, когда противник ворвался в твой окоп, как надо взводить ручные гранаты, чтобы они разрывались за секунду до падения. Мы учим новобранцев падать с быстротой молнии в воронку, спасаясь от снарядов ударного действия, мы показываем, как можно связкой гранат разворотить окоп, мы объясняем разницу в скорости горения запала у наших гранат и у гранат противника. Мы обращаем их внимание на то, какой звук издают химические снаряды, и обучаем их всем уловкам, с помощью которых они могут спастись от смерти.

Они слушают наши объяснения, они вообще послушные ребята, но когда дело доходит до боя, они волнуются и от волнения почти всегда делают как раз не то, что нужно.

Хайе Вестхуса выносят из-под огня с разорванной спиной; при каждом вдохе видно, как в глубине раны работают легкие. Я еще успеваю проститься с ним...

— Все кончено, Пауль, — со стоном говорит он и кусает себе руки от боли.

Мы видим людей, которые еще живы, хотя у них нет головы; мы видим солдат, которые бегут, хотя у них срезаны обе ступни; они ковыляют на своих обрубках с торчащими осколками костей до ближайшей воронки; один ефрейтор ползет два километра на руках, волоча за собой перебитые ноги; другой идет на перевязочный пункт, прижимая руками к животу расползающиеся кишки; мы видим людей без губ, без нижней челюсти, без лица; мы подбираем солдата, который в течение двух часов прижимал зубами артерию на своей руке, чтобы не истечь кровью; восходит солнце, приходит ночь, снаряды свистят, жизнь кончена.

Зато нам удалось удержать изрытый клочок земли, который мы обороняли против превосходящих сил противника; мы отдали лишь несколько сот метров. Но на каждый метр приходится один убитый.

Нас сменяют. Под нами катятся колеса, мы стоим в кузове, забывшись тяжкой дремотой, и приседаем, заслышав оклик: «Внимание — провод!» Когда мы проезжали эти места, здесь было лето, деревья были еще зеленые, сейчас они выглядят уже по-осеннему, а ночь несет с собой седой туман и сырость. Машины останавливаются, мы слезаем, — небольшая кучка, в которой смешались остатки многих подразделений. У бортов машины — темные силуэты людей; они выкрикивают номера полков и рот. И каждый раз от нас отделяется кучка поменьше, — крошечная, жалкая кучка грязных солдат с изжелта-серыми лицами, ужасающе маленький остаток.

Вот кто-то выкликает номер нашей роты, по голосу слышно, что это наш ротный командир, — он, значит, уцелел, рука у него на перевязи. Мы подходим к нему, и я узнаю Ката и Альберта, мы становимся рядом, плечом к плечу, и посматриваем друг на друга.

Мы слышим, как наш номер выкликают во второй, а потом и в третий раз. Долго же ему придется звать, — ведь ни в лазаретах, ни в воронках его не слышно.

И еще раз:

— Вторая рота, ко мне!

Потом тише:

— Никого больше из второй роты?

Ротный молчит, а когда он наконец спрашивает: «Это все?» — и отдает команду: «По порядку номеров рассчитайсь!» — голос его становится немного хриплым.

Настало седое утро; когда мы выступали на фронт, было еще лето, и нас было сто пятьдесят человек. Сейчас мы зябнем, на дворе осень, шуршат листья, в воздухе устало вспархивают голоса: «Первый-второй-третий-четвертый...» На тридцать втором перекличка умолкает. Молчание длится долго, наконец голос ротного прерывает его вопросом: «Больше никого?» Он выжидает, затем говорит тихо:

— Повзводно... — но обрывает себя и лишь с трудом заканчивает: — Вторая рота... — и через силу: — Вторая рота — шагом марш! Идти вольно!

Навстречу утру бредет лишь одна колонна по двое, всего лишь одна коротенькая колонна.

Тридцать два человека.

VII

Нас отводят в тыл, на этот раз дальше, чем обычно, на один из полевых пересыльных пунктов, где будет произведено переформирование. В нашу роту надо влить более ста человек пополнения.

Пока что службы у нас немного, а в остальное время мы слоняемся без дела. Через два дня к нам заявляется Химмельштос. С тех пор как он побывал в окопах, гонору у него сильно поубавилось. Он предлагает нам пойти на мировую. Я не возражаю, — я видел, как он помогал выносить Хайе Вестхуса, когда тому разорвало спину. А кроме того, он и в самом деле рассуждает здраво, так что мы принимаем его приглашение пойти с ним в столовую. Один только Тьяден относится к нему сдержанно и с недоверием.

Однако и Тьядена все же удается переубедить, — Химмельштос рассказывает, что он будет замещать повара, который уходит в отпуск. В доказательство он тут же выкладывает на стол два фунта сахару для нас и полфунта масла лично для Тьядена. Он даже устраивает так, что в течение следующих трех дней нас наряжают на кухню чистить картошку и брюкву. Там он угощает нас самыми лакомыми блюдами с офицерского стола.

Таким образом у нас сейчас есть все, что составляет счастье солдата: вкусная еда и отдых. Если поразмыслить, это не так уж много. Какие-нибудь два или три года тому назад мы испытывали бы за это глубочайшее презрение к самим себе. Сейчас же мы почти довольны. Ко всему на свете привыкаешь, даже к окопу.

Привычкой объясняется и наша кажущаяся способность так быстро забывать. Еще вчера мы были под огнем, сегодня мы дурачимся и шарим по окрестностям в поисках съестного, а завтра мы снова отправимся в окопы. На самом деле мы ничего не забываем. Пока нам приходится быть здесь, на войне, каждый пережитый нами фронтовой день ложится нам на душу тяжелым камнем, потому что о таких вещах нельзя размышлять сразу же, по свежим следам. Если бы мы стали думать о них, воспоминания раздавили бы нас; во всяком случае я подметил вот что: все ужасы можно пережить, пока ты просто покоряешься своей судьбе, но попробуй размышлять о них, и они убьют тебя.

Если, отправляясь на передовую, мы становимся животными, ибо только так мы и можем выжить, то на отдыхе мы превращаемся в дешевых остряков и лентяев. Это происходит помимо нашей воли, тут уж просто ничего не поделаешь. Мы хотим жить, жить во что бы то ни стало; не можем же мы обременять себя чувствами, которые, возможно, украшают человека в мирное время, но совершенно неуместны и фальшивы здесь. Кеммерих убит, Хайе Вестхус умирает, с телом Ганса Крамера, угодившего под прямое попадание, будет немало хлопот в день Страшного суда, — его придется собирать по кусочкам; у Мартенса больше нет ног, Майер убит, Маркс убит, Байер убит, Хеммерлинг убит, сто двадцать человек лежат раненые по лазаретам... Все это чертовски грустно, но нам-то что за дело, ведь мы живы! Если бы мы могли их спасти, — о, тогда бы мы пошли за них хоть к черту на рога, пускай бы нам пришлось самим сложить головы, — ведь когда мы чего-нибудь захотим, мы становимся бедовыми парнями; мы почти не знаем, что такое страх, разве что страх смерти, но это другое дело, — это чисто телесное ощущение.

Но наших товарищей нет в живых, мы ничем не можем им помочь, они свое отстрадали, а кто знает, что еще ждет нас? Поэтому мы завалимся на боковую и будем спать или станем есть, пока не лопнет брюхо, будем напиваться и курить, чтобы хоть чем-то скрасить эти пустые часы. Жизнь коротка.

Кошмары фронта проваливаются в подсознание, как только мы удаляемся от передовой; мы стараемся разделаться с ними, пуская в ход непристойные и мрачные шуточки; когда кто-нибудь умирает, о нем говорят, что он «прищурил задницу», и в таком же тоне мы говорим обо всем остальном. Это спасает нас от помешательства. Воспринимая вещи с этой точки зрения, мы оказываем сопротивление.

Но мы ничего не забываем! Все, что пишется в военных газетах насчет неподражаемого юмора фронтовиков, которые будто бы устраивают танцульки, едва успев выбраться из-под ураганного огня, — все это несусветная чушь. Мы шутим не потому, что нам свойственно чувство юмора, нет, мы стараемся не терять чувства юмора, потому что без него мы пропадем. К тому же надолго этого не хватит, с каждым месяцем наш юмор становится все более мрачным.

И я знаю: все, что камнем оседает в наших душах сейчас, пока мы находимся на войне, всплывет в них потом, после войны, и вот тогда-то и начнется большой разговор об этих вещах, от которого будет зависеть, жить нам дальше или не жить.

Дни, недели, годы, проведенные здесь, на передовой, еще вернутся к нам, и наши убитые товарищи встанут тогда из-под земли и пойдут с нами; у нас будут ясные головы, у нас будет цель, и мы куда-то пойдем, плечом к плечу с нашими убитыми товарищами, с воспоминаниями о фронтовых годах в сердце. Но куда же мы пойдем? На какого врага?

Где-то здесь неподалеку находился одно время фронтовой театр. На одном из заборов еще висят пестрые афиши, оставшиеся с того времени, когда здесь давались представления. Мы с Кроппом стоим перед афишами и смотрим на них большими глазами. Нам кажется непостижимым, что подобные вещи еще существуют на свете. Там, например, изображена девушка в светлом летнем платье и с красным лакированным пояском на талии. Одной рукой она опирается на балюстраду, в другой держит соломенную шляпу. На ней белые чулки и белые туфельки, — изящные туфельки с пряжками, на высоких каблуках. За ее спиной сияет синее море с барашками волн, сбоку виднеется глубоко вдающаяся в сушу светлая бухта. Удивительно хорошенькая девушка, с тонким носом, ярким ртом и длинными стройными ногами, невероятно опрятная и холеная. Она, наверно, берет ванну два раза в день, и у нее никогда не бывает грязи под ногтями. Разве что иногда немного песку с пляжа.

Рядом с ней стоит мужчина в белых брюках, синей куртке и в морской фуражке, но он нас интересует гораздо меньше.

Девушка на заборе кажется нам каким-то чудом. Мы совсем забыли, что на свете существует такое, да и сейчас мы все еще не верим своим глазам. Во всяком случае, мы уже несколько лет не видали ничего подобного, не видали ничего, что хотя бы отдаленно напоминало эту девушку, такую веселую, хорошенькую и счастливую. Это мир, мы с волнением ощущаем, что именно таким и должен быть мир.

— Нет, ты только взгляни на эти легкие туфельки, она бы в них и километра не смогла прошагать, — говорю я, и мне тотчас же становится ясно, как нелепо думать о километрах, когда видишь перед собой такую картину.

— Интересно, сколько ей может быть лет? — спрашивает Кропп.

Я прикидываю:

— Самое большее двадцать два.

— Да, но тогда она была бы старше нас. Ей не более семнадцати, вот что я тебе скажу!

Мурашки пробегают у нас по коже.

— Вот это да, Альберт, ведь правда здорово?

Он кивает.

— Дома у меня тоже есть белые штаны.

— Что штаны, — говорю я, — девушка какова!

Мы осматриваем друг друга с ног до головы. Смотреть особенно не на что, на обоих — выцветшее, заштопанное, грязное обмундирование. Какие уж тут могут быть сравнения!

Поэтому для начала соскабливаем с забора молодого человека в белых брюках, осторожно, чтобы не повредить девушку. Это уже кое-что. Затем Кропп предлагает:

— А не сходить ли нам в вошебойку?

Я не совсем согласен, потому что вещи от этого портятся, а вши появляются снова уже через какие-нибудь два часа. Но, полюбовавшись картинкой еще некоторое время, я все же соглашаюсь. Я даже захожу еще дальше:

— Может, нам удастся оторвать себе чистую рубашку?

Альберт почему-то считает, что еще лучше было бы раздобыть портянки.

— Может быть, и портянки. Пойдем, попробуем, может, мы их выменяем на что-нибудь.

Но тут мы видим Леера и Тьядена, которые не спеша бредут к нам; они замечают афишу, и разговор мгновенно перескакивает на похабщину. Леер первый в нашем классе познал женщин и рассказывал нам об этом волнующие подробности. Он восторгается девушкой на афише с особой точки зрения, а Тьяден громогласно разделяет его восторги.

Их шутки не вызывают у нас особого отвращения. Кто не похабничает, тот не солдат; но сейчас нас на это как-то не тянет, поэтому мы отходим в сторонку и направляемся к вошебойке. Мы делаем это с таким чувством, как будто идем в ателье модного портного.

Дома, в которых нас расквартировали, находятся неподалеку от канала. По ту сторону канала тянутся пруды, обсаженные тополями; там живут какие-то женщины.

Из домов на нашей стороне жильцы были в свое время выселены. Но на той стороне еще можно изредка увидеть местных жителей.

Вечером мы купаемся. И вот на берегу появляются три женщины. Они медленно идут по направлению к нам и не отворачиваются, хотя мы купаемся без трусиков.

Леер окликает их. Они смеются и останавливаются, чтобы посмотреть на нас. Мы выкрикиваем фразы на ломаном французском языке, кто что вспомнит, торопливо и бессвязно, только чтобы они не ушли. Мы не очень галантны, но где ж нам было понабраться галантности?

Одна из них — худенькая, смуглая. Когда она смеется, во рту у нее сверкают красивые белые зубы. У нее быстрые движения, юбка свободно обвивается вокруг ее ног. Нам холодно в воде, но настроение у нас радостно приподнятое, и мы стараемся привлечь их внимание, чтобы они не ушли. Мы пытаемся острить, и они отвечают нам; мы не понимаем их, но смеемся и делаем им знаки. Тьяден оказался более сообразительным. Он сбегал в дом, принес буханку хлеба и держит ее в высоко поднятой руке.

Это производит большое впечатление. Они кивают головой, и показывают нам знаками, чтобы мы перебрались к ним. Но мы не можем. Нам запрещено ходить на тот берег. На всех мостах стоят часовые. Без пропуска ничего не выйдет. Поэтому мы пытаемся втолковать им, чтобы они пришли к нам; но они мотают головой и показывают на мосты. Их тоже не пропускают на нашу сторону.

Они поворачивают обратно и медленно идут вдоль берега, вверх по течению канала. Мы провожаем их вплавь. Пройдя несколько сот метров, они сворачивают и показывают нам на дом, стоящий в стороне и выглядывающий из-за деревьев и кустарника. Леер спрашивает, не здесь ли они живут.

Они смеются: да, это их дом.

Мы кричим, что придем к ним, когда нас не смогут заметить часовые. Ночью. Сегодня ночью.

Они поднимают ладони вверх, складывают их вместе, прижимаются к ним щекой и закрывают глаза. Они нас поняли. Та худенькая смуглая делает танцевальные па. Другая, блондинка, щебечет:

— Хлеб... Хорошо...

Мы с жаром заверяем их, что хлеба мы с собой принесем. И еще другие вкусные вещи. Отчаянно таращим глаза и изображаем эти вещи жестами. Когда Леер пытается изобразить «кусок колбасы», он чуть не идет ко дну. Мы пообещали бы им целый продовольственный склад, если бы это понадобилось. Они уходят и еще несколько раз оборачиваются. Мы вылезаем на наш берег и следуем за ними, чтобы убедиться, что они действительно вошли в тот дом, — ведь, может быть, они нас обманывают. Затем мы плывем обратно.

Без пропуска через мост никого не пускают, поэтому ночью мы просто переправимся через канал вплавь. Нас охватывает волнение, с которым мы никак не можем совладать. Нам не сидится на одном месте, и мы идем в столовую. Сегодня там есть пиво и что-то вроде пунша.

Мы пьем пунш и рассказываем друг другу разные небылицы о своих воображаемых похождениях. Рассказчику охотно верят, и каждый с нетерпением ждет своей очереди, чтобы изобразить что-нибудь еще похлеще. В руках у нас какой-то беспокойный зуд; мы выкуриваем несметное множество сигарет, но потом Кропп говорит:

— А почему бы не принести им еще и сигарет?

Тогда мы прячем сигареты в фуражки, чтобы приберечь их до ночи.

Небо становится зеленым, как незрелое яблоко. Нас четверо, но четвертому там делать нечего; поэтому мы решаемся избавиться от Тьядена и накачиваем его за наш счет ромом и пуншем, пока его не начинает пошатывать. С наступлением темноты мы возвращаемся на наши квартиры, бережно поддерживая Тьядена под локотки. Мы распалены, нас томит жажда приключений. Мне досталась та худенькая, смуглая, — мы их уже поделили между собой, это дело решенное.

Тьяден заваливается на свой тюфяк и начинает храпеть. Через некоторое время он вдруг просыпается и смотрит на нас с такой хитрой ухмылкой, что мы уже начинаем опасаться, не вздумал ли он одурачить нас и не понапрасну ли мы тратились на пунш. Затем он снова валится на тюфяк и продолжает спать.

Каждый из нас выкладывает по целой буханке хлеба и заворачивает ее в газету. Вместе с хлебом мы кладем сигареты, а кроме того три порядочные порции ливерной колбасы, выданной сегодня на ужин. Получился довольно приличный подарок.

Пока что мы засовываем все это в наши сапоги, — ведь нам придется взять их с собой, чтобы не напороться на той стороне на проволоку и битое стекло. Но так как переправляться на тот берег мы будем вплавь, никакой другой одежды нам не нужно. Все равно сейчас темно, да и идти недалеко.

Взяв сапоги в руки, мы пускаемся в путь. Быстро влезаем в воду, ложимся на спину и плывем, держа сапоги с гостинцами над головой.

Добравшись до того берега, мы осторожно карабкаемся вверх по склону, вынимаем пакеты и надеваем сапоги. Пакеты берем под мышки. Мокрые, голые, в одних сапогах, бодрой рысцой пускаемся в дальнейший путь. Дом мы находим сразу же. Он темнеет в кустах. Леер падает, споткнувшись о корень и разбивает себе локти.

— Не беда, — весело говорит он.

Окна закрыты ставнями. Мы крадучись ходим вокруг дома и пытаемся заглянуть в него сквозь щели. Потом начинаем проявлять нетерпение. У Кроппа вдруг возникают опасения:

— А что если у них там сидит какой-нибудь майор?

— Ну что ж, тогда мы дадим деру, — ухмыляется Леер, — а если ему нужен номер нашего полка, пусть прочтет его вот здесь. — И он шлепает себя по голому заду.

Входная дверь не заперта. Наши сапоги стучат довольно громко. Где-то приотворяется дверь, через нее падает свет, какая-то женщина вскрикивает от испуга. «Тсс! Тсс! — шепчем мы, — camarade... bon ami...»[1] — и умоляюще поднимаем над головой наши пакеты.

Вскоре появляются и две другие женщины; дверь открывается настежь, и мы попадаем в полосу яркого света. Нас узнают, и все трое хохочут до упаду над нашим одеянием. Стоя в проеме дверей, они изгибаются всем телом, так им смешно. Какие у них грациозные движения!

— Un moment![2]

---

[1] Товарищ... друг... (фр.).

[2] Минуточку! (фр.).

Они снова исчезают в комнате и выбрасывают нам какую-то одежду, с помощью которой мы с грехом пополам прикрываем свою наготу. Затем они разрешают нам войти. В освещенной небольшой лампой комнате тепло и слегка пахнет духами. Мы разворачиваем наши пакеты и вручаем их хозяйкам. В их глазах появляется блеск, — видно, что они голодны.

После этого всеми овладевает легкое смущение. Леер жестом приглашает их поесть. Тогда они снова оживляются, приносят тарелки и ножи и жадно набрасываются на еду. Прежде чем съесть кусочек ливерной колбасы, они каждый раз поднимают его на вилке и с восхищением разглядывают его, а мы с гордостью наблюдаем за ними.

Они тараторят без умолку на своем языке, не давая нам ввернуть словечко, мы мало что понимаем, но чувствуем, что это какие-то хорошие, ласковые слова. Быть может, мы кажемся им совсем молоденькими. Та худенькая, смуглая гладит меня по голове и говорит то, что обычно говорят все француженки:

— La guerre... Grand malheur... Pauvres garçons...[1]

Я крепко держу ее за локоть и касаюсь губами ее ладони. Ее пальцы смыкаются на моем лице. Она наклонилась ко мне так близко. Вот ее волнующие глаза, нежно смуглая кожа и яркие губы. Эти губы произносят слова, которых я не понимаю. Глаза я тоже не совсем понимаю, — они обещают нечто большее, чем то, чего мы ожидали, идя сюда.

Рядом, за стенкой, есть еще комнаты. По пути я вижу Леера с его блондинкой; он крепко прижал ее к себе и громко смеется. Ведь ему все это знакомо. А я, я весь во власти неизведанного, смутного и мятежного порыва, которому вверяюсь безраздельно. Мои чувства необъяснимо двоятся между желанием отдаться забытью и вожделением. У меня голова пошла кругом, я ни в чем не нахожу точки опоры. Наши сапоги мы оставили в передней, вместо них нам дали домашние туфли, и теперь на мне нет ничего, что могло бы

[1] Война... Большое несчастье... Бедные мальчики... (фр.).

вернуть мне свойственную солдату развязность и уверенность в себе: ни винтовки, ни ремня, ни мундира, ни фуражки. Я проваливаюсь в неведомое, — будь что будет, — мне все-таки страшновато.

У худенькой, смуглой шевелятся брови, когда она задумывается, но когда она говорит, они у нее не двигаются. Порой она не договаривает слово до конца, оно замирает на ее губах или так и долетает до меня недосказанным, — как недостроенный мостик, как затерявшаяся тропинка, как упавшая звезда. Что знал я об этом раньше? Что знаю сейчас?.. Слова этого чужого языка, которого я почти не понимаю, усыпляют меня, стены полуосвещенной комнаты с коричневыми обоями расплываются, и только склоненное надо мной лицо живет и светится в сонной тишине.

Как бесконечно много можно прочесть на лице, если еще час назад оно было чужим, а сейчас склонилось над тобой, даря тебе ласку, которая исходит не от него, а словно струится из ночной темноты, из окружающего мира, из крови, лишь отражаясь в этом лице. Она разлита во всем, и все вокруг преображается, становится каким-то необыкновенным; я почти с благоговением смотрю на свою белую кожу, когда на нее падает свет лампы и прохладная смуглая рука ласково гладит ее.

Как все это не похоже на бордели для рядовых, которые нам разрешается посещать и где приходится становиться в длинную очередь. Мне не хочется вспоминать о них, но они невольно приходят мне на ум, и мне становится страшно: а вдруг я уже никогда не смогу отделаться от этих воспоминаний?

Но вот я ощущаю губы худенькой, смуглой и нетерпеливо тянусь к ним навстречу, и закрываю глаза, словно желая погасить в памяти все, что было: войну, ее ужасы и мерзости, чтобы проснуться молодым и счастливым; я вспоминаю девушку на афише, и на минуту мне кажется, что вся моя жизнь будет зависеть от того, смогу ли я обладать ею. И я еще крепче сжимаю держащие меня в объятиях руки, — может быть, сейчас произойдет какое-то чудо.

Через некоторое время все три пары каким-то образом снова оказываются вместе. У Леера необыкновенно приподнятое настроение. Мы сердечно прощаемся и суем ноги в сапоги. Ночной воздух холодит наши разгоряченные тела. Тополя высятся черными великанами и шелестят листвой. На небе и в воде канала стоит месяц. Мы не бежим, мы идем рядом друг с другом большими шагами.

Леер говорит:

— За это не жалко отдать буханку хлеба.

Я не решаюсь говорить, мне даже как-то невесело.

Вдруг мы слышим чьи-то шаги и прячемся за куст.

Шаги приближаются, кто-то проходит вплотную мимо нас. Мы видим голого солдата, в одних сапогах, точь-в-точь как мы, под мышкой у него пакет, он мчится во весь опор. Это Тьяден, он спешит наверстать упущенное. Вот он уже скрылся из виду.

Мы смеемся. То-то завтра будет ругани!

Никем не замеченные, мы добираемся до своих тюфяков.

Меня вызывают в канцелярию. Командир роты вручает мне отпускное свидетельство и проездные документы и желает мне счастливого пути. Я смотрю, сколько дней отпуска я получил. Семнадцать суток — две недели отпуска, трое суток на дорогу. Это очень мало, и я спрашиваю, не могу ли я получить на дорогу пять суток. Бертинк показывает мне на мое свидетельство. И лишь тут я вижу, что мне не надо сразу же возвращаться на фронт. По истечении отпуска я должен явиться на курсы в одном из тыловых лагерей.

Товарищи завидуют мне. Кат дает ценные советы насчет того, как мне устроить себе «тихую жизнь».

— Если не будешь хлопать ушами, ты там зацепишься.

Собственно говоря, я предпочел бы поехать не сейчас, а лишь через неделю, — ведь это время мы еще пробудем здесь, а здесь не так уж плохо.

В столовой мне, как водится, говорят, что с меня причитается. Мы все немножко подвыпили. Мне становится грустно: я уезжаю отсюда на шесть недель, мне, конечно, здорово повезло, но что будет, когда я вернусь? Свижусь ли я снова со всеми здешними друзьями? Хайе и Кеммериха уже нет в живых; чей черед наступит теперь?

Мы пьем, и я разглядываю их по очереди. Рядом со мной сидит и курит Альберт, у него веселое настроение; мы с ним всегда были вместе. Напротив примостился Кат, у него покатые плечи, неуклюжие пальцы и спокойный голос. Вот Мюллер с его выступающими вперед зубами и лающим смехом. Вот Тьяден с его мышиными глазками. Вот Леер, который отпустил себе бороду, так что на вид ему дашь лет сорок.

Над нашими головами висят густые клубы дыма. Что было бы с солдатом без табака! Столовая — это тихая пристань, пиво — не просто напиток, оно сигнализирует о том, что ты в безопасности и можешь спокойно потянуться и расправить члены. Вот и сейчас мы расселись поудобней, далеко вытянув ноги, и так заплевали все вокруг, что только держись. С каким странным чувством смотришь на все это, если завтра тебе уезжать!

Ночью мы еще раз перебираемся через канал. Мне даже как-то страшно сказать худенькой, смуглой, что я уезжаю, что, когда я вернусь, мы наверняка будем стоять где-нибудь в другом месте, а значит, мы с ней больше не увидимся. Но, как видно, это ее не очень трогает: она только головой кивает. Сначала это мне кажется непонятным, но потом я соображаю, в чем тут дело. Леер, пожалуй, прав: если бы меня снова отправили на фронт, тогда я опять услышал бы от нее «pauvre garçon», но отпускник это для них не так интересно. Ну и пошла она к черту с ее воркованием и болтовней. Ожидаешь чудес, а потом все сводится к буханке хлеба.

На следующее утро, пройдя дезинфекцию, я шагаю к фронтовой узкоколейке. Альберт и Кат провожают меня. На станции нам говорят, что поезда придется ждать, по-видимому, еще несколько часов. Кату и Альберту надо возвращаться в часть. Мы прощаемся.

— Счастливо, Кат! Счастливо, Альберт!

Они уходят и еще несколько раз машут мне рукой. Их фигуры становятся меньше. Их походка, каждое их движение — все это знакомо мне до мелочей. Я даже издали узнал бы их. Вот они уже исчезли вдали.

Я сажусь на свой ранец и жду.

Мною вдруг овладевает жгучее нетерпение, — мне хочется поскорее уехать отсюда.

Я уже потерял счет вокзалам, очередям у котлов на продовольственных пунктах, жестким скамейкам в вагонах; но вот передо мной замелькали до боли знакомые виды, от которых начинает щемить сердце. Они проплывают в красных от заката окнах вагона: деревни с соломенными крышами, нависающими над белеными стенами домов, как надвинутые на самый лоб шапки, ржаные поля, отливающие перламутром в косых лучах вечернего солнца, фруктовые сады, амбары и старые липы.

За названиями станций встают образы, от которых все внутри трепещет. Колеса все грохочут и грохочут, я стою у окна и крепко держусь за косяки рамы. Эти названия — пограничные столбы моей юности.

Заливные луга, поля, крестьянские дворы; по дороге, идущей вдоль линии горизонта, одиноко тащится подвода, точно по небу едет. Ждущие у шлагбаума крестьяне, махающие вслед поезду девочки, играющие на полотне дети, уходящие вглубь дороги, гладкие, не разбитые дороги, на которых не видно артиллерии.

Вечер. Если бы не стук колес, я наверно не смог бы сдержать крик. Равнина разворачивается во всю ширь; вдали, на фоне бледной синевы, встают силуэты горных отрогов. Я узнаю характерные очертания Дольбенберга с его зубчатым гребнем, резко обрывающимся там, где кончаются макушки леса. За ним должен показаться город.

А пока что все вокруг залито уже меркнущим золотисто-алым светом; поезд громыхает на кривой, еще один поворот, — и что же? — там, далеко-далеко, окутанные дымкой, темные, завиднелись и в самом деле тополя, выстроившиеся в длинный ряд тополя, видение, сотканное из света, тени и тоски.

Поле медленно поворачивается вместе с ними; поезд огибает их, промежутки между стволами уменьшаются, кроны сливаются в сплошной клин, и на мгновение я вижу одно-единственное дерево; затем задние снова выдвигаются из-за передних, и на небе долго еще маячат их одинокие силуэты, пока их не закрывают первые дома.

Железнодорожный переезд. Я стою у окна, не в силах оторваться. Соседи, готовясь к выходу, собирают вещи. Я тихонько повторяю название улицы, которую мы пересекаем: Бремерштрассе... Бремерштрассе...

Там, внизу, — велосипедисты, автомобили, люди; серый виадук, серая улица, но она берет меня за душу, как будто я вижу свою мать.

Затем поезд останавливается, и вот я вижу вокзал с его шумом, криками и надписями. Я закидываю за спину свой ранец, пристегиваю крючки, беру в руку винтовку и неловко спускаюсь по ступенькам.

На перроне я оглядываюсь по сторонам; я не вижу ни одного знакомого среди всех этих спешащих людей. Какая-то сестра милосердия предлагает мне выпить стакан кофе. Я отворачиваюсь: уж больно глупо она улыбается, она вся преисполнена сознанием важности своей роли: взгляните на меня, я подаю солдатику кофе. Она говорит мне: «Братец...» — Этого еще не хватало!

С привокзальной улицы видна река; белая от пены, она с шипением вырывается из шлюза у Мельничного моста. У моста стоит древняя сторожевая башня, перед ней большая липа, а за башней уже сгущаются вечерние сумерки.

Когда-то мы здесь сидели и частенько — сколько же времени прошло с тех пор? — ходили через этот мост, вдыхая прохладный, чуть затхлый запах воды в запруде; мы склонялись над спокойным зеркалом реки выше шлюза, где на быках моста висел зеленый плющ и водоросли, а в жаркие дни любовались брызгами пены ниже шлюза и болтали о наших учителях.

Я иду через мост, смотрю направо и налево; в запруде все так же много водорослей, и все так же хлещет из шлюза светлая дуга воды; в здании башни перед грудами белого белья стоят, как и раньше, гладильщицы с голыми руками, и через открытые окна струится жар утюгов. По узкой улочке трусят собаки, у дверей стоят люди и смотрят на меня, когда я прохожу мимо них, навьюченный и грязный.

В этой кондитерской мы ели мороженое и пробовали курить сигареты. На этой улице, которая сейчас проплывает мимо меня, я знаю каждый дом, каждую бакалейную лавку, каждую аптеку, каждую булочную. И наконец я стою перед коричневой дверью с захватанной ручкой, и мне вдруг трудно поднять руку.

Я открываю дверь; меня охватывает чудесный прохладный сумрак лестницы, мои глаза с трудом различают предметы.

Ступеньки скрипят под ногами. Наверху щелкает дверной замок, кто-то заглядывает вниз через перила. Это открылась дверь кухни, там как раз жарят картофельные котлеты, их запах разносится по всему дому, к тому же сегодня ведь суббота, и человек, перегнувшийся через перила, по всей вероятности моя сестра. Сначала я чего-то стесняюсь и стою потупив глаза, но в следующее мгновение снимаю каску и смотрю наверх. Да, это моя старшая сестра.

— Пауль, — кричит она. — Пауль!

Я киваю, — мой ранец зацепился за перила, моя винтовка так тяжела.

Сестра распахивает дверь в комнаты и кричит:

— Мама, мама, Пауль приехал!

Я больше не могу идти.

«Мама, мама, Пауль приехал».

Я прислоняюсь к стенке и сжимаю в руках каску и винтовку.

Я сжимаю их изо всей силы, но не могу ступить ни шагу, лестница расплывается перед глазами, я стукаю себя прикладом по ногам и яростно стискиваю зубы, но я бессилен перед той единственной фразой, которую произнесла моя сестра, — тут ничего не поделаешь, и я мучительно пытаюсь силой выдавить из себя смех, заставить себя сказать что-нибудь, но не могу произнести ни слова и так и остаюсь на лестнице, несчастный, беспомощный, парализованный этой ужасной судорогой, и слезы против моей воли так и бегут у меня по лицу.

Сестра возвращается и спрашивает:

— Да что с тобой?

Тогда я беру себя в руки и кое-как поднимаюсь в переднюю. Винтовку пристраиваю в угол, ранец ставлю у стены, а каску кладу поверх ранца. Теперь надо еще снять ремень и все, что к нему прицеплено. Затем я говорю злым голосом:

— Ну дай же мне наконец носовой платок!

Сестра достает мне из шкафа платок, и я вытираю слезы. Надо мной висит на стене застекленный ящик с пестрыми бабочками, которых я когда-то собирал.

Теперь я слышу голос матери. Она в спальне.

— Почему это она в постели? — спрашиваю я.

— Она больна, — отвечает сестра.

Я иду в спальню, протягиваю матери руку и, стараясь быть как можно спокойнее, говорю ей:

— А вот и я, мама.

Она молчит. В комнате полумрак. Затем она робко спрашивает меня, и я чувствую на себе ее испытующий взгляд:

— Ты ранен?

— Нет, я приехал в отпуск.

Мать очень бледна. Я не решаюсь зажечь свет.

— Чего это я тут лежу и плачу, вместо того чтобы радоваться? — говорит она.

— Ты больна, мама? — спрашиваю я.

— Сегодня я немножко встану, — говорит она и обращается к сестре, которой приходится поминутно убегать на кухню, чтобы не пережарить котлеты: — Открой банку с брусничным вареньем... Ведь ты его любишь? — спрашивает она меня.

— Да, мама, я его уже давненько не пробовал.

— А мы словно чувствовали, что ты приедешь, — смеется сестра, — как нарочно приготовили твое любимое блюдо — картофельные котлеты, и теперь даже с брусничным вареньем.

— Да, ведь сегодня суббота, — отвечаю я.

— Присядь ко мне, — говорит мать.

Она смотрит на меня. Руки у нее болезненно белые и такие худые по сравнению с моими. Мы обмениваемся лишь несколькими фразами, и я благодарен ей за то, что она ни о чем не спрашивает. Да и о чем мне говорить? Ведь и так случилось самое лучшее, на что можно было надеяться, — я остался цел и невредим и сижу рядом с ней. А на кухне стоит моя сестра, готовя ужин и что-то напевая.

— Дорогой мой мальчик, — тихо говорит мать.

Мы в нашей семье никогда не были особенно нежны друг с другом, — это не принято у бедняков, чья жизнь проходит в труде и заботах. Они понимают эти вещи по-своему, они не любят постоянно твердить друг другу о том, что им и без того известно. Если моя мать назвала меня «дорогим мальчиком», то для нее это то же самое, что для других женщин — многословные излияния. Я знаю наверняка, что кроме этой банки с вареньем у нее давно уже нет ничего сладкого и что она берегла ее для меня, так же как и то уже черствое печенье, которым она меня сейчас угощает. Наверно, достала где-нибудь по случаю и сразу же отложила для меня.

Я сижу у ее постели, а за окном в саду ресторанчика, что находится напротив, искрятся золотисто-коричневые каштаны. Я делаю долгие вдохи и выдохи и твержу про себя: «Ты дома, ты дома».

Но я все еще не могу отделаться от ощущения какой-то скованности, все еще не могу свыкнуться со всем окружающим. Вот моя мать, вот моя сестра, вот ящик с бабочками, вот пианино красного дерева, но сам я как будто еще не совсем здесь. Между нами какая-то завеса, что-то такое, что еще надо переступить.

Поэтому я выхожу из спальни, приношу к постели матери мой ранец и выкладываю все, что привез: целую головку сыра, которую мне раздобыл Кат, две буханки хлеба, три четверти фунта масла, две банки с ливерной колбасой, фунт сала и мешочек риса.

— Вот возьмите, это вам, наверно, пригодится.

Она кивает.

— Здесь, должно быть, плохо с продуктами? — спрашиваю я.

— Да, не особенно хорошо. А вам там хватает?

Я улыбаюсь и показываю на свои гостинцы:

— Конечно, не каждый день так густо, но жить все же можно.

Эрна уносит продукты. Вдруг мать берет меня порывистым движением за руку и запинаясь спрашивает:

— Очень плохо было на фронте, Пауль?

Мама, как мне ответить на твой вопрос? Ты никогда не поймешь этого, нет, тебе этого никогда не понять. И хорошо, что не поймешь. Ты спрашиваешь, плохо ли там. Ах, мама, мама! Я киваю головой и говорю:

— Нет, мама, не очень. Ведь нас там много, а вместе со всеми не так уж страшно.

— Да, а вот недавно тут был Генрих Бредемайер, так он рассказывал такие ужасы про фронт, про все эти газы и прочее.

Это говорит моя мать. Она говорит: «все эти газы и прочее». Она не знает, о чем говорит, ей просто страшно за меня. Уж не рассказать ли ей, как мы однажды наткнулись на три вражеских окопа, где все солдаты застыли в своих позах, словно громом пораженные? На брустверах, в убежищах, везде, где их застала смерть, стояли и лежали люди с синими лицами, мертвецы.

— Ах, мама, мало ли что люди говорят, — отвечаю я. — Бредемайер сам не знает, что плетет. Ты же видишь, я цел и даже поправился.

Нервная дрожь и страхи матери возвращают мне спокойствие. Теперь я уже могу ходить по комнатам, разговаривать и отвечать на вопросы, не опасаясь, что мне придется прислониться к стене, потому что все вокруг вдруг снова станет мягким как резина, а мои мускулы — дряблыми как вата.

Мать хочет подняться с постели, и я пока что ухожу на кухню к сестре.

— Что с ней? — спрашиваю я.

Сестра пожимает плечами:

— Она лежит уже несколько месяцев, но не велела писать тебе об этом. Ее смотрело несколько врачей. Один из них опять сказал, что у нее, наверно, рак.

Я иду в окружное военное управление, чтобы отметиться. Медленно бреду по улицам. Время от времени со мной заговаривает кто-нибудь из знакомых. Я стараюсь не задерживаться, так как мне не хочется много говорить.

Когда я возвращаюсь из казармы, кто-то громким голосом окликает меня. Все еще погруженный в свои размышления, оборачиваюсь и вижу перед собой какого-то майора. Он набрасывается на меня:

— Вы что, честь отдавать не умеете?

— Извините, господин майор, — растерянно говорю я, — я вас не заметил.

Он кричит еще громче:

— Да вы еще и разговаривать не умеете как положено!

Мне хочется ударить его по лицу, но я сдерживаюсь, иначе прощай мой отпуск, я беру руки по швам и говорю:

— Я не заметил господина майора.

— Так извольте смотреть! — рявкает он. — Ваша фамилия?

Я называю свою фамилию. Его багровая, толстая физиономия все еще выражает возмущение.

— Из какой части?

Я рапортую по-уставному. Он продолжает допрашивать меня:

— Где расположена ваша часть?

Но мне уже надоел этот допрос, и я говорю:

— Между Лангемарком и Биксшоте.

— Где, где? — несколько озадаченно переспрашивает он.

Объясняю ему, что я час тому назад прибыл в отпуск, и думаю, что теперь-то он отвяжется. Но не тут-то было. Он даже еще больше входит в раж:

— Так вы тут фронтовые нравы вздумали заводить? Этот номер не пройдет! Здесь у нас, слава богу, порядок!

Он командует:

— Двадцать шагов назад, шагом — марш!

Во мне кипит затаенная ярость. Но я перед ним бессилен, — если он захочет, он может тут же арестовать меня. И я расторопно отсчитываю двадцать шагов назад, снова иду вперед, в шести шагах от майора молодцевато вскидываю руку под козырек, делаю еще шесть шагов и лишь тогда рывком опускаю ее.

Он снова подзывает меня к себе и уже более дружелюбным тоном объявляет мне, что на этот раз он намерен смилостивиться. Стоя навытяжку, я ем его глазами в знак благодарности.

— Кругом — марш! — командует он.

Я делаю чеканный поворот и ухожу.

После этого вечер кажется мне испорченным. Я поспешно иду домой, снимаю форму и забрасываю ее в угол, — все равно я собирался сделать это. Затем достаю из шкафа свой штатский костюм и надеваю его.

Я совсем отвык от него. Костюм коротковат и сидит в обтяжку, — я подрос на солдатских харчах. С воротником и галстуком мне приходится повозиться. В конце концов узел завязывает сестра. Какой он легкий, этот костюм, — все время кажется, будто на тебе только кальсоны и рубашка.

Я разглядываю себя в зеркале. Странный вид! На меня с удивлением смотрит загорелый, несколько высоковатый для своих лет подросток.

Мать рада, что я хожу в штатском: в нем я кажусь ей ближе. Зато отец предпочел бы видеть меня в форме: ему хочется сходить со мной к знакомым, чтобы те видели меня в мундире.

Но я отказываюсь.

Как приятно молча посидеть где-нибудь в тихом уголке, например, под каштанами в саду ресторанчика, неподалеку от кегельбана. Листья падают на стол и на землю; их еще мало, это первые. Передо мной стоит кружка пива, — на военной службе все привыкают к выпивке. Кружка опорожнена только наполовину, значит впереди у меня еще несколько полновесных, освежающих глотков, а кроме того, я ведь могу заказать еще и вторую, и третью кружку, если захочу. Ни построений, ни ураганного огня, на досках кегельбана играют ребятишки хозяина, и его пес кладет мне голову на колени. Небо синее, сквозь листву каштанов проглядывает высокая зеленая башня церкви святой Маргариты.

Здесь хорошо, и я люблю так сидеть. А вот с людьми мне тяжело. Единственный человек, который меня ни о чем не спрашивает, это мать. Но с отцом дело обстоит уже совсем по-другому. Ему надо, чтобы я рассказывал о фронте, он обращается ко мне с просьбами, которые кажутся мне трогательными и в то же время глупыми, с ним я не могу наладить отношения. Он готов слушать меня хоть целый день. Я понимаю, он не знает, что на свете есть вещи, о которых не расскажешь; охотно доставил бы я ему это удовольствие, но я чувствую, как опасно для меня облекать все пережитое в слова. Мне боязно: а вдруг оно встанет передо мной во весь свой исполинский рост, и потом мне уже будет с ним не справиться. Что сталось бы с нами, если бы мы ясно осознали все, что происходит там, на войне?

Поэтому я ограничиваюсь тем, что рассказываю ему несколько забавных случаев. Тогда он спрашивает меня, бывал ли я когда-нибудь в рукопашном бою.

— Нет, — говорю я, встаю и выхожу из комнаты.

Но от этого мне не легче. Я уже не раз пугался трамваев, потому что скрип их тормозов напоминает вой приближающегося снаряда.

На улице кто-то хлопает меня по плечу. Это мой учитель немецкого языка, он набрасывается на меня с обычными вопросами:

— Ну, как там дела? Ужас, ужас, не правда ли? Да, все это страшно, но тем не менее мы должны выстоять. Ну и потом на фронте вас по крайней мере хорошо кормят, как мне рассказывали; вы хорошо выглядите, Пауль, вы просто здоровяк. Здесь с питанием, разумеется, хуже, это вполне понятно, ну конечно, а как же может быть иначе, самое лучшее — для наших солдат!

Он тащит меня в кафе, где он обычно сидит с друзьями. Меня встречают как самого почетного гостя, какой-то директор протягивает мне руку и говорит:

— Так вы, значит, с фронта? Как вы находите боевой дух наших войск? Изумительно, просто изумительно, ведь правда?

Я говорю, что каждый из нас с удовольствием поехал бы домой.

Он оглушительно хохочет:

— Охотно верю! Но сначала вам надо поколотить француза! Вы курите? Вот вам сигара, угощайтесь! Кельнер, кружку пива для нашего юного воина!

На свою беду, я уже взял сигару, так что теперь мне придется остаться. Надо отдать им справедливость, — всех их так и распирает от самых теплых чувств ко мне. И все-таки я злюсь и стараюсь побыстрее высосать свою сигару. Чтобы не сидеть совсем без дела, я залпом опрокидываю принесенную кельнером кружку пива. Они тотчас же заказывают для меня вторую; эти люди знают, в чем заключается их долг по отношению к солдату. Затем они начинают обсуждать вопрос о том, что нам надлежит аннексировать. Директор с часами на стальной цепочке хочет получить больше всех: всю Бельгию, угольные районы Франции и большие куски России. Он приводит веские доказательства того, что все это действительно необходимо, и непреклонно настаивает на своем, так что в конце концов все остальные соглашаются с ним. Затем он начинает объяснять, где надо подготовить прорыв во Франции, и попутно обращается ко мне:

— А вам, фронтовикам, надо бы наконец отказаться от вашей позиционной войны и хоть немножечко продвинуться вперед. Вышвырните этих французишек, тогда можно будет и мир заключить.

Я отвечаю, что, на наш взгляд, прорыв невозможен: у противника слишком много резервов. А кроме того, война не такая простая штука, как некоторым кажется.

Он делает протестующий жест и снисходительным тоном доказывает мне, что я в этом ничего не смыслю.

— Все это так, — говорит он, — но вы смотрите на вещи с точки зрения отдельного солдата, а тут все дело в масштабах. Вы видите только ваш маленький участок, и поэтому у вас нет общей перспективы. Вы выполняете ваш долг, вы рискуете вашей жизнью, честь вам и слава, — каждому из вас следовало бы дать «железный крест», — но прежде всего мы должны прорвать фронт противника во Фландрии и затем свернуть его с севера.

Он пыхтит и вытирает себе бороду.

— Фронт надо окончательно свернуть, с севера на юг. А затем — на Париж!

Мне хотелось бы узнать, как он это себе представляет, и я вливаю в себя третью кружку. Он тотчас же велит принести еще одну.

Но я собираюсь уходить. Он сует мне в карман еще несколько сигар и на прощание дружески шлепает меня по спине:

— Всего доброго! Надеюсь, что вскоре мы услышим более утешительные вести о вас и ваших товарищах.

Я представлял себе отпуск совсем иначе. Прошлогодний отпуск и в самом деле прошел как-то не так. Видно, я сам переменился за это время. Между той и нынешней осенью пролегла пропасть. Тогда я еще не знал, что такое война, — мы тогда стояли на более спокойных участках. Теперь я замечаю, что я, сам того не зная, сильно сдал. Я уже не нахожу себе места здесь, — это какой-то чужой мир. Одни расспрашивают, другие не хотят расспрашивать, и по их лицам видно, что они гордятся этим, зачастую они даже заявляют об этом вслух, с этакой понимающей миной: дескать, мы-то знаем, что об этом говорить нельзя. Они воображают, что они ужасно деликатные люди.

Больше всего мне нравится быть одному, тогда мне никто не мешает. Ведь любой разговор всегда сводится к одному и тому же: как плохо идут дела на фронте и как хорошо идут дела на фронте, одному кажется так, другому — иначе, а затем и те и другие очень быстро переходят к тому, в чем заключается смысл их существования. Конечно, раньше и я жил точь-в-точь, как они, но теперь я уже не могу найти с ними общий язык.

Мне кажется, что они слишком много говорят. У них есть свои заботы, цели и желания, но я не могу воспринимать все это так, как они. Иногда я сижу с кем-нибудь из них в саду ресторанчика и пытаюсь объяснить, какое это счастье — вот так спокойно сидеть; в сущности человеку ничего больше и не надо. Конечно, они понимают меня, соглашаются со мной, признают, что я прав, — но только на словах, в том-то все и дело, что только на словах; они чувствуют это, но всегда только отчасти, они — другие люди и заняты другими вещами, они такие двойственные, никто из них не может почувствовать это всем своим существом; впрочем, и сам я не могу в точности сказать, чего я хочу.

Когда я вижу их в их квартирах, в их учреждениях, на службе, их мир неудержимо влечет меня, мне хочется быть там, с ними, и позабыть о войне; но в то же время он отталкивает меня, кажется мне таким тесным. Как можно заполнить этим всю свою жизнь? Надо бы сломать, разбить этот мир. Как можно жить этой жизнью, если там сейчас свистят осколки над воронками и в небе поднимаются ракеты, если там сейчас выносят раненых на плащ-палатках и мои товарищи солдаты стараются поглубже забиться в окоп! Здесь живут другие люди, люди, которых я не совсем понимаю, к которым я испытываю зависть и презрение. Я невольно вспоминаю Ката, и Альберта, и Мюллера, и Тьядена. Что-то они сейчас делают? Может быть, сидят в столовой, а может быть, пошли купаться. Вскоре их снова пошлют на передовые.

В моей комнате, позади стола, стоит коричневый кожаный диванчик. Я сажусь на него.

На стенах приколото кнопками много картинок, которые я раньше вырезал из журналов. Есть тут и почтовые открытки и рисунки, которые мне чем-нибудь понравились. В углу стоит маленькая железная печка. На стене напротив — полка с моими книгами.

В этой комнате я жил до того, как стал солдатом. Книги я покупал постепенно, на те деньги, что зарабатывал репетиторством. Многие из них куплены у букиниста, например все классики, — по одной марке и двадцать пфеннингов за том, — в жестком матерчатом переплете синего цвета. Я покупал их полностью, — ведь я был солидный любитель, избранные произведения внушали мне недоверие, — а вдруг издатели не сумели отобрать самое лучшее? Поэтому я покупал только полные собрания сочинений. Я добросовестно прочел их, но только немногое понравилось мне по-настоящему. Гораздо большее влечение я испытывал к другим, более современным книгам; конечно, и стоили они гораздо дороже. Некоторые я приобрел не совсем честным путем: взял почитать и не возвратил, потому что не мог с ними расстаться.

Одна из полок заполнена школьными учебниками. С ними я не церемонился, они сильно потрепаны, кое-где вырваны страницы, — всем известно, для чего это делается. А на нижней полке сложены тетради, бумага и письма, рисунки и мои литературные опыты.

Я пытаюсь перенестись мыслями в то далекое время. Ведь оно еще здесь, в этой комнате, я сразу же почувствовал это, — стены сохранили его. Мои руки лежат на спинке диванчика; я усаживаюсь поглубже в уголок, забираюсь на сиденье с ногами, — теперь я устроился совсем удобно. Окошко открыто, через него я вижу знакомую картину улицы, в конце которой высится шпиль церкви. На столе стоит букетик цветов. Карандаши, ручки, раковина вместо пресс-папье, чернильница, — здесь ничего не изменилось.

Вот так и будет, если мне повезет, если после войны я смогу вернуться сюда навсегда. Я буду точно так же сидеть здесь и разглядывать мою комнату и ждать.

Я взволнован, но волноваться я не хочу, потому что это мне мешает. Мне хочется вновь изведать те тайные стремления, то острое, непередаваемое ощущение страстного порыва, которое овладевало мной, когда я подходил к своим книгам. Пусть меня снова подхватит тот вихрь желаний, который поднимался во мне при виде их пестрых корешков, пусть он растопит этот мертвяще тяжелый свинцовый комок, что засел у меня где-то внутри, и пробудит во мне вновь нетерпеливую устремленность в будущее, окрыленную радость проникновения в мир мысли, пусть он вернет мне мою утраченную юность с ее готовностью жить.

Я сижу и жду.

Мне приходит в голову, что мне надо сходить к матери Кеммериха; можно было бы навестить и Миттельштедта, — он сейчас, наверно, в казармах. Я смотрю в окно; за панорамой залитой солнцем улицы встает воздушная, с размытыми очертаниями цепь холмов, а на нее незаметно наплывает другая картина: ясный осенний день, мы с Катом и Альбертом сидим у костра и едим из миски жареную картошку.

Но об этом мне вспоминать не хочется, и я прогоняю видение. Комната должна заговорить, она должна включить меня в себя и понести; я хочу почувствовать, что мы с ней одно целое, и слушать ее, чтобы, возвращаясь на фронт, я, знал: война сгинет без следа, смытая радостью возвращения домой, она минует, она не разъест нас, как ржавчина, у нее нет иной власти над нами, кроме чисто внешней!

Корешки книг прижались друг к другу. Я их не забыл, я еще помню, в каком порядке их расставлял. Я прошу их глазами: заговорите со мной, примите меня, прими меня, о жизнь, которая была прежде, беззаботная, прекрасная, прими меня снова...

Я жду, жду.

Передо мной проходят картины, но за них не зацепишься, это всего лишь тени и воспоминания.

Ничего нет, ничего нет.

Мое беспокойство растет.

Внезапно меня охватывает пугающее чувство отчужденности. Я потерял дорогу к прошлому, стал изгнанником; как бы я ни просил, сколько бы усилий ни прилагал, все вокруг застыло в молчании; грустный, какой-то посторонний, сижу я в своей комнате, и прошлое отворачивается от меня, как от осужденного. В то же время я боюсь слишком страстно заклинать его, ведь я не знаю, что может произойти, если оно откликнется. Я солдат и не должен забывать об этом. Утомленный пережитым, я встаю и вглядываюсь в окно. Затем достаю одну из книг и пытаюсь читать. Но я снова ставлю ее на место и беру другую. Ищу, листаю, снимаю с полки книгу за книгой. Рядом со мной выросла целая стопа. К ней прибавляются все новые и новые, — скорей, скорей, — листки, тетради, письма.

Я молча стою перед ними. Как перед судом. Дело плохо.

Слова, слова, слова, — они не доходят до меня.

Я медленно расставляю книги по местам.

Все кончено.

Тихо выхожу я из комнаты.

Я еще не потерял надежды. Правда, я больше не вхожу в свою комнату, но утешаю себя тем, что несколько дней еще не могут решить дело бесповоротно. Впоследствии, когда-нибудь позже, у меня будет для этого много времени — целые годы. Пока что я отправляюсь в казармы навестить Миттельштедта, и мы сидим в его комнатке; в ней стоит тот особый, привычный мне, как всякому солдату, тяжелый запах казенного помещения.

У Миттельштедта припасена для меня новость, от которой я сразу же чувствую себя наэлектризованным. Он рассказывает, что Канторек в ополчении.

— Представь себе, — говорит Миттельштедт, доставая несколько прекрасных сигар, — меня направляют после лазарета сюда, и я сразу же натыкаюсь на него. Он норовит поздороваться со мной за ручку и кивает: «Смотрите-ка, да это никак Миттельштедт, ну как поживаете?» Я смотрю на него большими глазами и отвечаю: «Ополченец Канторек, дружба дружбой, а служба службой, вам бы не мешало это знать. Извольте стать смирно, вы разговариваете с начальником». Жаль, что ты не видел, какое у него было лицо! Нечто среднее между соленым огурцом и неразорвавшимся снарядом. Он оробел, но все же еще раз попытался подольститься ко мне. Я прикрикнул на него построже. Тогда он бросил в бой свой главный калибр и спросил меня конфиденциально: «Может, вы хотите сдать льготный экзамен? Я бы все для вас устроил». Это он мне старое хотел напомнить, понимаешь? Тут я здорово разозлился и тоже напомнил ему кое о чем: «Ополченец Канторек, два года назад вы заманили нас вашими проповедями в добровольцы; среди нас был Йозеф Бем, который, в сущности, вовсе не хотел идти на фронт. Он погиб за три месяца до срока своего призыва. Если бы не вы, он еще подождал бы эти три месяца. А теперь — кру-гом! Мы еще с вами поговорим». Мне ничего не стоило попроситься в его роту. Перво-наперво я взял его с собой в каптерку и постарался, чтоб его покрасивей принарядили. Сейчас ты его увидишь.

Мы идем во двор. Рота выстроена. Миттельштедт командует «вольно» и начинает поверку.

Тут я замечаю Канторека и не могу удержаться от смеха. На нем надето что-то вроде фрака блекло-голубого цвета. На спине и на руках вставлены большие темные заплаты. Должно быть, этот мундир носил какой-нибудь великан. Черные потрепанные штаны, наоборот, совсем коротенькие, они едва прикрывают икры. Зато ботинки слишком велики, — это твердые, как камень, чеботы с высоко загнутыми вверх носами, допотопного образца, еще со шнуровкой сбоку. Этот костюм довершает невероятно засаленная фуражка, которая в противовес ботинкам мала, — не фуражка, а блин какой-то. В общем, вид у него самый жалкий.

Миттельштедт останавливается перед ним:

— Ополченец Канторек, как у вас вычищены пуговицы? Вы этому, наверно, никогда не выучитесь. Плохо, Канторек, очень плохо...

Я мычу про себя от удовольствия. Совершенно так же, тем же самым тоном Канторек выговаривал в школе Миттельштедту: «Плохо, Миттельштед, очень плохо...»

Миттельштедт продолжает пробирать Канторека:

— Посмотрите на Беттхера, вот это примерный солдат, поучились бы у него!

Я глазам своим не верю. Ну да, так и есть, это Беттхер, наш школьный швейцар. Так вот кого ставят Канторeку в пример! Канторек бросает на меня свирепый взгляд, он сейчас готов съесть меня. Но я с невинным видом ухмыляюсь, глядя ему в физиономию, будто я его и знать не знаю.

Ну и дурацкий же у него вид в этой фуражке блином и в мундире! И перед этаким вот чучелом мы раньше трепетали, боялись его как огня, когда, восседая за кафедрой, он брал кого-нибудь из нас на кончик своего карандаша, чтобы погонять по французским неправильным глаголам, хотя впоследствии во Франции они оказались нам совершенно ни к чему. С тех пор не прошло и двух лет, и вот передо мной стоит рядовой Канторек, внезапно, как по волшебству, утративший всю свою власть, кривоногий, с руками, как ручки от кофейника, с плохо вычищенными пуговицами и со смехотворной выправкой. Не солдат, а недоразумение. У меня не укладывается в голове, что это и есть та грозная фигура за кафедрой, и я многое бы отдал за то, чтобы знать, что я сделаю, если эта шкура когда-нибудь вновь получит право спрашивать у меня, старого солдата: «Боймер, как будет imparfait[1] от глагола aller[2]?»

А пока что Миттельштедт начинает разучивать развертывание в цепь. При этом он благосклонно назначает Канторека командиром отделения.

Он делает это из особых соображений. Дело в том, что при движении цепью командир все время должен находиться в двадцати шагах перед своим отделением. Когда подается команда «кругом — марш!», цепь делает только поворот кругом, а командир отделения, внезапно очутившийся в двадцати шагах позади цепи, должен рысью мчаться вперед, чтобы снова опередить свое отделение на положенные двадцать шагов. Итого это получается сорок шагов «бегом — марш». Но как только он прибегает на свое место, проводящий занятие офицер просто-напросто повторяет команду «кругом — марш», и ему снова приходится сломя голову нестись обратно. Таким образом, отделению и горя мало: при каждой команде оно только делает поворот да проходит с десяток шагов, зато командир так и снует туда и сюда, как грузик для раздвигания штор. Это испытанный метод из богатой практики Химмельштоса.

Канторек не вправе ожидать от Миттельштедта другого отношения к себе, — ведь он когда-то оставил его на второй год, и Миттельштедт совершил бы страшную глупость, если бы не воспользовался этим прекрасным случаем, прежде чем снова отправиться на фронт. Приятно сознавать, что служба в армии дала тебе, между прочим, и такую блестящую возможность. После этого, наверно, и умирать не так тяжело.

А пока что Канторек мечется как затравленный кабан. Через некоторое время Миттельштедт приказывает закончить, и теперь

---

[1] Прошедшее время несовершенного вида (фр.).

[2] Идти (фр.).

начинается ползание, самый ответственный раздел обучения. Опираясь на локти и колени, по-уставному прижимая к себе винтовку, Канторек тащится во всей своей красе по песку в двух шагах от нас. Он громко пыхтит, и это пыхтение звучит в наших ушах как музыка.

Миттельштедт подбадривает рядового Канторека, цитируя для его утешения высказывания классного наставника Канторека:

— Ополченец Канторек, нам выпало счастье жить в великую эпоху, поэтому мы должны напрячь свои силы, чтобы преодолеть все, если даже нам придется не сладко.

Канторек выплевывает грязную щепочку, попавшую ему в рот, и обливается потом.

Миттельштедт наклоняется пониже и проникновенно заклинает его:

— И никогда не забывайте за мелочами, что вы — участник великих событий, ополченец Канторек!

Удивительно, как это Канторек до сих пор не лопнул от натуги, особенно теперь, когда ползание сменил урок гимнастики, во время которого Миттельштедт великолепно копирует своего бывшего учителя, поддерживая его под зад при подтягивании на турнике и добиваясь правильного положения подбородка; при этом он так и сыплет мудрыми сентенциями. Совершенно так же обращался с ним в свое время Канторек.

Затем Миттельштедт отдает дальнейшие распоряжения по службе:

— Канторек и Беттхер, за хлебом! Возьмите с собой тележку.

Через несколько минут Канторек и его напарник выходят с тележкой из ворот. Канторек злобно понурил голову. Швейцар горд тем, что его снарядили на легкую работу.

Гарнизонная пекарня находится на другом конце города. Значит, им придется идти туда и обратно через весь город.

— Они у меня уже несколько дней туда ходят, — ухмыляется Миттельштедт. — Их уже там поджидают. Некоторым людям нравится на них смотреть.

— Здорово, — говорю я. — А он еще не жаловался?

— Пытался! Наш командир смеялся до слез, когда узнал об этой истории. Он терпеть не может школьных наставников. К тому же я флиртую с его дочкой.

— Канторек тебе подложит свинью на экзамене.

— Наплевать, — небрежно бросает Миттельштедт. — И все равно его жалобу оставили без последствий, потому что я сумел доказать, что почти всегда наряжаю его на легкие работы.

— А ты не мог бы устроить ему совсем кислую жизнь? — спрашиваю я.

— Возиться неохота, уж больно он глуп, — отвечает Миттельштедт тоном великодушного превосходства.

Что такое отпуск? Ожидание на распутье, после которого все станет только труднее. Уже сейчас разлука вторгается в него. Мать молча смотрит на меня. Я знаю, она считает дни. По утрам она всегда грустна. Вот и еще одним днем меньше стало. Она прибрала мой ранец, — ей не хочется, чтобы он напоминал ей об этом.

За размышлениями часы убегают быстро. Я стряхиваю свою задумчивость и иду проводить сестру. Она собралась на бойню, чтобы получить несколько фунтов костей. Это большая льгота, и люди встают в очередь уже с раннего утра. Некоторым становится дурно.

Нам не повезло. Сменяя друг друга, мы ждем три часа, после чего очередь расходится, — костей больше нет.

Хорошо, что мне выдают мой паек. Я приношу его матери, и таким образом мы все питаемся немножко получше.

Дни становятся все тягостней, глаза матери — все печальней. Еще четыре дня. Мне надо сходить к матери Кеммериха.

Этого не опишешь. Где слова, чтобы рассказать об этой дрожащей, рыдающей женщине, которая трясет меня за плечи и кричит: «Если он умер, почему же ты остался в живых!», которая изливает на меня потоки слез и причитает: «И зачем вас только посылают туда, ведь вы еще дети...», которая падает на стул и плачет: «Ты его видел? Ты еще успел повидать его? Как он умирал?»

Я говорю ей, что он был ранен в сердце и сразу же умер. Она смотрит на меня, ей не верится.

— Ты лжешь. Я все знаю. Я чувствовала, как тяжело он умирал. Я слышала его голос, по ночам мне передавался его страх. Скажи мне всю правду, я хочу знать, я должна знать.

— Нет, — говорю я, — я был рядом с ним. Он умер сразу же.

Она тихо просит меня:

— Скажи. Ты должен сказать. Я знаю, ты хочешь меня утешить, но разве ты не видишь, что ты меня только еще больше мучаешь? Уж лучше скажи правду. Я не в силах оставаться в неведении, скажи, как было дело, пусть это даже будет очень страшно. Это все же лучше, чем то, что мне кажется сейчас.

Я никогда не скажу ей этого, хоть разруби меня на мелкие кусочки. Мне ее жалко, но в то же время она кажется мне немного глупой. И чего она только добивается, — ведь будет она это знать или нет, Кеммериха все равно не воскресишь. Когда человек перевидал столько смертей, ему уже нелегко понять, как можно так горевать об одном. Поэтому я говорю с некоторым нетерпением:

— Он умер сразу же. Он даже ничего и не почувствовал. Лицо у него было совсем спокойное.

Она молчит. Затем с расстановкой спрашивает:

— Ты можешь поклясться?

— Да.

— Всем, что тебе свято?

О господи, ну что мне сейчас свято? У нашего брата это понятие растяжимое.

— Да, он умер тотчас же.

— Повторяй за мной: «И если это неправда, пусть я сам не вернусь домой».

— Пусть я сам не вернусь домой, если он умер не сразу же.

Я бы ей еще и не таких клятв надавал. Но, кажется, она мне поверила. Она долго стонет и плачет. Потом она просит меня рассказать, как было дело, и я сочиняю историю, в которую теперь и сам почти что верю.

Когда я собираюсь уходить, она целует меня и дарит мне его карточку. Он снят в своем мундире новобранца и стоит, прислонившись спиной к круглому столу с ножками из березовых поленьев, с которых не снята кора. На заднем плане — декоративный лес. На столе стоит кружка пива.

Последний вечер перед отъездом. Все приумолкли. Я ложусь спать рано; я перебираю подушки, прижимаюсь к ним, зарываюсь в них с головой. Как знать, доведется ли мне еще когда-нибудь спать на такой вот перине!

Поздно вечером мать еще раз приходит ко мне в комнату. Она думает, что я сплю, и я притворяюсь спящим. Разговаривать, сидеть рядом без сна было бы слишком тяжело.

Она сидит почти до самого утра, хотя ее мучают боли и временами она корчится. Наконец я не выдерживаю и делаю вид, что просыпаюсь.

— Иди спать, мама, ты здесь простудишься.

Она говорит:

— Выспаться я и потом успею.

Я приподнимаюсь на подушках:

— Мне ведь сейчас еще не на фронт, мама. Я же сначала пробуду четыре недели в лагере. В одно из воскресений я, может быть, еще наведаюсь к вам.

Она молчит. Затем она негромко спрашивает:

— Ты очень боишься?

— Нет, мама.

— Вот что я еще хотела сказать тебе: остерегайся женщин во Франции. Женщины там дурные.

Ах мама, мама! Я для тебя ребенок — почему же я не могу положить тебе голову на колени и поплакать? Почему я всегда должен быть сильнее и сдержаннее, — ведь и мне порой хочется поплакать и услышать слово утешения, ведь я и в самом деле еще почти совсем ребенок, в шкафу еще висят мои короткие штанишки. Это было еще так недавно, почему же все это ушло?

Я говорю, стараясь быть как можно спокойнее:

— Там, где стоит наша часть, женщин нет, мама.

— И будь поосторожнее там на фронте, Пауль.

Ах, мама, мама! Почему я не могу обнять тебя и умереть вместе с тобой. Какие мы все-таки несчастные людишки!

— Да, мама, я буду осторожен!

Ах, мама, мама! Давай встанем и уйдем, давай пойдем с тобой сквозь годы, в прошлое, пока с нас не свалятся все эти беды, — в прошлое, к самим себе!

— Может быть, тебе удастся перевестись куда-нибудь, где не так опасно?

— Да, мама, меня могут оставить при кухне, это вполне возможно.

— Так смотри же не отказывайся, не слушай, что люди говорят.

— Пускай себе говорят, мама, мне все равно.

Она вздыхает. Лицо ее светится в темноте белым пятном.

— А теперь иди спать, мама.

Она не отвечает. Я встаю и укутываю ее плечи моим одеялом. Она опирается на мою руку, — у нее начались боли. Я веду ее в спальню. Там я остаюсь с ней еще некоторое время.

— А потом, мама, тебе еще надо выздороветь до моего возвращения.

— Да, да, дитя мое.

— Не смейте мне ничего посылать, мама. Мы там едим досыта. Вам здесь самим пригодится.

Вот она лежит в постели, бедная мама, которая любит меня больше всего на свете. Когда я собираюсь уходить, она торопливо говорит:

— Я для тебя припасла еще две пары кальсон. Они из хорошей шерсти. Тебе в них будет тепло. Смотри не забудь уложить их.

Ах, мама, я знаю, чего тебе стоило раздобыть эти кальсоны, сколько тебе пришлось бегать, и клянчить, и стоять в очередях! Ах, мама, мама, как это непостижимо, что я должен с тобой расстаться, — кто же, кроме тебя, имеет на меня право? Я еще сижу здесь, а ты лежишь там, нам надо так много сказать друг другу, но мы никогда не сможем высказать все это.

— Спокойной ночи, мама.

— Спокойной ночи, дитя мое.

В комнате темно. Слышится мерное дыхание матери да тиканье часов. За окном гуляет ветер. Каштаны шумят.

В передней я спотыкаюсь о свой ранец, — он лежит там, уже уложенный, так как завтра мне надо выехать очень рано.

Я кусаю подушки, сжимаю руками железные прутья кровати. Не надо мне было сюда приезжать. На фронте мне все было безразлично, нередко я терял всякую надежду, а теперь я никогда уже больше не смогу быть таким равнодушным. Я был солдатом, теперь же все во мне — сплошная боль, боль от жалости к себе, к матери, от сознания того, что все так беспросветно и конца не видно.

Не надо мне было ехать в отпуск.

VIII

Я еще помню бараки этого лагеря. Здесь Химмельштос «воспитывал» Тьядена. Из людей же я почти никого не знаю: как и всегда, здесь все переменилось. Лишь несколько человек мне доводилось мельком видеть еще и в тот раз.

Службу я несу как-то механически. Вечера почти всегда провожу в солдатском клубе; на столах разложены журналы, но читать мне не хочется, зато там есть рояль, на котором я с удовольствием играю. Нас обслуживают две девушки, одна из них совсем молоденькая.

Лагерь обнесен высокими заборами из проволоки. Возвращаясь поздно вечером из клуба, мы должны предъявлять пропуск. Те, кто умеет столковаться с часовым, могут, конечно, проскочить и без пропуска.

Каждый день нас выводят на ротные учения, которые проводятся в степи, среди березовых рощиц и зарослей можжевельника. Когда от нас не требуют ничего другого, это вполне терпимо. Ты бежишь вперед, падаешь на землю, и венчики цветов и былинок колышутся от твоего дыхания. Светлый песок оказывается, когда видишь его так близко, чистым, как в лаборатории, он весь состоит из мельчайших зернышек кремния. Так и хочется запустить в него руку.

Но самое красивое здесь — это рощи с их березовыми опушками. Они поминутно меняют свои краски. Только что стволы сияли самой яркой белизной, осененные воздушной, легкой как шелк, словно нарисованной пастелью, зеленью листвы; проходит еще мгновение, и все окрашивается в голубовато-опаловый цвет, который надвигается, отливая серебром, со стороны опушки и гасит зелень, а в одном месте он тут же сгущается почти до черного, — это на солнце набежала тучка. Ее тень скользит, как призрак, между разом поблекшими стволами, все дальше и дальше по просторам степи, к самому горизонту, а тем временем березы уже снова стоят, как праздничные знамена с белыми древками, и листва их пылает багрянцем и золотом.

Нередко я так увлекаюсь этой игрой прозрачных теней и тончайших оттенков света, что даже не слышу слов команды; когда человек одинок, он начинает присматриваться к природе и любить ее. А я здесь ни с кем не сошелся поближе, да и не стремлюсь к этому, довольствуясь обычным общением с окружающими. Мы слишком мало знакомы, чтобы видеть друг в друге нечто большее, чем просто человека, с которым можно почесать язык или сыграть в «двадцать одно».

Рядом с нашими бараками находится большой лагерь русских военнопленных. Он отделен от нас оградой из проволочной сетки, но тем не менее пленные все же умудряются пробираться к нам. Они ведут себя очень робко и боязливо; большинство из них — люди рослые, почти все носят бороды; в общем, каждый из них напоминает присмиревшего после побоев сенбернара. Они обходят украдкой наши бараки, заглядывая в бочки с отбросами. Трудно представить себе, что они там находят. Нас и самих-то держат впроголодь, а главное — кормят всякой дрянью: брюквой (каждая брюквина режется на шесть долек и варится в воде), сырой, не очищенной от грязи морковкой; подгнившая картошка считается лакомством, а самое изысканное блюдо — это жидкий рисовый суп, в котором плавают мелко нарезанные говяжьи жилы; может, их туда и кладут, но нарезаны они так мелко, что их уже не найдешь.

Тем не менее все это, конечно, исправно съедается. Если кое-кто и в самом деле живет так богато, что может не подъедать всего дочиста, то рядом с ним всегда стоит добрый десяток желающих, которые с удовольствием возьмут у него остатки. Мы выливаем в бочки только то, чего нельзя достать черпаком. Кроме того, мы иногда бросаем туда кожуру от брюквы, заплесневевшие корки и разную дрянь.

Вот это жидкое, мутное, грязное месиво и разыскивают пленные. Они жадно вычерпывают его из вонючих бочек и уносят, пряча под своими гимнастерками.

Странно видеть так близко перед собой этих наших врагов. Глядя на их лица, начинаешь задумываться. У них добрые крестьянские лица, большие лбы, большие носы, большие губы, большие руки, мягкие волосы. Их следовало бы использовать в деревне — на пахоте, на косьбе, во время сбора яблок. Вид у них еще более добродушный, чем у наших фрисландских крестьян.

Грустно наблюдать за их движениями, грустно смотреть, как они выклянчивают чего-нибудь поесть. Все они довольно заметно ослабли, — они получают ровно столько, чтобы не умереть с голоду. Ведь нас и самих-то давно уже не кормят досыта. Они болеют кровавым поносом; боязливо оглядываясь, некоторые из них украдкой показывают испачканные кровью подолы рубах. Сгорбившись, понурив голову, согнув ноги в коленях, искоса поглядывая на нас снизу вверх, они протягивают руку и просят, употребляя те немногие слова, что они знают, — просят своими мягкими, тихими басами, которые вызывают представления о теплой печке и домашнем уюте.

Кое-кто из наших дает им иногда пинка, так что они падают, но таких немного. Большинство из нас их не трогает, просто не обращает на них внимания. Впрочем, иной раз у них бывает такой жалкий вид, что тут невольно обозлишься и пнешь их ногой. Если бы только они не глядели на тебя этим взглядом! Сколько все-таки горя и тоски умещается в двух таких маленьких пятнышках, которые можно прикрыть одним пальцем, — в человеческих глазах.

По вечерам русские приходят в бараки и открывают торги. Все, что у них есть, они меняют на хлеб. Иногда это им удается, так как у них очень хорошие сапоги, а наши сапоги плохи. Кожа на их голенищах удивительно мягкая, как юфть. Наши солдаты из крестьянских семей, которые получают из дому посылки с жирами, могут себе позволить роскошь обзавестись такими сапогами. За них у нас дают две-три армейские буханки хлеба или же одну буханку и небольшое колечко копченой колбасы.

Но почти все русские давно уже променяли все, что у них было. Теперь они одеты в жалкие отрепья и предлагают на обмен только мелкие безделушки, которые они режут из дерева или же мастерят из осколков и медных поясков от снарядов. Конечно, за эти вещицы много не получишь, хотя на них потрачено немало труда, — в последнее время пленные стали отдавать их за несколько ломтей хлеба. Наши крестьяне прижимисты и хитры, они умеют торговаться. Вынув кусок хлеба или колбасы, они до тех пор держат его у самого носа пленного, пока тот не побледнеет и не закатит глаза от соблазна. Тогда ему уже все равно. А они прибирают подальше свою добычу, медленно, с той обстоятельностью в движениях, которая свойственна крестьянам, затем вынимают большие перочинные ножи, неторопливо, степенно отрезают себе из своих запасов краюху хлеба и, как бы вознаграждая себя, начинают уминать ее, заедая каждый кусок кружочком твердой, аппетитной колбасы. Когда видишь, как они чревоугодничают, начинаешь ощущать раздражение, желание бить их по твердым лбам. Они редко делятся с товарищами: мы слишком мало знакомы друг с другом.

Я часто стою на посту возле лагеря русских. В темноте их фигуры движутся как больные аисты, как огромные птицы. Они подходят к самой ограде и прижимаются к ней лицом, вцепившись пальцами в проволоку сетки. Нередко они стоят большими группами. Они дышат запахами, которые приносит ветер из степи и из лесов.

Говорят они редко, а если и скажут что-нибудь, то всего лишь несколько слов. Они относятся друг к другу более человечно и, как мне кажется, как-то более по-братски, чем мы в нашем лагере. Быть может, это только оттого, что они чувствуют себя более несчастными, чем мы. Впрочем, для них война ведь уже кончилась. Однако сидеть и ждать, пока ты заболеешь кровавым поносом, — это, конечно, тоже не жизнь.

Ополченцы из лагерной охраны рассказывают, что вначале пленные не были такими вялыми. В лагере, как это обычно бывает, было много случаев мужеложства, и, судя по рассказам, на этой почве пленные нередко пускали в ход кулаки и ножи. Теперь они совсем отупели и стали ко всему безразличными, большинство из них даже перестало заниматься онанизмом, так они ослабели, — хотя вообще в лагерях дело зачастую доходит до того, что люди делают это сообща, всем бараком.

Они стоят у ограды, порой кто-нибудь из них выходит из ряда и бредет прочь; тогда на его месте вскоре появляется другой. Большинство молчит; лишь некоторые выпрашивают окурки.

Я вижу их темные фигуры. Их бороды развеваются на ветру. Я ничего о них не знаю, кроме того, что они пленные, и именно это приводит меня в смятение. Это безымянные существа, не знающие за собой вины; если бы я знал о них больше, — как их зовут, как они живут, чего они ожидают, что их гнетет, — тогда мое смятение относилось бы к чему-нибудь определенному и могло бы перейти в сострадание. А сейчас я вижу за ними лишь боль живой плоти, ужасающую беспросветность жизни и безжалостную жестокость людей.

Чей-то приказ превратил эти безмолвные фигуры в наших врагов; другой приказ мог бы превратить их в наших друзей. Какие-то люди, которых никто из нас не знает, сели где-то за стол и подписали документ, и вот в течение нескольких лет мы видим нашу высшую цель в том, что род человеческий обычно клеймит презрением и за что он карает самой тяжкой карой. Кто же из нас сумел бы теперь увидеть врагов в этих смирных людях с их детскими лицами и с бородами апостолов? Каждый унтер по отношению к своим новобранцам, каждый классный наставник по отношению к своим ученикам является гораздо более худшим врагом, чем они по отношению к нам. И все же, если бы они были сейчас на свободе, мы снова стали бы стрелять в них, а они в нас.

Мне становится страшно; мне нельзя додумывать эту мысль до конца. Этот путь ведет в бездну. Для таких размышлений еще не пришло время. Но я не забуду, о чем я сегодня думал, я сохраню эту мысль, запру ее в своем мозгу, пока не кончится война. Сердце у меня колотится: уж не в этом ли заключается та великая, единственная цель, о которой я думал в окопах, которую я искал как нечто, могущее оправдать существование людей после этого крушения всех человеческих идеалов? Уж не это ли та задача, которую можно будет поставить перед собой на всю дальнейшую жизнь, задача, достойная людей, проведших столько лет в этом аду?

Я достаю свои сигареты, переламываю каждую пополам и отдаю их русским. Они кланяются мне и закуривают. Теперь у некоторых из них тлеют на лице красные точечки. От них мне становится отраднее на душе: как будто в темных деревенских домах засветились маленькие оконца, говорящие о том, что за их стеклами находятся теплые, обжитые комнаты.

Дни идут. Однажды туманным утром русские снова хоронят одного из своих: у них теперь почти каждый день умирает несколько человек. Я как раз стою на посту, когда его опускают в могилу. Пленные поют панихиду, они поют ее на несколько голосов, и их пение как-то не похоже на хор, оно скорее напоминает звуки органа, стоящего где-то в степи.

Похороны быстро заканчиваются.

Вечером пленные снова стоят у ограды, и из березовых рощ к ним доносятся ветры. Звезды светят холодным светом.

Я теперь знаю нескольких пленных, которые довольно хорошо говорят по-немецки. Один из них — музыкант, он рассказывает, что был когда-то скрипачом в Берлине. Услыхав, что я немного играю на рояле, он достает свою скрипку и начинает играть. Остальные садятся и прислоняются спиной к ограде. Он играет стоя, порой лицо его принимает то отчужденное выражение, какое бывает у скрипачей, когда они закрывают глаза, но затем скрипка снова начинает ходить у него в руках, следуя за ритмом, и он улыбается мне.

Должно быть, он играет народные песни; его товарищи тихо, без слов подтягивают ему. Они — как темные холмы, поющие подземным нутряным басом. Голос скрипки, светлый и одинокий, слышится где-то высоко над ними, как будто на холме стоит стройная девушка. Голоса смолкают, а скрипка все звучит, — звук кажется тоненьким, словно скрипке холодно ночью, надо бы встать где-нибудь совсем близко к ней, наверно в помещении ее было б лучше слушать. Здесь же, под открытым небом, ее блуждающий в одиночестве голос нагоняет грусть.

Мне не дают увольнения в воскресные дни, — ведь я только что вернулся из длительного отпуска. Поэтому в последнее воскресенье перед моим отъездом отец и старшая сестра сами приезжают ко мне. Мы весь день сидим в солдатском клубе. Куда же нам еще деваться? В барак нам идти не хочется. В середине дня мы идем прогуляться в степь.

Время тянется медленно; мы не знаем, о чем говорить. Поэтому мы разговариваем о болезни матери. Теперь уже выяснилось, что у нее рак, она лежит в больнице, и скоро ей будут делать операцию. Врачи надеются, что она выздоровеет, но мы что-то не слыхали, чтобы рак можно было вылечить.

— Где же она лежит? — спрашиваю я.

— В госпитале святой Луизы, — говорит отец.

— В каком классе?

— В третьем. Придется подождать, пока скажут, сколько будет стоить операция. Она сама хотела, чтоб ее положили в третий. Она сказала, что там ей будет не так скучно. К тому же, это дешевле.

— Но ведь там столько народу в одной палате! Она, пожалуй, не сможет спать по ночам.

Отец кивает. Лицо у него усталое, в глубоких морщинах. Мать часто болела, и хотя ложилась в больницу только под нашим нажимом, ее лечение стоило нам немалых денег. Отец положил на это, по сути дела, всю свою жизнь.

— Если б только знать, во что обойдется операция, — говорит он.

— А вы еще не спрашивали?

— Прямо мы не спрашивали, так делать нельзя, — а вдруг врач рассердится? Это не дело, — ведь он будет оперировать маму.

Да, думаю я с горечью, так уж повелось у нас, так уж повелось у них, бедняков. Они не смеют спросить о цене, они лучше будут мучиться, но не спросят; а те, другие, которым и спрашивать-то незачем, они считают вполне естественным договариваться о цене заранее. И врач на них не рассердится.

— А потом надо делать перевязки, и это тоже так дорого стоит, — говорит отец.

— А больничная касса, разве она ничего не платит? — спрашиваю я.

— Мама слишком долго болеет.

— Но у вас же есть хоть немного денег?

Он качает головой:

— Нет. Но теперь я опять смогу взять сверхурочную работу.

Я знаю: он будет резать, фальцевать и клеить, стоя за своим столом до двенадцати часов ночи. В восемь вечера он похлебает пустого супу, сваренного из тех жалких продуктов, которые они получают по карточкам. Затем он примет порошок от головной боли и снова возьмется за работу.

Чтобы немного развеселить его, я рассказываю ему несколько пришедших мне на ум забавных историй, — солдатские анекдоты насчет генералов и фельдфебелей, которых где-то кто-то оставил в дураках, и прочее в этом роде.

После прогулки я провожаю отца и сестру на станцию. Они дают мне банку повидла и пакет с картофельными лепешками, — мать еще успела нажарить их для меня.

Затем они уезжают, а я возвращаюсь в бараки.

Вечером я вынимаю несколько лепешек, намазываю на них повидло и начинаю есть. Но мне что-то не хочется. Я выхожу во двор, чтобы отдать лепешки русским.

Тут мне приходит в голову, что мать жарила их сама, и когда она стояла у горячей плиты, у нее, быть может, были боли. Я кладу пакет обратно в ранец и беру с собой для русских только две лепешки.

IX

Мы едем несколько дней. В небе появляются первые аэропланы. Мы обгоняем эшелоны с грузами. Орудия, орудия... Дальше мы едем по фронтовой узкоколейке. Я разыскиваю свой полк. Никто не знает, где он сейчас стоит. Я где-то остаюсь на ночевку, где-то получаю утром паек и кой-какие сбивчивые инструкции. Взвалив на спину ранец и взяв винтовку, я снова пускаюсь в путь.

Прибыв к месту назначения, я не застаю в разрушенном местечке никого из наших. Узнаю, что наш полк входит теперь в состав летучей дивизии, которую всегда бросают туда, где что-нибудь неладно. Это, конечно, не очень весело. Мне рассказывают, что у наших будто бы были большие потери. Расспрашиваю про Ката и Альберта. Никто о них ничего не знает.

Я продолжаю свои поиски и плутаю по окрестностям; на душе у меня какое-то странное чувство. Наступает ночь, и еще одна ночь, а я все еще сплю под открытым небом, как индеец. Наконец мне удается получить точные сведения, и после обеда я докладываю в нашей ротной канцелярии о своем прибытии.

Фельдфебель оставляет меня в распоряжении части. Через два дня рота вернется с передовых, так что посылать меня туда нет смысла.

— Ну как отпуск? — спрашивает он. — Хорошо, а?

— Да как сказать, — говорю я.

— Да, да, — вздыхает он, — если б только не надо было возвращаться. Из-за этого вся вторая половина всегда испорчена.

Я слоняюсь без дела до того утра, когда наши прибывают с передовых, с серыми лицами, грязные, злые и мрачные. Взбираюсь на грузовик и расталкиваю приехавших, ищу глазами лица друзей, — вон там Тьяден, вот сморкается Мюллер, а вот и Кат с Кроппом. Мы набиваем наши тюфяки соломой и укладываем их рядом друг с другом. Глядя на товарищей, я чувствую себя виноватым перед ними, хотя у меня нет никаких причин для этого. Перед сном я достаю остатки картофельных лепешек и повидло, — надо же, чтобы и товарищи хоть чем-нибудь воспользовались.

Две лепешки немного заплесневели, но их еще можно есть. Их я беру себе, а те, что посвежее, отдаю Кату и Кроппу.

Кат жует лепешку и спрашивает:

— Небось мамашины?

Я киваю.

— Вкусные, — говорит он, — домашние всегда сразу отличишь.

Еще немного, и я бы заплакал. Я сам себя не узнаю. Но ничего, здесь мне скоро станет легче, — с Катом, с Альбертом и со всеми другими. Здесь я на своем месте.

— Тебе повезло, — шепчет Кропп, когда мы засыпаем, — говорят, нас отправят в Россию.

— В Россию? Ведь там война уже кончилась.

Вдалеке грохочет фронт. Стены барака дребезжат.

В полку усердно наводят чистоту и порядок. Начальство помешалось на смотрах. Нас инспектируют по всем статьям. Рваные вещи заменяют исправными. Мне удается отхватить совершенно новенький мундир, а Кат — Кат, конечно, раздобыл себе полный комплект обмундирования. Ходит слух, будто бы скоро будет мир, но гораздо правдоподобнее другая версия — что нас повезут в Россию. Однако зачем нам в Россию хорошее обмундирование? Наконец просачивается весть о том, что к нам на смотр едет кайзер. Вот почему нам так часто устраивают смотры и поверки.

Целую неделю нам кажется, что мы снова попали в казарму для новобранцев, — так нас замучили работой и строевыми учениями. Все ходят нервные и злые, потому что мы не любим, когда нас чрезмерно донимают чисткой и уборкой, а уж шагистика нам и подавно не по нутру. Все это озлобляет солдата еще больше, чем окопная жизнь.

Наконец наступают торжественные минуты. Мы стоим навытяжку, и перед строем появляется кайзер. Нас разбирает любопытство: какой он из себя? Он обходит фронт, и я чувствую, что я в общем несколько разочарован: по портретам я его представлял себе иначе, — выше ростом и величественнее, а главное, он должен говорить другим, громовым голосом.

Он раздает «железные кресты» и время от времени обращается с вопросом к кому-нибудь из солдат. Затем мы расходимся.

После смотра мы начинаем беседу. Тьяден говорит с удивлением:

— Так это, значит, самое что ни на есть высшее лицо? Выходит, перед ним все должны стоять руки по швам, решительно все! — Он соображает. — Значит, и Гинденбург тоже должен стоять перед ним руки по швам, а?

— А как же! — подтверждает Кат.

Но Тьядену этого мало. Подумав с минуту, он спрашивает:

— А король? Он что, тоже должен стоять перед кайзером руки по швам?

Этого никто в точности не знает, но нам кажется, что вряд ли это так, — и тот и другой стоят уже настолько высоко, что брать руки по швам между ними, конечно, не принято.

— И что за чушь тебе в голову лезет? — говорит Кат. — Важно то, что сам-то ты вечно стоишь руки по швам.

Но Тьяден совершенно загипнотизирован. Его обычно бедная фантазия заработала на полный ход.

— Послушай, — заявляет он, — я просто понять не могу, неужели же кайзер тоже ходит в уборную, точь-в-точь как я?

— Да, уж в этом можешь не сомневаться, — хохочет Кропп.

— Смотри, Тьяден, — добавляет Кат, — я вижу, у тебя уже дважды два получается свиной хрящик, а под черепом у тебя вошки завелись, сходи-ка ты сам в уборную, да побыстрей, чтоб в голове у тебя прояснилось и чтоб ты не рассуждал как грудной младенец.

Тьяден исчезает.

— Но что я все-таки хотел бы узнать, — говорит Альберт, — так это вот что: началась бы война или не началась, если бы кайзер сказал «нет»?

— Я уверен, что войны не было бы, — вставляю я, — ведь он, говорят, сначала вовсе не хотел ее.

— Ну пусть не он один, пусть двадцать-тридцать человек во всем мире сказали бы «нет», — может быть, тогда ее все же не было бы?

— Пожалуй, что так, — соглашаюсь я, — но ведь они-то как раз хотели, чтоб она была.

— Странно все-таки, как подумаешь, — продолжает Кропп, — ведь зачем мы здесь? Чтобы защищать свое отечество. Но ведь французы тоже находятся здесь для того, чтобы защищать свое отечество. Так кто же прав?

— Может быть, и мы и они, — говорю я, хотя в глубине души и сам этому не верю.

— Ну, допустим, что так, — замечает Альберт, и я вижу, что он хочет прижать меня к стенке, — однако наши профессора, и пасторы, и газеты утверждают, что правы только мы (будем надеяться, что так оно и есть), а в то же время их профессора, и пасторы, и газеты утверждают, что правы только они. Так вот, в чем же тут дело?

— Это я не знаю, — говорю я, — ясно только то, что война идет и с каждым днем в нее вступают все новые страны.

Тут снова появляется Тьяден. Он все так же взбудоражен и сразу же вновь включается в разговор: теперь его интересует, отчего вообще возникают войны.

— Чаще всего от того, что одна страна наносит другой тяжкое оскорбление, — отвечает Альберт довольно самоуверенным тоном.

Но Тьяден прикидывается простачком:

— Страна? Ничего не понимаю. Ведь не может же гора в Германии оскорбить гору во Франции. Или, скажем, река, или лес, или пшеничное поле.

— Ты в самом деле такой олух или только притворяешься? — ворчит Кропп. — Я же не то хотел сказать. Один народ наносит оскорбление другому...

— Тогда мне здесь делать нечего, — отвечает Тьяден, — меня никто не оскорблял.

— Поди объясни что-нибудь такому дурню, как ты, — раздраженно говорит Альберт, — тут ведь дело не в тебе и не в твоей деревне.

— А раз так, значит мне сам бог велел вертаться до дому, — настаивает Тьяден, и все смеются.

— Эх ты, Тьяден, народ тут надо понимать как нечто целое, то есть государство! — восклицает Мюллер.

— Государство, государство! — Хитро сощурившись, Тьяден прищелкивает пальцами. — Полевая жандармерия, полиция, налоги — вот что такое ваше государство. Если ты про это толкуешь, благодарю покорно!

— Вот это верно, Тьяден, — говорит Кат, — наконец-то ты говоришь дельные вещи. Государство и родина — это и в самом деле далеко не одно и то же.

— Но все-таки одно с другим связано, — размышляет Кропп, — родины без государства не бывает.

— Правильно, но ты не забывай о том, что почти все мы простые люди. Да ведь и во Франции большинство составляют рабочие, ремесленники, мелкие служащие. Теперь возьми какого-нибудь французского слесаря или сапожника. С чего бы ему нападать на нас? Нет, это все правительства выдумывают. Я вот сроду ни одного француза не видал, пока не попал сюда, и с большинством французов дело обстоит точно так же, как с нами. Как здесь нашего брата не спрашивают, так и у них.

— Так отчего же все-таки бывают войны? — спрашивает Тьяден.

Кат пожимает плечами:

— Значит, есть люди, которым война идет на пользу.

— Ну уж только не мне, — ухмыляется Тьяден.

— Конечно, не тебе и не одному из нас.

— Так кому же тогда? — допытывается Тьяден. — Ведь кайзеру от нее тоже пользы мало. У него ж и так есть все, что ему надо.

— Не говори, — возражает Кат, — войны он до сих пор еще не вел. А всякому приличному кайзеру нужна по меньшей мере одна война, а то он не прославится. Загляни-ка в свои школьные учебники.

— Генералам война тоже приносит славу, — говорит Детеринг.

— А как же, о них даже больше трубят, чем о монархах, — подтверждает Кат.

— Наверно, за ними стоят другие люди, которые на войне нажиться хотят, — басит Детеринг.

— Мне думается, это скорее что-то вроде лихорадки, — говорит Альберт. — Никто как будто бы и не хочет, а смотришь, — она уж тут как тут. Мы войны не хотим, другие утверждают то же самое, и все-таки чуть не весь мир в нее впутался.

— А все же у них врут больше, чем у нас, — возражаю я. — Вы только вспомните, какие листовки мы находили у пленных, — там ведь было написано, что мы поедаем бельгийских детей. Им бы следовало вздернуть того, кто у них пишет это. Вот где подлинные-то виновники!

Мюллер встает:

— Во всяком случае, лучше, что война идет здесь, а не в Германии. Взгляните-ка на воронки!

— Это верно, — неожиданно поддерживает его не кто иной, как Тьяден, — но еще лучше, когда войны вовсе нет.

Он удаляется с гордым видом, — ведь ему удалось-таки побить нас, молодежь. Его рассуждения и в самом деле очень характерны; их слышишь здесь на каждом шагу, и никогда не знаешь, как на них возразить, так как, подходя к делу с этой стороны, перестаешь понимать многие другие вещи. Национальная гордость серошинельника заключается в том, что он находится здесь. Но этим она и исчерпывается, обо всем остальном он судит сугубо практически, со своей узко личной точки зрения.

Альберт ложится в траву.

— Об этих вещах лучше вовсе ничего не говорить, — сердится он.

— Все равно ведь от этого ничего не изменится, — поддакивает Кат.

В довершение всего нам велят сдать почти все недавно полученные новые вещи и выдают наше старое тряпье. Чистенькое обмундирование было роздано только для парада.

Нас отправляют не в Россию, а на передовые. По пути мы проезжаем жалкий лесок с перебитыми стволами и перепаханной почвой. Местами попадаются огромные ямы.

— Черт побери, ничего себе рвануло! — говорю я Кату.

— Минометы, — отвечает тот и показывает на деревья.

На ветвях висят убитые. Между стволом и одной веткой застрял голый солдат. На его голове еще надета каска, а больше на нем ничего нет. Там, наверху, сидит только полсолдата, верхняя часть туловища, без ног.

— Что же здесь произошло? — спрашиваю я.

— Его вытряхнуло из одежды, — бормочет Тьяден.

Кат говорит:

— Странная штука! Мы это уже несколько раз замечали. Когда такая мина саданет, человека и в самом деле вытряхивает из одежды. Это от взрывной волны.

Я продолжаю искать. Так и есть. В одном месте висят обрывки мундира, в другом, совсем отдельно от них, прилипла кровавая каша, которая когда-то была человеческим телом. Вот лежит другой труп. Он совершенно голый, только одна нога прикрыта куском кальсон да вокруг шеи остался воротник мундира, а сам мундир и штаны словно развешаны по веткам. У трупа нет обеих рук, их словно выкрутило. Одну из них я нахожу в кустах на расстоянии двадцати шагов.

Убитый лежит лицом вниз. Там, где зияют раны от вырванных рук, земля почернела от крови. Листва под ногами разворошена, как будто он еще брыкался.

— Несладко ему пришлось, Кат, — говорю я.

— Получить осколок в живот тоже несладко, — отвечает тот, пожимая плечами.

— Вы только нюни не распускайте, — вставляет Тьяден.

Все это произошло, как видно, совсем недавно, — кровь на земле еще свежая. Так как мы видим только одних убитых, задерживаться здесь нам нет смысла. Мы лишь сообщаем о своей находке на ближайший санитарный пункт. Пусть горе-вояки из санитарного батальона сами позаботятся об этом, — в конце концов мы не обязаны выполнять за них их работу.

Нам надо выслать разведчиков, чтобы установить глубину обороны противника на нашем участке. После отпуска мне все время как-то неловко перед товарищами, поэтому я прошу послать и меня. Мы договариваемся о плане действий, пробираемся через проволочные заграждения и расходимся в разные стороны, чтобы ползти дальше поодиночке. Через некоторое время я нахожу неглубокую воронку и скатываюсь в нее. Отсюда я веду наблюдение.

Местность находится под пулеметным огнем средней плотности. Она простреливается со всех сторон. Огонь не очень сильный, но все же лучше особенно не высовываться.

Надо мной раскрывается парашют осветительной ракеты. В ее тусклом свете все вокруг словно застыло. Вновь сомкнувшаяся над землей тьма кажется после этого еще черней. Кто-то из наших рассказывал, будто перед нашим участком во французских окопах сидят негры. Это неприятно: в темноте их плохо видно, а кроме того, они очень искусные разведчики. Удивительно, что, несмотря на это, они зачастую действуют безрассудно. Однажды Кат ходил в разведку, и ему удалось перебить целую группу вражеских разведчиков-негров только потому, что эти ненасытные курильщики ползли с сигаретами в зубах. Такой же случай был и с Кроппом. Кату и Альберту оставалось только взять на мушку тлеющие точечки сигарет.

Рядом со мной с шипением падает небольшой снаряд. Я не слышал, как он летел, поэтому сильно вздрагиваю от испуга. В следующее мгновение меня охватывает беспричинный страх. Я здесь один, я почти совсем беспомощен в темноте. Быть может, откуда-нибудь из воронки за мной давно уже следит пара чужих глаз и где-нибудь уже лежит наготове взведенная ручная граната, которая разорвет меня. Я пытаюсь стряхнуть с себя это ощущение. Уже не первый раз я в разведке, и сегодняшняя вылазка не так опасна. Но это моя первая разведка после отпуска, и к тому же я еще довольно плохо знаю местность.

Я втолковываю самому себе, что мои страхи бессмысленны, что, по-видимому, ничто не подстерегает меня в темноте, — ведь иначе они не стреляли бы так низко над землей.

Все напрасно. Голова у меня гудит от суматошно толкущихся в ней мыслей: я слышу предостерегающий голос матери, я вижу проволочную сетку, у которой стоят русские с их развевающимися бородами, я удивительно ясно представляю себе солдатскую столовую с креслами, кино в Валансьенне, мое воображение рисует ужасную, мучительно отчетливую картину: серое, бесчувственное дуло винтовки, беззвучно, настороженно следящее за мной, куда бы я ни повернул голову. Пот катится с меня градом.

Я все еще лежу в ямке. Смотрю на часы: прошло всего лишь несколько минут. Лоб у меня в испарине, подглазья взмокли, руки дрожат, дыхание стало учащенным. Это сильный припадок трусости, вот что это такое, самый обыкновенный подлый животный страх, который не дает мне поднять голову и поползти дальше.

По моему телу студнем расползается расслабляющее мускулы желание лежать и не двигаться. Руки и ноги накрепко прилипли ко дну воронки, и я тщетно пытаюсь оторвать их. Прижимаюсь к земле. Не могу стронуться с места. Принимаю решение лежать здесь.

Но тут меня сразу же вновь захлестывает волна противоречивых чувств: стыда, раскаяния и радости оттого, что пока я в безопасности. Чуть-чуть приподнимаю голову, чтобы осмотреться. Я так напряженно вглядываюсь во мрак, что у меня ломит в глазах. В небо взвивается ракета, и я снова пригибаю голову.

Я веду бессмысленную, отчаянную борьбу с самим собой, — хочу выбраться из воронки, но все время сползаю вниз. Я твержу: «Ты должен, ведь это для твоих товарищей, это не какой-нибудь глупый приказ», — и тут же говорю себе: «Что мне за дело, ведь живешь только раз...»

Во всем виноват этот отпуск, с горечью извиняю я себя. Но теперь я и сам не верю в это; мне становится невыносимо тошно, я медленно приподнимаюсь, выжимаюсь на локтях, подтягиваю спину и лежу на краю воронки, наполовину высунувшись из нее.

Тут я слышу какие-то шорохи и отдергиваю голову. Несмотря на грохот орудий, мы чутко различаем каждый подозрительный шорох. Прислушиваюсь — шорох раздается у меня за спиной. Это наши, они ходят по траншее. Теперь я слышу также приглушенные голоса. Судя по интонации, это, пожалуй, Кат.

Мне разом становится необыкновенно тепло на душе. Эти голоса, эти короткие, шепотом произнесенные фразы, эти шаги в траншее за моей спиной одним взмахом вырвали меня из когтей страха перед смертью, который делает человека таким ужасающе одиноким, — страха, жертвой которого я чуть было не стал. Они для меня дороже моей спасенной жизни, эти голоса, дороже материнской ласки и сильнее, чем любой страх, они — самая крепкая и надежная на свете защита, — ведь это голоса моих товарищей.

Теперь я уже не просто затерянный во мраке, трепещущий комочек живой плоти, — теперь я рядом с ними, а они рядом со мной. Мы все одинаково боимся смерти и одинаково хотим жить, мы связаны друг с другом какой-то очень простой, но нелегкой связью. Мне хочется прижаться к ним лицом, к этим голосам, к этим коротким фразам, которые меня спасли и не оставят в беде.

Я осторожно перекатываюсь через край воронки и ужом ползу вперед. Дальше пробираюсь на четвереньках. Все идет хорошо. Я засекаю направление, оборачиваюсь и стараюсь запомнить по вспышкам расположение наших батарей, чтобы найти дорогу обратно. Затем пытаюсь установить связь с товарищами.

Я все еще боюсь, но теперь это разумный страх, это просто взвинченная до предела осторожность. Ночь ветреная, и когда над стволами вспыхивает пламя залпа, по земле перебегают тени. От этого я то вовсе ничего не вижу, то вижу все до мелочи. То и дело замираю на месте, но каждый раз убеждаюсь, что опасности нет. Пробираюсь таким образом довольно далеко вперед и, сделав небольшой круг, поворачиваю обратно. Я так и не нашел никого из товарищей. Приближаюсь к нашим окопам, и каждый пройденный метр прибавляет уверенности. Впрочем, вместе с ней растет и мое нетерпение. Влопаться сейчас было бы совсем уж глупо.

Но тут меня снова разбирает страх. Я сбился с направления и не узнаю местности. Тихонько забираюсь в воронку и пытаюсь сориентироваться. Известно уже немало случаев, когда солдат спрыгивал в окоп, радуясь, что наконец добрался до него, а потом оказывалось, что окоп не наш.

Через некоторое время я снова начинаю прислушиваться. Я все еще плутаю. Лабиринт воронок кажется теперь таким безнадежно запутанным и огромным, что от волнения я уже окончательно не знаю, в какую сторону податься. А вдруг я двигаюсь вдоль линии окопов? Ведь этак можно ползти без конца. Поэтому я еще раз сворачиваю под прямым углом.

Проклятые ракеты! Кажется, что они горят чуть не целый час. Малейшее движение, — и вокруг тебя все так и свистит.

Но ничего не поделаешь, надо отсюда выбираться. Медленно, с передышками я продвигаюсь дальше, перебираю руками и ногами, становясь похожим на рака, и в кровь обдираю себе ладони о зазубренные, острые как бритва осколки. Порой мне кажется, что небо на горизонте как будто чуть-чуть светлеет, но, может быть, это мне просто мерещится? Так или иначе мне постепенно становится ясно, что я сейчас ползу, чтобы спасти свою жизнь.

Где-то с треском рвется снаряд. Сразу же за ним — еще два. И пошло, и пошло. Огневой налет. Стучат пулеметы. Теперь остается только одно — лежать, не трогаясь с места. Дело, кажется, кончится атакой. Повсюду взлетают ракеты. Одна за другой.

Я лежу в большой воронке, скорчившись, по пояс в воде. Если начнется атака, плюхнусь в воду, лицом в грязь, и залезу как можно глубже, только чтобы не захлебнуться. Мне надо прикинуться убитым.

Вдруг я слышу, как огонь перепрыгивает назад. Тотчас же сползаю вниз, в воду, сдвигаю каску на самый затылок и высовываю рот ровно настолько, чтоб можно было дышать.

Затем я замираю, — где-то брякает металл, шаркают и топают приближающиеся шаги. Каждый нерв во мне сжимается в холодный как лед комочек. Что-то с шумом проносится надо мной, — первая цепь атакующих пробежала. Только одна распирающая череп мысль сидит в мозгу: что ты сделаешь, если кто-нибудь из них спрыгнет в твою воронку? Теперь я быстро вытаскиваю свой маленький кинжал и, крепко сжимая рукоятку, снова прячу его, окуная держащую его руку в грязь. Если кто-нибудь прыгнет сюда, я сразу же полосну его, молотом стучит у меня в голове. Надо сразу же перерезать ему глотку, чтобы он не закричал, иначе ничего не выйдет: он перепугается не меньше меня, и уже поэтому мы бросимся друг на друга. Значит, я должен быть первым.

Наши батареи открывают огонь. Один снаряд ложится поблизости от меня. Это приводит меня в неистовую ярость: не хватало только, чтоб меня накрыло осколком от нашего же снаряда; я кляну все на свете и скрежещу зубами, так что в рот мне лезет всякая дрянь; это взрыв бешенства; под конец меня хватает только на стоны и молитвы.

Доносится треск разрывов. Если наши пойдут в контратаку, я спасен. Прижимаюсь лицом к земле и слышу приглушенный грохот, словно отдаленные взрывы на руднике, затем снова поднимаю голову, чтобы прислушаться к звукам, идущим сверху.

Стучат пулеметы. Я знаю, что наши заграждения прочны и почти не имеют повреждений, — на отдельных участках через них пропущен ток высокого напряжения. Ружейный огонь нарастает. Им не пройти, им придется повернуть обратно.

Снова приседаю на дно. Все во мне напряжено до предела. Снаружи слышится щелканье пуль, шорох шагов, побрякивание амуниции. Потом один-единственный пронзительный крик. Их обстреливают, атака отбита.

Стало еще немного светлее. Возле моей воронки слышны торопливые шаги. Кто-то идет. Мимо. Еще кто-то. Пулеметные щелчки сливаются в одну непрерывную очередь. Я только что собрался переменить позу, как вдруг наверху слышится шум, и, шлепаясь о стенки, ко мне в воронку тяжело падает чье-то тело, скатывается на дно, валится на меня...

Я ни о чем не думаю, не принимаю никакого решения, молниеносно вонзаю в него кинжал и только чувствую, как это тело вздрагивает, а затем мягко и бессильно оседает. Когда я прихожу в себя, я ощущаю на руке что-то мокрое и липкое.

Человек хрипит. Мне чудится, что он громко кричит, каждый вздох кажется мне воплем, ударом грома, — на самом деле это стучит в жилах моя кровь. Мне хочется зажать ему рот, набить туда земли, полоснуть его еще раз, только чтобы он замолчал, — ведь он меня выдаст, — но я уже настолько пришел в себя и, к тому же, вдруг так ослабел, что у меня рука на него не поднимается.

Отползаю в самый дальний угол и лежу там, не спуская с него глаз и сжимаю рукоятку кинжала, готовый снова броситься на него, если он зашевелится. Но он уже ничего не сможет сделать, я понял это по его хрипу.

Я вижу его лишь с трудом. У меня сейчас одно только желание — выбраться отсюда. Надо сделать это побыстрей, а то станет слишком светло. Однако, когда я пытаюсь высунуть голову, вижу сразу же, что это уже невозможно. Пулеметный огонь настолько плотен, что меня изрешетит, прежде чем я успею сделать хотя бы один скачок.

Проверяю это еще раз с помощью каски: выставляю ее наружу, слегка приподнимая над краем воронки, чтобы установить, насколько низко идут пули. Через несколько секунд пуля вышибает каску из пальцев. Значит, огонь стелется над самой землей. Я нахожусь настолько близко к позициям противника, что, если попытаюсь удрать, их снайперы тут же возьмут меня на мушку.

Света становится все больше. Со жгучим нетерпением жду атаки с нашей стороны. У меня побелели пальцы, — так крепко я сжимаю руки, так страстно молю судьбу, чтобы огонь прекратился и чтобы пришли мои товарищи.

Минуты уходят, как капли в песок. Я уже не решаюсь взглянуть на темную фигуру в углу воронки. Напряженно стараюсь не глядеть на нее и жду, жду... Пули шипят, они нависли стальной сеткой, конца не видно.

Тут я замечаю кровь у себя на руке и чувствую внезапный приступ тошноты. Беру горсть земли и натираю ею кожу, — теперь рука по крайней мере грязная, и крови больше не видно.

Огонь не ослабевает. Обе стороны ведут его одинаково интенсивно. Наверно, наши давно уже считают меня погибшим.

Хмурое раннее утро. Уже совсем светло. Хрип не прекращается. Я затыкаю уши, но очень скоро снова отнимаю пальцы, так как иначе мне не слышно всех других звуков.

Фигура в противоположном углу зашевелилась. Я испуганно вздрагиваю и невольно смотрю в ту сторону. Теперь я уже не могу оторвать глаз. Там лежит человек с маленькими усиками, голова у него свалилась набок, одна рука наполовину согнута в локте, и голова бессильно опирается на нее. Другая рука лежит на груди, она в крови.

Он умер, говорю я себе, он, конечно, умер, он уже ничего не чувствует, это не он хрипит, это только его тело. Но вот он пытается приподнять голову, на мгновение стон становится громче, затем человек снова припадает лбом к руке. Он не умер, — он умирает, но еще не умер. Я начинаю пододвигаться к нему, останавливаюсь, опираюсь на руки и сползаю еще поближе, выжидаю... Дальше, дальше. Мне надо проползти все эти жуткие три метра, длинный, страшный путь. Наконец я добрался до него.

Тогда он открывает глаза. Должно быть, он меня все-таки услыхал и смотрит на меня с выражением сильнейшего ужаса. Тело неподвижно, зато в устремленных вдаль глазах столько неизбывной тоски, что с минуту мне кажется: у них, наверно, хватило бы силы увлечь за собой тело. Хватило бы силы перенести его одним рывком за сотни километров. Он лежит сейчас тихо, совершенно спокойно, не издавая ни звука, хрипа больше не слышно, но глаза у него кричат, ревут, — в них сосредоточилась жизнь, делающая последнее неимоверное усилие, чтобы спастись, трепещущая от страха перед смертью, передо мной.

У меня подгибаются ноги, и я падаю на локти.

— Нет, нет, нет, — шепчу я.

Глаза следят за мной. Я не в силах пошевельнуться, пока они смотрят на меня.

Потом его рука медленно соскальзывает с груди. Она опускается чуть заметно, всего лишь на несколько сантиметров, но с этим движением его глаза утратили свою власть надо мной. Я наклоняюсь к нему, качаю головой, шепчу: «Нет, нет, нет», поднимаю руку, — я должен показать, что хочу ему помочь, — и глажу его лоб.

Заметив приближающуюся руку, глаза испуганно отпрянули, но теперь взгляд теряет свою сосредоточенность, ресницы опускаются ниже, напряжение спадает. Я расстегиваю его воротник и приподнимаю голову, чтобы ему было удобнее лежать.

Рот у него полуоткрыт, он силится сложить какие-то слова. Губы пересохли. Фляжки у меня нет, — я не взял ее с собой. Но внизу, на грязном дне воронки, есть вода. Я слезаю вниз, вытаскиваю носовой платок, разворачиваю его, прижимаю его к земле и начерпываю горстью желтую воду, которая просачивается через него.

Он проглатывает ее. Я приношу ему еще. Затем расстегиваю ему мундир, чтобы перевязать его, насколько это возможно. Я должен сделать это по крайней мере на тот случай, если попаду к ним в плен. Они увидят тогда, что я хотел ему помочь, и не расстреляют меня. Он пытается сопротивляться, но в руке у него совсем нет силы. Рубаха слиплась, и ее не задерешь, — сзади она пристегнута на пуговицах. Остается только разрезать ее.

Принимаюсь искать кинжал и нахожу его. Но когда я собираюсь разрезать рубаху, глаза еще раз открываются, и в них снова стоит крик, и они снова смотрят этим безумным взглядом, так что я поневоле заслоняю их ладонью, прижимаю веки пальцами и шепчу: «Ведь я хочу помочь тебе, товарищ, camarade, camarade, camarade». Я настойчиво твержу это слово, чтобы он меня понял.

У него три раны. Бинты из моего пакета прикрывают их, но кровь вытекает из-под повязки. Я затягиваю ее покрепче, тогда он стонет.

Это все, что я могу сделать. А теперь нам надо ждать, ждать...

О, эти долгие часы! Я снова слышу хрип. Сколько же времени нужно человеку, чтобы умереть? Я ведь знаю: его уже не спасти. Сначала я еще пытаюсь убедить себя, что он выживет, но в середине дня этот самообман рухнул, разлетелся во прах, сметенный его предсмертными стонами. Если бы только я не потерял револьвера, я бы пристрелил этого человека. Заколоть его я не могу.

В полдень мое сознание меркнет, и я бездумно дремлю где-то на его грани. Меня гложет голод, я чуть не плачу, так мне хочется есть, но никак не могу взять себя в руки. Приношу то и дело воды умирающему, а потом пью и сам.

Он первый человек, которого я убил своими руками и который умирает у меня на глазах, по моей вине. И Кату, и Кроппу, и Мюллеру тоже доводилось видеть людей, которых они застрелили, многие из нас испытали это, во время рукопашной это бывает нередко...

И все-таки каждый его вздох обнажает мне сердце. У этого умирающего есть союзники — минуты и часы; у него есть незримый нож, которым он меня убивает, — время и мои мысли.

Я многое бы отдал за то, чтобы он выжил. Так тяжко лежать здесь и смотреть, как он умирает.

В три часа дня все кончено.

Мне становится легче. Но ненадолго. Вскоре мне начинает казаться, что переносить молчание еще труднее, чем слышать его стоны. Мне хотелось бы вновь услышать его хрип, отрывистый, то затихающий, то опять громкий и сиплый.

Я делаю сейчас бессмысленные вещи. Но мне надо чем-то занять себя. Еще раз укладываю покойника поудобнее, хотя он уже ничего больше не чувствует. Закрываю ему глаза. Глаза у него карие, волосы черные, слегка вьющиеся на висках.

Под усиками пухлые, мягкие губы, нос с небольшой горбинкой, лицо смуглое; теперь он не выглядит таким болезненно бледным, как прежде, когда он еще был жив. На минуту оно даже кажется почти совсем здоровым; затем оно быстро превращается в одно из тех осунувшихся, отчужденных лиц, которые я так часто видел у покойников и которые так похожи друг на друга.

Уж, наверно, его жена думает сейчас о нем; она не знает, что случилось. Судя по его виду, он ей часто писал. Письма еще будут приходить к ней, — завтра, через неделю, быть может, какое-нибудь запоздавшее письмо придет даже через месяц. Она будет читать его, и в этом письме он будет разговаривать с ней.

У меня становится все более скверно на душе, я не могу сдержать наплыв мыслей. Как выглядит его жена? Уж не похожа ли она на ту худенькую, смуглую с той стороны канала? Разве я не могу считать ее своей? Быть может, теперь, после того, что случилось, она стала моей! Ах, если бы Канторек был сейчас здесь! А что если бы моя мать увидела меня сейчас?..

Этот человек наверняка прожил бы еще лет тридцать, если бы я получше запомнил, как мне идти обратно. Если бы он пробежал на два метра левее, он сидел бы сейчас у себя в окопе и писал бы новое письмо своей жене.

Но что проку в этих рассуждениях, — ведь это наша общая судьба: если бы Кеммерих отставил свою ногу на десять сантиметров правее, если бы Хайе пригнулся на пять сантиметров ниже...

Молчание затянулось. Я начинаю говорить, потому что не могу иначе. Я обращаюсь к нему и высказываю ему все:

— Товарищ, я не хотел убивать тебя. Если бы ты спрыгнул сюда еще раз, я не сделал бы того, что сделал, — конечно, если бы и ты вел себя благоразумно. Но раньше ты был для меня лишь отвлеченным понятием, комбинацией идей, жившей в моем мозгу и подсказавшей мне мое решение. Вот эту-то комбинацию я и убил. Теперь только я вижу, что ты такой же человек, как и я. Я помнил только о том, что у тебя есть оружие: гранаты, штык; теперь же я смотрю на твое лицо, думаю о твоей жене и вижу то общее, что есть у нас обоих. Прости меня, товарищ! Мы всегда слишком поздно прозреваем. Ах, если б нам почаще говорили, что вы такие же несчастные маленькие люди, как и мы, что вашим матерям так же страшно за своих сыновей, как и нашим, и что мы с вами одинаково боимся смерти, одинаково умираем и одинаково страдаем от боли! Прости меня, товарищ: как мог ты быть моим врагом? Если бы мы бросили наше оружие и сняли наши солдатские куртки, ты бы мог быть мне братом, — точно так же, как Кат и Альберт. Возьми от меня двадцать лет жизни, товарищ, и встань. Возьми больше, — я не знаю, что мне теперь с ней делать!

Канонада стихла, фронт спокоен, только потрескивают винтовки. Пули ложатся густо, это не беспорядочная стрельба, — обе стороны ведут прицельный огонь. Мне нельзя выходить отсюда.

— Я напишу твоей жене, — торопливо говорю я умершему. — Я напишу ей, пусть она узнает об этом от меня. Я скажу ей все, что говорю тебе. Она не должна терпеть нужду, я буду ей помогать, и твоим родителям, и твоему ребенку тоже...

Его куртка полурасстегнута. Я быстро нахожу бумажник. Но я медлю развернуть его. В нем лежит солдатская книжка с его фамилией. Пока я не знаю его фамилии, я, быть может, еще забуду его, время сотрет его образ. А его фамилия — это гвоздь, который будет забит где-то у меня внутри, так что его уж никогда не вытащишь. Она будет обладать властью вновь и вновь вызывать в моей памяти все случившееся, и оно сможет тогда постоянно возвращаться — и опять вставать передо мной.

Не в силах решиться, я держу бумажник в руке. Он падает и раскрывается. Из него выпадает несколько писем и фотографий. Я подбираю их и хочу вложить обратно, но голод, опасность, неопределенность моего положения, часы, проведенные с мертвецом,

— все эти гнетущие переживания довели меня до отчаяния. Я хочу ускорить развязку, усугубить мучения и разом покончить с ними. Так человек, у которого нестерпимо болит рука, со всего маху бьет ею о дерево, — все равно, будь что будет!

С фотографий на меня смотрят женщина и маленькая девочка. Это любительские снимки узкого формата, сделанные на фоне увитой плющом стены. Рядом с ними лежат письма. Вынимаю их и пытаюсь читать. Я почти ничего не понимаю, — почерк неразборчивый, к тому же французский язык я знаю неважно. Но каждое слово, которое мне удается перевести, вонзается мне в грудь как пуля, как нож.

Мой мозг перенапряжен. Но одно мне все-таки ясно: я не посмею написать этим людям, хоть и собирался это сделать. Это невозможно. Я еще раз смотрю на фотографии. Это небогатые люди. Я мог бы посылать им денежные переводы без подписи, — когда-нибудь потом, когда я буду зарабатывать. Я цепляюсь за эту мысль, в ней есть что-то такое, на чем можно хоть ненадолго остановиться. Этот убитый солдат связан и с моей собственной жизнью, поэтому, если я хочу спастись, мне надо сделать и пообещать все; не задумываясь, клянусь я ему, что посвящу всю свою жизнь только ему и его семье; торопливо, брызжа слюной, я заверяю его в этом, а где-то в глубине души у меня таится надежда, что этим я откуплюсь и что, может быть, мне еще удастся выбраться отсюда, — мелкая хитрость в расчете на то, что там, мол, будет видно. И поэтому я раскрываю его солдатскую книжку и медленно читаю: «Жерар Дюваль, печатник».

Взяв у покойного карандаш, я записываю на конверте его адрес и потом вдруг поспешно засовываю все это обратно в его карман.

«Я убил печатника Жерара Дюваля. Теперь мне надо стать печатником, — думаю я, уже окончательно запутавшись, — стать печатником, печатником...»

Во второй половине дня я немного успокаиваюсь. Я напрасно боялся. Его имя уже не приводит меня в смятение.

— Товарищ, — говорю я, повернувшись к убитому, но теперь уже спокойным тоном. — Сегодня ты, завтра я. Но если я вернусь домой, я буду бороться против этого, против того, что сломило нас с тобой. У тебя отняли жизнь, а у меня? У меня тоже отняли жизнь. Обещаю тебе, товарищ: это не должно повториться, никогда.

Солнце стоит низко. Я отупел от голода и усталости. Все, что было вчера, представляется мне как в тумане, я уже потерял надежду выбраться отсюда. Сижу в полудреме и даже не соображаю, что дело идет к вечеру.

Наступают сумерки. Теперь мне кажется, что время летит быстро. Еще час. Если бы дело было летом, еще три часа. Еще час.

Меня вдруг бросает в дрожь. А что, если мне что-нибудь помешает? Я уже не думаю об убитом, сейчас он мне совершенно безразличен. Во мне внезапно пробудилась жажда жизни, и все мои добрые намерения отступают перед ней в тень. Только для того, чтобы не накликать на себя беду в последнюю минуту, я машинально бубню:

— Я выполню все, что обещал тебе, товарищ, я выполню все, — но я знаю уже сейчас, что не сделаю этого.

Мне вдруг приходит в голову, что, когда я буду подползать, по мне могут открыть огонь мои же товарищи, — ведь они не будут знать, что это я. Я начну кричать по возможности уже издалека, чтобы они поняли, что это я. Буду лежать перед окопами до тех пор, пока они мне не ответят.

Вот и первая звезда. На фронте по-прежнему затишье. Облегченно вздыхаю и от волнения разговариваю сам с собой:

— Теперь только не наделай глупостей, Пауль. Спокойно, спокойно, Пауль, — тогда ты спасен, Пауль.

Я называю себя по имени, и это помогает; как будто со мной говорит кто-то другой, чьи слова имеют надо мной больше власти.

Сумерки сгущаются. Мое волнение проходит, из осторожности я выжидаю, пока начнут подниматься первые ракеты. Затем выползаю из воронки. Убитого я уже позабыл. Передо мной опускающаяся на землю ночь и освещенное бледным светом поле. Засекаю ямку. В тот момент, когда свет гаснет, перебираюсь одним броском туда, ищу глазами следующую ямку, шмыгаю в нее, пригибаюсь, прокрадываюсь дальше.

Приближаюсь к окопам. Вдруг я вижу при вспышке ракеты, что в проволоке что-то шевелится, а затем замирает. Лежу не двигаясь. При следующей вспышке проволока опять покачивается. Это наверняка солдаты из наших окопов. Но я не выдаю себя до тех пор, пока не узнаю наших касок. Тогда я окликаю их.

Тотчас же я слышу в ответ свое имя: «Пауль! Пауль!»

Я окликаю их еще раз. Это Кат и Альберт. Прихватив с собой плащ-палатку, они отправились искать меня.

— Ты ранен?

— Нет, нет.

Мы сползаем в траншею. Я прошу чего-нибудь поесть и с жадностью набрасываюсь на еду. Мюллер дает мне сигарету. Я рассказываю в нескольких словах, что со мной произошло. Ведь ничего необычного тут нет; такие случаи нередки. Вся разница в том, что на этот раз атака началась ночью. А вот когда Кат был в России, так там он пролежал однажды двое суток по ту сторону русских позиций, прежде чем ему удалось пробиться к своим.

Об убитом печатнике я ничего не говорю.

Лишь на следующее утро чувствую, что не выдержу. Мне надо рассказать об этом Кату и Альберту. Они успокаивают меня:

— Тут уж ничего не изменишь. А что ж тебе оставалось делать? Для этого-то ты и находишься здесь!

Я слушаю их и думаю, что с ними мне нечего бояться, меня утешает уже то, что они рядом со мной. Что за вздор я городил, когда лежал там, в воронке!

— Взгляни-ка вон туда, — показывает Кат.

У брустверов стоит несколько снайперов. Пристроив свои винтовки с оптическими прицелами, они держат под наблюдением большой участок вражеских позиций. Время от времени раздается выстрел.

Через некоторое время мы слышим возгласы:

— Вот это влепил!

— Видал, как он подпрыгнул?

Сержант Эльрих с гордостью оборачивается и записывает себе очко. Сегодня на его счету три точно зафиксированных попадания, и он стоит на первом месте в снайперской таблице.

— Что ты на это скажешь? — спрашивает Кат.

Я качаю головой.

— Если он будет продолжать в том же духе, сегодня к вечеру у него в петличке будет еще одна ленточка, — говорит Кропп.

— Или же его произведут в вице-фельдфебели, — добавляет Кат.

Мы глядим друг на друга.

— Я бы этого делать не стал, — говорю я.

— И все-таки, — отвечает Кат, — очень хорошо, что ты видишь это именно сейчас.

Сержант Эльрих снова подходит к брустверу. Дуло его винтовки рыщет то направо, то налево.

— О том, что переживаешь ты, после этого и говорить не стоит, — поддерживает Ката Альберт.

Теперь я уже и сам себя не понимаю.

— Это все оттого, что мне пришлось так долго пролежать с ним вместе, — говорю я. — В конце концов война есть война.

Винтовка Эльриха щелкает коротко и сухо.

X

Мы раздобыли себе теплое местечко. Наша команда из восьми человек должна охранять деревню, которую пришлось оставить, так как противник слишком сильно обстреливал ее.

В первую очередь нам приказано присматривать за продовольственным складом, из которого еще не все вывезли. Продовольствием мы должны себя обеспечивать сами, из наличных запасов. Насчет этого мы мастера. Мы это Кат, Альберт, Мюллер, Тьяден, Леер, Детеринг. Здесь собралось все наше отделение. Правда, Хайе уже нет в живых. Но все равно можно считать, что нам еще здорово повезло, — во всех других отделениях потерь гораздо больше, чем у нас.

Под жилье мы выбираем себе бетонированный погреб с выходящей наружу лестницей. Вход защищен еще особой бетонной стенкой.

Затем мы развиваем бурную деятельность. Нам вновь представился случай отдохнуть не только телом, но и душой. А таких случаев мы не упускаем, положение у нас отчаянное, и мы не можем подолгу разводить сантименты. Предаваться унынию можно лишь до тех пор, пока дела идут еще не совсем скверно. Нам же приходится смотреть на вещи просто, другого выхода у нас нет. Настолько просто, что порой, когда мне в голову забредет на минутку какая-нибудь мысль еще из тех, довоенных времен, мне становится прямо-таки страшно. Но такие мысли долго не задерживаются.

Мы должны относиться к нашему положению как можно спокойнее. Мы пользуемся для этого любым случаем. Поэтому рядом с ужасами войны, бок о бок с ними, без всякого перехода, в нашей жизни стоит стремление подурачиться. Вот и сейчас мы с рвением трудимся над тем, чтобы создать себе идиллию, — разумеется, идиллию в смысле жратвы и сна.

Перво-наперво мы выстилаем пол матрацами, которые натаскали из домов. Солдатский зад тоже порой не прочь понежиться на мягком. Только в середине погреба есть свободное место. Затем мы раздобываем одеяла и перины, неправдоподобно мягкие, совершенно роскошные штуки. Благо, всего этого в деревне достаточно. Мы с Альбертом находим разборную кровать красного дерева с балдахином из голубого шелка и с кружевными накидками. С нас сошло семь потов, пока мы ее волокли сюда, но нельзя же в самом деле отказывать себе в этом, тем более что через несколько дней ее наверняка разнесет в куски снарядами.

Мы с Катом идем в разведку по домам. Вскоре нам удается подцепить десяток яиц и два фунта довольно свежего масла. Мы стоим в какой-то гостиной, как вдруг раздается треск и, проломив стену, в комнату влетает железная печурка, которая со свистом проносится мимо нас и на расстоянии какого-нибудь метра снова уходит в другую стену. Остаются две дыры. Печурка прилетела из дома напротив, в который угодил снаряд.

— Повезло, — ухмыляется Кат, и мы продолжаем наши поиски.

Вдруг мы настораживаем уши и пускаемся наутек. Вслед за тем мы останавливаемся как зачарованные: в небольшом закуте резвятся два живых поросенка. Протираем глаза и снова осторожно заглядываем туда. В самом деле, они еще там. Мы трогаем их рукой. Сомнений нет, это действительно две молодые свинки.

Лакомое же будет блюдо! Примерно в пятидесяти шагах от нашего блиндажа стоит небольшой домик, в котором квартировали офицеры. На кухне мы находим огромную плиту с двумя конфорками, сковороды, кастрюли и котлы. Здесь есть все, включая внушительный запас мелко наколотых дров, сложенных в сарае. Не дом, а полная чаша.

Двоих мы с утра отправили в поле искать картошку, морковку и молодой горох. Мы живем на широкую ногу, консервы со склада нас не устраивают, нам захотелось свеженького. В чулане уже лежат два кочна цветной капусты.

Поросята заколоты. Это дело взял на себя Кат. К жаркому мы хотим испечь картофельные оладьи. Но у нас нет терок для картошки. Однако и тут мы скоро находим выход из положения: берем крышки от жестяных банок, пробиваем в них гвоздем множество дырок, и терки готовы. Трое из нас надевают плотные перчатки, чтобы не расцарапать пальцы, двое других чистят картошку, и дело спорится.

Кат священнодействует над поросятами, морковкой, горохом и цветной капустой. К капусте он даже приготовил белый соус. Я пеку картофельные оладьи, по четыре штуки за один прием. Через десять минут я наловчился подкидывать на сковородке поджарившиеся с одной стороны оладьи так, что они переворачиваются в воздухе и снова шлепаются на свое место. Поросята жарятся целиком. Все стоят вокруг них, как у алтаря.

Тем временем к нам пришли гости: двое радистов, которых мы великодушно приглашаем отобедать с нами. Они сидят в гостиной, где стоит рояль. Один из них подсел к нему и играет, другой поет «На Везере». Он поет с чувством, но произношение у него явно саксонское. Тем не менее мы растроганно слушаем его, стоя у плиты, на которой жарятся и пекутся все эти вкусные вещи.

Через некоторое время мы замечаем, что нас обстреливают, и не на шутку. Привязные аэростаты засекли дымок из нашей трубы, и противник открыл по нам огонь. Это те вредные маленькие штуковинки, которые вырывают неглубокую ямку и дают так много далеко и низко разлетающихся осколков. Они так и свистят вокруг нас, все ближе и ближе, но не можем же мы в самом деле бросить здесь всю еду. Постепенно эти подлюги пристрелялись. Несколько осколков залетает через верхнюю раму окна в кухню. С жарким мы быстро управимся. Но печь оладьи становится все труднее. Разрывы следуют так быстро друг за другом, что осколки все чаще шлепаются об стену и сыплются через окно. Заслышав свист очередной игрушки, я каждый раз приседаю, держа в руках сковородку с оладьями, и прижимаюсь к стенке у окна. Затем я сразу же поднимаюсь и продолжаю печь.

Саксонец перестал играть, — один из осколков угодил в рояль. Мало-помалу и мы управились со своими делами и организуем отступление. Выждав следующий разрыв, два человека берут кастрюли с овощами и пробегают пулей пятьдесят метров до блиндажа. Мы видим, как они ныряют в него.

Еще один разрыв. Все пригибаются, и вторая пара, — у каждого в руках по кофейнику с первоклассным кофе, — рысцой пускается в путь и успевает укрыться в блиндаже до следующего разрыва.

Затем Кат и Кропп подхватывают большую сковороду с подрумянившимся жарким. Это гвоздь нашей программы. Вой снаряда, приседание, — и вот уже они мчатся, преодолевая пятьдесят метров незащищенного пространства.

Я пеку последние четыре оладьи; за это время мне дважды приходится приседать на пол, но все-таки теперь у нас на четыре оладьи больше, а это мое любимое кушанье.

Потом я хватаю блюдо с высокой стопкой оладий и стою, прильнув к двери. Шипение, треск, — и я галопом срываюсь с места, обеими руками прижав блюдо к груди. Я уже почти у цели, как вдруг слышится нарастающий свист. Несусь, как антилопа, и вихрем огибаю бетонную стенку. Осколки барабанят по ней; я скатываюсь по лестнице в погреб; локти у меня разбиты, но я не потерял ни одной оладьи и не опрокинул блюдо.

В два часа мы садимся за обед. Мы едим до шести. До половины седьмого пьем кофе, офицерский кофе с продовольственного склада, и курим при этом офицерские сигары и сигареты, — все из того же склада. Ровно в семь мы начинаем ужинать. В десять часов мы выбрасываем за дверь поросячьи скелетики. Затем переходим к коньяку и рому, опять-таки из запасов благословенного склада, и снова курим длинные, толстые сигары с наклейками на брюшке. Тьяден утверждает, что не хватает только одного — девочек из офицерского борделя.

Поздно вечером мы слышим мяуканье. У входа сидит маленький серый котенок. Мы подманиваем его и даем ему поесть. От этого к нам самим снова приходит аппетит. Ложась спать, мы все еще жуем.

Однако ночью нам приходится несладко. Мы съели слишком много жирного. Свежий молочный поросенок очень обременителен для желудка. В блиндаже не прекращается хождение. Человека два-три все время сидят снаружи со спущенными штанами и проклинают все на свете. Сам я делаю десять заходов. Около четырех часов ночи мы ставим рекорд: все одиннадцать человек, караульная команда и гости, расселись вокруг блиндажа.

Горящие дома полыхают в ночи, как факелы. Снаряды летят из темноты и с грохотом врезаются в землю. Колонны машин с боеприпасами мчатся по дороге. Одна из стен склада снесена. Шоферы из колонны толкутся у пролома, как пчелиный рой, и, несмотря на сыплющиеся осколки, растаскивают хлеб. Мы им не мешаем. Если б мы вздумали остановить их, они бы нас поколотили, только и всего. Поэтому мы действуем иначе. Объясняем, что мы — охрана, и, так как нам известно, что где лежит, мы приносим консервы и обмениваем их на вещи, которых нам не хватает. Чего над ними трястись, ведь все равно здесь скоро ничего не останется! Для себя мы приносим из склада шоколад и едим его целыми плитками. Кат говорит, что его полезно есть, когда живот не дает покоя ногам.

Проходит почти две недели, в течение которых мы только и делаем, что едим, пьем и бездельничаем. Никто нас не тревожит. Деревня медленно исчезает под разрывами снарядов, а мы живем счастливой жизнью. Пока цела хоть часть склада, нам больше ничего не нужно, и у нас есть только одно желание — остаться здесь до конца войны.

Тьяден стал таким привередой, что выкуривает сигары только до половины. Он с важностью объясняет, что это вошло у него в привычку. Кат тоже чудит — проснувшись поутру, он первым делом кричит:

— Эмиль, принесите икру и кофе!

Вообще все мы страшно зазнались, один считает другого своим денщиком, обращается к нему на «вы» и дает ему поручения.

— Кропп, у меня подошва чешется, потрудитесь поймать вошь.

С этими словами Леер протягивает Альберту свою ногу, как избалованная артистка, а тот тащит его за ногу вверх по лестнице.

— Тьяден!

— Что?

— Вольно, Тьяден! Кстати, запомните: не «что», а «слушаюсь». Ну-ка еще разок: «Тьяден!»

Тьяден разражается бранью и вновь цитирует знаменитое место из гетевского «Геца фон Берлихингена», которое у него всегда на языке.

Проходит еще неделя, и мы получаем приказ возвращаться. Нашему счастью пришел конец. Два больших грузовика забирают нас с собой. На них горой навалены доски. Но мы с Альбертом все же умудряемся водрузить сверху нашу кровать с балдахином, с покрывалом из голубого шелка, матрацами и кружевными накидками. В изголовье мы кладем по мешку с отборными продуктами. Время от времени поглаживаем и твердые копченые колбасы, банки с ливером и с консервами, коробки с сигарами наполняют наши сердца ликованием. У каждого из нашей команды есть с собой такой мешок.

Кроме того, мы с Кроппом спасли еще два красных плюшевых кресла. Они стоят в кровати, и мы, развалясь, сидим на них, как в театральной ложе. Словно шатер, трепещет и раздувается над нами шелковое покрывало. У каждого во рту сигара. Так мы сидим, разглядывая сверху местность.

Между нами стоит клетка, в которой жил попугай; мы разыскали ее для кошки. Кошку мы взяли с собой, она лежит в клетке перед своей мисочкой и мурлыкает.

Машины медленно катятся по дороге. Мы поем. У нас за спиной, там, где осталась теперь уже окончательно покинутая деревня, снаряды взметают фонтаны земли.

Через несколько дней мы выступаем, чтобы занять одно местечко. По пути нам встречаются беженцы — выселенные жители этой деревни. Они тащат с собой свои пожитки, — на тачках, в детских колясках и просто за спиной. Они идут понурившись, на их лицах написаны горе, отчаяние, затравленность и покорность. Дети цепляются за руки матерей, иногда малышей ведет девочка постарше, а те, спотыкаясь, бредут за ней и все время оборачиваются назад. Некоторые несут с собой какую-нибудь жалкую куклу. Проходя мимо нас, все молчат.

Пока что мы движемся походной колонной, — ведь не станут же французы обстреливать деревню, из которой еще не ушли их земляки. Но вот через несколько минут в воздухе раздается вой, земля дрожит, слышатся крики, снаряд угодил в замыкающий колонну взвод, и осколки основательно потрепали его. Мы бросаемся врассыпную и падаем ничком, но в то же мгновение я замечаю, что то чувство напряженности, которое всегда бессознательно диктовало мне под огнем единственно правильное решение, на этот раз изменило мне; в голове у меня молнией мелькает мысль: «Ты пропал», во мне шевелится отвратительный, парализующий страх. Еще мгновение, — и я ощущаю в левой ноге резкую, как удар хлыста, боль. Я слышу, как вскрикивает Альберт; он где-то рядом со мной.

— Вставай, бежим, Альберт! — ору я ему, ибо мы с ним лежим без укрытия, на открытом пространстве.

Он с трудом отрывается от земли и бежит. Я держусь рядом с ним. Нам надо перемахнуть через живую изгородь; она выше человеческого роста. Кропп цепляется за ветки, я подхватываю его ногу, он громко вскрикивает, я подталкиваю его, он перелетает через изгородь. Прыжок, я лечу вслед за Кроппом и падаю в воду, — за изгородью оказался пруд.

Лица у нас перепачканы грязью и тиной, но мы нашли хорошее укрытие. Поэтому мы забираемся в воду по самое горло. Заслышав вой снаряда, мы ныряем в нее с головой.

Проделав это раз десять, я чувствую, что больше не могу. Альберт тоже стонет:

— Пошли отсюда, а то я свалюсь и утону.

— Куда тебя угораздило? — спрашиваю я.

— Кажется, в колено.

— А бежать ты можешь?

— Пожалуй, что могу.

— Тогда побежали!

Мы добираемся до придорожной канавы и пригнувшись несемся вдоль по ней. Огонь догоняет нас. Дорога ведет к складу боеприпасов. Если он взлетит, от нас никогда не найдут даже и пуговицы. Поэтому мы изменяем план и бежим в поле, под углом к дороге.

Альберт начинает отставать.

— Беги, я догоню, — говорит он и падает на землю.

Я трясу его и тащу за руку:

— Поднимись, Альберт! Если ты сейчас ляжешь, тебе уже не добежать. Пошли, я буду тебя поддерживать!

Наконец мы добираемся до небольшого блиндажа. Кропп плюхается на пол, и я перевязываю его. Пуля вошла над самым коленом. Затем я осматриваю самого себя. На штанах у меня кровь, на руке — тоже. Альберт накладывает на входные отверстия бинты из своих пакетиков. Он уже не может двигать ногой, и мы оба удивляемся, как это нас вообще хватило на то, чтобы притащиться сюда. Это все, конечно, только со страху, — даже если бы нам оторвало ступни, мы все равно убежали бы оттуда. Хоть на культяпках, а убежали бы.

Я еще кое-как могу ползать и подзываю проезжающую мимо повозку, которая забирает нас. В ней полно раненых. Их сопровождает санитар, он загоняет нам в грудь шприц, — это противостолбнячная прививка.

В полевом лазарете нам удается добиться, чтобы нас положили вместе. Нам дают жиденький бульон, который мы съедаем с презрением, хотя и жадно, — мы видали лучшие времена, но сейчас нам все-таки хочется есть.

— Значит, верно, по домам, Альберт? — спрашиваю я.

— Будем надеяться, — отвечает он. — Если б только знать, что со мной такое.

Боль становится сильнее. Под повязкой все горит огнем. Мы без конца пьем воду, кружку за кружкой.

— Где у меня рана? Намного выше колена? — спрашивает Кропп.

— По меньшей мере на десять сантиметров, Альберт, — отвечаю я.

На самом деле там, наверно, сантиметра три.

— Вот что я решил, — говорит он через некоторое время, — если они мне отнимут ногу, я поставлю точку. Не желаю ковылять по свету на костылях.

Так мы лежим наедине со своими мыслями и ждем.

Вечером нас несут в «разделочную». Мне становится страшно, и я быстро соображаю, что мне делать, — ведь всем известно, что в полевых лазаретах врачи не задумываясь ампутируют руки и ноги. Сейчас, когда лазареты так забиты, это проще, чем кропотливо сшивать человека из кусочков. Мне вспоминается Кеммерих. Ни за что не дам себя хлороформировать, даже если мне придется проломить кому-нибудь голову.

Пока что все идет хорошо. Врач ковыряется в ране, так что у меня в глазах темнеет.

— Нечего притворяться, — бранится он, продолжая кромсать меня.

Инструменты сверкают в ярком свете, как зубы кровожадного зверя. Боль невыносимая. Два санитара крепко держат меня за руки: одну мне удается высвободить, и я уже собираюсь съездить врачу по очкам, но он вовремя замечает это и отскакивает.

— Дайте этому типу наркоз! — в бешенстве кричит он.

Я сразу же становлюсь смирным.

— Извините, господин доктор, я буду вести себя тихо, но только не усыпляйте меня.

— То-то же, — скрипит он и снова берется за свои инструменты.

Это блондинчик со шрамами от дуэлей и с противными золотыми очками на носу. Лет ему от силы тридцать. Я вижу, что теперь он нарочно мучает меня, — он так и роется в моей ране, время от времени искоса поглядывая на меня из-под своих очков. Я вцепился в поручни, — пусть я лучше сдохну, но он не услышит от меня ни звука.

Врач выуживает осколок и показывает его мне. Как видно, он доволен моим поведением: он тщательно накладывает мне лубок и говорит:

— Завтра на поезд, и домой!

Затем мне делают гипсовую повязку. Увидевшись в палате с Кроппом, я рассказываю ему, что санитарный поезд придет, по всей вероятности, уже завтра.

— Нам надо потолковать с фельдшером, чтобы нас оставили вместе, Альберт.

Мне удается вручить фельдшеру две сигары с наклейками из моего запаса и ввернуть при этом несколько слов. Он обнюхивает сигары и спрашивает:

— У тебя что, еще есть?

— Добрая пригоршня, — говорю я. — И у моего товарища, — я показываю на Кроппа, — тоже найдется. Завтра мы вместе с удовольствием передадим их вам из окна санитарного поезда.

Он, конечно, сразу же смекает, в чем дело: понюхав еще раз, он говорит:

— Ладно.

Ночью мы ни на минуту не можем уснуть. В нашей палате умирает семь человек. Один из них целый час распевает высоким сдавленным тенором хоралы, затем пение переходит в предсмертный хрип. Другой слезает с кровати и успевает доползти до подоконника. Он лежит под окном, словно собравшись в последний раз выглянуть на улицу.

Наши носилки стоят на вокзале. Мы ждем поезда. Идет дождь, а на вокзале нет крыши. Одеяла тоненькие. Мы ждем уже два часа.

Фельдшер ухаживает за нами, как заботливая мамаша. Хотя я чувствую себя очень плохо, я не забываю о нашем плане. Будто невзначай я откидываю одеяло, чтобы фельдшер увидел пачки с сигарами, и даю ему одну в виде задатка. За это он укрывает нас плащ-палаткой.

— Эх, Альберт, дружище, — вспоминаю я, — а помнишь нашу кровать с балдахином и кошку?

— И кресла, — добавляет он.

Да, кресла из красного плюша. По вечерам мы восседали на них как короли и уже собирались выдавать их напрокат. По сигарете за час. Мы жили бы себе забот не зная, да еще имели бы выгоду.

— Альберт, — вспоминаю я, — а наши мешки со жратвой...

Нам становится грустно. Все это нам очень пригодилось бы. Если бы поезд отходил днем позже, Кат наверняка разыскал бы нас и принес бы нам нашу долю.

Вот ведь невезение. В желудке у нас похлебка из муки — скудные лазаретные харчи, — а в наших мешках лежат свиные консервы. Но мы уже настолько ослабели, что не в состоянии волноваться по этому поводу.

Поезд прибывает лишь утром, и к этому времени в носилках хлюпает вода. Фельдшер устраивает нас в один вагон. Повсюду снуют сестры милосердия из Красного Креста. Кроппа укладывают внизу. Меня приподнимают, мне отведено место над ним.

— Ну обождите же, — вдруг вырывается у меня.

— В чем дело? — спрашивает сестра.

Я еще раз бросаю взгляд на постель. Она застлана белоснежными полотняными простынями, непостижимо чистыми, на них даже видны складки от утюга. А я шесть недель не менял рубашки, она у меня черная от грязи.

— Вы не можете влезть сами? — озабоченно спрашивает сестра.

— Залезть-то я залезу, — говорю я, чувствуя, что взопрел, — только снимите сначала белье.

— Зачем же?

Мне кажется, что я грязен как свинья. Неужели меня положат сюда?

— Да ведь я... — Я не решаюсь закончить свою мысль.

— Вы его немножко измажете? — спрашивает она, стараясь приободрить меня. — Это не беда, мы его потом постираем.

— Нет, не в этом дело, — говорю я в волнении.

Я совсем не готов к столь внезапному возвращению в лоно цивилизации.

— Вы лежали в окопах, так неужели же мы для вас простыни не постираем? — продолжает она.

Я смотрю на нее; она молода и выглядит такой же свежей, хрустящей, чистенько вымытой и приятной, как и все вокруг, трудно поверить, что это предназначено не только для офицеров, от этого становится не по себе и даже как-то страшновато.

И все-таки эта женщина — сущий палач: она заставляет меня говорить.

— Я только думал... — На этом я умолкаю: должна же она понять, что я имею в виду.

— Что еще такое?

— Да я насчет вшей, — выпаливаю я наконец.

Она смеется:

— Надо же и им когда-нибудь пожить в свое удовольствие.

Ну что ж, теперь мне все равно. Я карабкаюсь на полку и укрываюсь с головой.

Чьи-то пальцы шарят по одеялу. Это фельдшер. Получив сигары, он уходит.

Через час мы замечаем, что мы уже едем.

Ночью я просыпаюсь. Кропп тоже ворочается. Поезд тихо катится по рельсам. Все это еще как-то непонятно: постель, поезд, домой. Я шепчу:

— Альберт!

— Что?

— Ты не знаешь, где тут уборная?

— По-моему, вон за той дверью направо.

— Сейчас посмотрим.

В вагоне темно, я нащупываю край полки и собираюсь осторожно соскользнуть вниз. Но моя нога не находит точки опоры, я начинаю сползать с полки, — на раненую ногу не обопрешься, и я с треском лечу на пол.

— Черт побери! — говорю я.

— Ты ушибся? — спрашивает Кропп.

— А ты что, не слыхал, что ли? — огрызаюсь я. — Так треснулся головой, что...

Тут в конце вагона открывается дверь. Сестра подходит с фонарем в руках и видит меня.

— Он упал с полки...

Она щупает мне пульс и притрагивается к моему лбу.

— Но температуры у вас нет.

— Нет, — соглашаюсь я.

— Наверно что-нибудь пригрезилось? — спрашивает она.

— Да, наверно, — уклончиво отвечаю я.

И снова начинаются расспросы. Она глядит на меня своими ясными глазами, такая чистенькая и удивительная, — нет, я никак не могу сказать ей, что мне нужно.

Меня снова поднимают наверх. Ничего себе, уладилось! Ведь когда она уйдет, мне снова придется спускаться вниз! Если бы она была старуха, я бы еще, пожалуй, сказал ей, в чем дело, но она ведь такая молоденькая, ей никак не больше двадцати пяти. Ничего не подсласшь, ей я этого сказать не могу.

Тогда на помощь мне приходит Альберт, — ему стесняться нечего, ведь речь-то идет не о нем. Он подзывает сестру к себе:

— Сестра, ему надо...

Но и Альберт тоже не знает, как ему выразиться, чтобы это прозвучало вполне благопристойно. На фронте, в разговоре между собой, нам было бы достаточно одного слова, но здесь, в присутствии такой вот дамы... Но тут он вдруг вспоминает школьные годы и бойко заканчивает:

— Ему бы надо выйти, сестра.

— Ах, вот оно что, — говорит сестра. — Так для этого ему вовсе не надо слезать с постели, тем более что он в гипсе. Что же именно вам нужно? — обращается она ко мне.

Я до смерти перепуган этим новым оборотом дела, так как не имею ни малейшего представления, какая терминология принята для обозначения этих вещей.

Сестра приходит мне на помощь:

— По-маленькому или по-большому?

Вот срамота! Я чувствую, что весь взмок, и смущенно говорю:

— Только по-маленькому.

Ну что ж, дело все-таки кончилось не так уж плохо.

Мне дают «утку». Через несколько часов моему примеру следует еще несколько человек, а к утру мы уже привыкли и не стесняясь просим то, что нам нужно.

Поезд идет медленно. Иногда он останавливается, чтобы выгрузить умерших. Останавливается он довольно часто.

Альберт температурит. Я чувствую себя сносно, нога у меня болит, но гораздо хуже то, что под гипсом, очевидно, сидят вши. Нога ужасно зудит, а почесаться нельзя.

Дни у нас проходят в дремоте. За окном бесшумно проплывают виды. На третью ночь мы прибываем в Хербесталь. Я узнаю от сестры, что на следующей остановке Альберта высадят, — у него ведь температура.

— А где мы остановимся? — спрашиваю я.

— В Кельне.

— Альберт, мы останемся вместе, — говорю я, — вот увидишь.

Когда сестра делает следующий обход, я сдерживаю дыхание и загоняю воздух вовнутрь. Лицо у меня наливается кровью и багровеет. Сестра останавливается:

— У вас боли?

— Да, — со стоном говорю я. — Как-то вдруг начались.

Она дает мне градусник и идет дальше. Теперь я знаю, что мне делать, — ведь я не зря учился у Ката. Эти солдатские градусники не рассчитаны на многоопытных вояк. Стоит только загнать ртуть наверх, как она застрянет в своей узкой трубочке и больше уже не опустится.

Я сую градусник под мышку наискось, ртутью вверх, и долго пощелкиваю по нему указательным пальцем. Затем встряхиваю и переворачиваю его. Получается 37,9. Но этого мало. Осторожно подержав его над горящей спичкой, я догоняю температуру до 38,7.

Когда сестра возвращается, я надуваюсь как индюк, стараюсь дышать отрывисто, гляжу на нее осоловелыми глазами, беспокойно ворочаюсь и говорю вполголоса:

— Ой, мочи нет терпеть!

Она записывает мою фамилию на листочек. Я твердо знаю, что мою гипсовую повязку без крайней необходимости трогать не будут.

Меня высаживают с поезда вместе с Альбертом.

Мы лежим в лазарете при католическом монастыре, в одной палате. Нам очень повезло: католические больницы славятся своим хорошим уходом и вкусной едой. Лазарет весь заполнен ранеными из нашего поезда; среди них многие в тяжелом состоянии. Сегодня нас еще не осматривают, так как здесь слишком мало врачей. По коридору то и дело провозят низенькие тележки на резиновом ходу, и каждый раз кто-нибудь лежит на них, вытянувшись во весь рост. Чертовски неудобная поза, — так только спать хорошо.

Ночь проходит очень беспокойно. Никто не может уснуть. Под утро нам удается ненадолго задремать. Я просыпаюсь от света. Дверь открыта, и из коридора слышатся голоса. Мои соседи по палате тоже просыпаются. Один из них, — он лежит уже несколько дней, — объясняет нам, в чем дело:

— Здесь наверху сестры каждое утро читают молитвы. У них это называется заутреней. Чтобы не лишать нас удовольствия послушать, они открывают дверь в палату.

Конечно, это очень заботливо с их стороны, но у нас болят все кости и трещит голова.

— Что за безобразие! — говорю я. — Я только успел уснуть.

— Здесь наверху лежат с легкими ранениями, вот они и решили, что с нами это можно делать, — отвечает мой сосед.

Альберт стонет. Меня разбирает злость, и я кричу:

— Эй вы там, замолчите!

Через минуту в палате появляется сестра. В своем черно-белом монашеском одеянии она напоминает хорошенькую куклу для кофейника.

— Закройте же дверь, сестра, — говорит кто-то.

— Дверь открыта потому, что в коридоре читают молитву, — отвечает она.

— А мы еще не выспались.

— Лучше молиться, чем спать. — Она стоит и улыбается невинной улыбкой. — А кроме того, сейчас уже семь часов.

Альберт опять застонал.

— Закройте дверь! — рявкаю я.

Сестра опешила, — как видно, у нее не укладывается в голове, как можно так кричать.

— Мы ведь молимся и за вас тоже.

— Все равно, закройте дверь!

Она исчезает, оставив дверь незакрытой. В коридоре снова раздается монотонное бормотание. Это меня бесит, и я говорю:

— Считаю до трех. Если за это время они не прекратят, я в них чем-нибудь запущу.

— И я тоже, — заявляет один из раненых.

Я считаю до пяти. Затем беру пустую бутылку, прицеливаюсь и бросаю ее через дверь в коридор. Бутылка разлетается на мелкие осколки. Голоса молящихся умолкают. В палате появляется стайка сестер. Они ругаются, но в очень выдержанных выражениях.

— Закройте дверь! — кричим мы.

Они удаляются. Та, маленькая, что давеча заходила к нам, уходит последней.

— Безбожники, — лепечет она, но все же закрывает дверь.

Мы одержали победу.

В полдень приходит начальник лазарета и дает нам взбучку. Он стращает нас крепостью и даже чем-то еще похуже. Но все эти военные врачи, точно так же как и интенданты, все-таки не более чем чиновники, хоть они и носят длинную шпагу и эполеты, а поэтому даже новобранцы не принимают их всерьез. Пусть себе говорит. Ничего он с нами не сделает.

— Кто бросил бутылку? — спрашивает он.

Я еще не успел сообразить, стоит ли мне признаваться, как вдруг кто-то говорит:

— Я!

На одной из коек приподнимается человек с густой, спутанной бородой. Всем не терпится узнать, зачем он назвал себя.

— Вы?

— Так точно. Я разволновался из-за того, что нас без толку разбудили, и потерял контроль над собой, так что уже не соображал, что я делаю.

Он говорит как по писаному

— Ваша фамилия?

— Йозеф Хамахер, призван из резерва.

Инспектор уходит.

Всех нас разбирает любопытство.

— Зачем же ты назвал свою фамилию? Ведь это вовсе не ты сделал!

Он ухмыляется:

— Ну и что же, что не я? У меня есть «отпущение грехов».

Теперь каждому понятно, в чем тут дело. Тот, у кого есть «отпущение грехов», может делать все, что ему заблагорассудится.

— Так вот, — рассказывает он, — я был ранен в голову, и после этого мне выдали свидетельство о том, что временами я бываю невменяемым. С тех пор мне все нипочем. Меня нельзя раздражать. Так что со мной ничего не сделают. Этот дяденька с первого этажа будет здорово разозлен. А назвал я себя потому, что мне понравилось, как бросали бутылку. Если завтра они снова откроют дверь, мы швырнем еще одну.

Мы шумно радуемся. Пока среди нас находится Йозеф Хамахер, мы можем делать самые рискованные вещи.

Затем за нами приезжают бесшумные коляски.

Бинты присохли. Мы мычим, как быки.

В нашей палате лежит восемь человек. Самое тяжелое ранение у Петера, черномазого курчавого паренька, — у него сложная сквозная рана в легких. У его соседа Франца Вехтера раздроблено предплечье, и поначалу нам кажется, что его дела не так уж плохи. Но на третью ночь он окликает нас и просит позвонить, — ему кажется, что кровь прошла через бинты.

Я с силой нажимаю на кнопку. Ночная сиделка не приходит. Вечером мы заставили ее побегать, — всем нам сделали перевязку, а после этого раны всегда болят. Один просил положить ему ногу так, другой — этак, третьему хотелось пить, четвертому надо было взбить подушку, — под конец толстая старуха начала злобно ворчать, а уходя, хлопнула дверью. Сейчас она наверно думает, что все начинается сначала, и поэтому не хочет идти.

Мы ждем. Затем Франц говорит:

— Позвони еще!

Я звоню. Сиделка все не появляется. Ночью на весь наш флигель остается только одна сестра, может быть, сейчас ее как раз позвали в другие палаты.

— Франц, ты уверен, что у тебя кровотечение? — спрашиваю я. — А то нас опять распекать будут.

— Бинты промокли. Не может ли кто-нибудь зажечь свет?

Но со светом тоже ничего не получается: выключатель у двери, а встать никто не может. Я давлю на кнопку звонка, пока не затекает палец. Быть может, сестра задремала? Ведь у них так много работы, у них уже днем такой переутомленный вид. К тому же, они то и дело молятся.

— Не швырнуть ли нам бутылку? — спрашивает Йозеф Хамахер, человек, которому все дозволено.

— Раз она не слышит звонка, так этого уж и подавно не услышит.

Наконец дверь отворяется. На пороге появляется заспанная старуха. Увидев, что стряслось с Францем, она начинает суетиться и восклицает:

— Почему же никто не дал об этом знать?

— Мы же звонили. А ходить никто из нас не может.

У него было сильное кровотечение, и ему снова делают перевязку. Утром мы видим его лицо: оно пожелтело и заострилось, а ведь еще вчера вечером он выглядел почти совсем здоровым. Теперь сестра стала наведываться к нам чаще.

Иногда за нами ухаживают сестры из Красного Креста. Они добрые, но порой им не хватает сноровки. Перекладывая нас с носилок на постель, они нередко причиняют нам боль, а потом так пугаются, что от этого нам становится еще хуже.

Монашенкам мы доверяем больше. Они умеют ловко подхватывать раненого, но нам хотелось бы, чтобы они были чуточку повеселее. Впрочем, у некоторых из них есть чувство юмора, и эти, право же, молодцы. Кто из нас не оказал бы, например, любой услуги сестре Либертине? Стоит нам хотя бы издали увидеть эту удивительную женщину, как во всем флигеле сразу же повышается настроение. И таких здесь немало. За них мы готовы в огонь и воду. Нет, жаловаться не приходится, — монашенки обращаются с нами прямо-таки как со штатскими. А когда вспомнишь, что делается в гарнизонных лазаретах, так просто страшно становится.

Франц Вехтер так и не пошел на поправку. Однажды его забирают и больше не приносят. Йозеф Хамахер поясняет:

— Теперь мы его не увидим. Они снесли его в мертвецкую.

— Что это за мертвецкая? — спрашивает Кропп.

— Ну, палата смертников.

— Да что это такое?

— Это такая комнатка в конце флигеля. Туда помещают тех, кто собирался протянуть ноги. Там стоят две койки. Ее все так и называют мертвецкой.

— Но зачем же они это делают?

— А им так меньше возни. Потом это удобнее, — комнатка-то находится как раз у лифта, по которому подымаются в морг. А может быть, это делается для того, чтобы никто не умирал в палатах, на глазах у других. Да и присматривать за ним легче, когда он лежит один.

— А ему самому-то каково?

Йозеф пожимает плечами:

— Так ведь кто туда попал, обычно уже не очень-то соображает, что с ним делают.

— И что же, здесь все это знают?

— Кто здесь уже давно, те, конечно, знают.

После обеда на койку Франца Вехтера кладут новенького. Через несколько дней его тоже уносят. Йозеф делает выразительный жест рукой. Он не последний, — на наших глазах приходят и уходят еще многие.

Иногда у постелей сидят родственники; они плачут или тихо, смущенно разговаривают. Одна старушка не хочет уходить, однако нельзя же ей оставаться здесь на ночь. На следующее утро она приходит очень рано, но ей следовало бы прийти еще раньше, — подойдя к койке, она видит, что на ней уже лежит другой. Ее приглашают пройти в морг. Она принесла с собой яблоки и теперь отдает их нам.

Маленький Петер тоже чувствует себя хуже. Его температурная кривая угрожающе лезет вверх, и в один прекрасный день у его койки останавливается низенькая коляска.

— Куда? — спрашивает он.

— В перевязочную.

Его поднимают на коляску. Но сестра делает промах: она снимает с крючка его солдатскую куртку и кладет ее рядом с ним, чтобы не заходить за ней еще раз. Петер тотчас же догадывается, в чем дело, и пытается скатиться с коляски:

— Я остаюсь здесь!

Они не дают ему приподняться. Он негромко кричит своими продырявленными легкими:

— Не хочу в мертвецкую!

— Да мы везем тебя в перевязочную.

— А на что вам тогда моя куртка?

Он уже не в силах говорить. Он шепчет хриплым, взволнованным шепотом:

— Оставьте меня здесь!

Они ничего не отвечают и вывозят его из палаты. В дверях он пытается подняться. Его черная курчавая голова трясется, глаза полны слез.

— Я еще вернусь! Я еще вернусь! — кричит он.

Дверь закрывается. Мы все взволнованы, но молчим. Наконец Йозеф говорит:

— Это мы уж не от первого слышим. Да только кто туда попал, тому уж не выжить.

Мне делают операцию, и после этого меня два дня рвет. Писарь моего врача говорит, что мои кости никак не хотят срастаться. У одного из нашего отделения они срослись неправильно, и ему переламывают их заново. Это тоже удовольствие маленькое. Среди вновь прибывших есть два молоденьких солдата, страдающих плоскостопием. Во время обхода они попадаются на глаза главному врачу, который обрадованно останавливается возле их коек.

— От этого мы вас избавим, — говорит он. — Небольшая операция, и у вас будут здоровые ноги. Сестра, запишите их.

Когда он уходит, всезнающий Иосиф предостерегает новичков:

— Смотрите, не соглашайтесь на операцию! Это, видите ли, у нашего старика есть такой пунктик по научной части. Он и во сне видит, как бы заполучить себе кого-нибудь для этого дела. Он вам сделает операцию, и после этого стопа у вас и в самом деле будет уже не плоская; зато она будет искривленная, и вы до конца дней своих будете ковылять с палочкой.

— Что же нам теперь делать? — спрашивает один из них.

— Не давать согласия! Вас сюда прислали, чтобы лечить раны, а не для того, чтобы устранять плоскостопие! На фронте-то у вас какие ноги были? А, вот то-то же! Сейчас вы еще можете ходить, а вот побываете у старика под ножом и станете калеками. Ему нужны подопытные кролики, поэтому для него война — самое распрекрасное время, как и для всех врачей. Загляните-ка в нижнее отделение, — там ползает добрый десяток людей, которых он оперировал. Некоторые сидят здесь годами, с пятнадцатого и даже с четырнадцатого года. Никто из них не стал ходить лучше, чем раньше, наоборот, почти все — хуже, у большинства ноги в гипсе. Каждые полгода он снова тащит их на стол и ломает их кости по-новому, и каждый раз им говорит, что теперь-то успех обеспечен. Подумайте хорошенько, без вашего согласия он не имеет права этого делать.

— Эх, дружище, — говорит один из них устало, — лучше ноги, чем башка. Можешь ты сказать наперед, по какому месту тебе достанется, когда тебя снова пошлют туда? Пусть делают со мной что хотят, мне лишь бы домой попасть. Лучше ковылять, да остаться в живых.

Его товарищ, молодой парень нашего возраста, не дает согласия. На следующее утро старик велит доставить их вниз; там он начинает их уговаривать и кричит на них, так что в конце концов они все-таки соглашаются. Что же им остается делать? Ведь они — просто серая скотинка, а он большая шишка. Их приносят в палату под хлороформом и в гипсе.

У Альберта дела плохи. Его несут в операционную — на ампутацию. Ногу отнимают целиком, до самого верха. Теперь он совсем почти перестал разговаривать. Как-то раз он говорит, что собирается застрелиться, что он сделает это, как только доберется до своего револьвера.

Прибывает новый эшелон с ранеными. В нашу палату кладут двух слепых. Один из них — совсем еще молодой музыкант. Подавая ему обед, сестры всегда прячут от него ножи, — у одной из них он уже однажды вырвал нож из рук. Несмотря на эти предосторожности, с ним приключилась беда.

Вечером, за ужином, обслуживающую его сестру на минутку вызывают из палаты, и она ставит тарелку с вилкой на его столик. Он ощупью находит вилку, берет ее в руку и с размаху вонзает себе в сердце, затем хватает ботинок и изо всех сил колотит им по черенку. Мы зовем на помощь, но в одиночку с ним не справишься, нужны три человека, чтобы отнять у него вилку. Тупые зубцы успели войти довольно глубоко. Он ругает нас всю ночь, так что никто не может уснуть. Утром у него начинается припадок истерии.

У нас освобождаются койки. Дни идут за днями, и каждый из них — это боль и страх, стоны и хрип. «Мертвецкие» теперь уже ни к чему, их слишком мало, — по ночам люди умирают в палатах, в том числе и в нашей. Смерть обгоняет мудрую предусмотрительность наших сестер.

Но вот в один прекрасный день дверь распахивается, на пороге появляется коляска, а на ней — бледный, худой — восседает, победно подняв черную курчавую голову, Петер. Сестра Либертина с сияющим лицом подкатывает его к его старой койке. Он вернулся из «мертвецкой». А мы давно уже считали, что он умер.

Он поглядывает во все стороны:

— Ну, что вы на это скажете?

И даже Йозеф Хамахер вынужден признать, что такого ему еще не случалось видеть.

Через некоторое время кое-кто из нас получает разрешение вставать с постели. Мне тоже дают костыли, и я понемногу начинаю ковылять. Однако я редко пользуюсь ими, я не в силах вынести взгляд Альберта, устремленный на меня, когда я иду по палате. Он всегда смотрит на меня такими странными глазами. Поэтому время от времени я удираю в коридор, — там я чувствую себя свободнее.

Этажом ниже лежат раненные в живот, в позвоночник, в голову и с ампутацией обеих рук или ног. В правом крыле — люди с раздробленными челюстями, отравленные газом, раненные в нос, уши и глотку. Левое крыло отведено слепым и раненным в легкие, в таз, в суставы, в почки, в мошонку, в желудок. Лишь здесь видишь наглядно, насколько уязвимо человеческое тело.

Двое раненых умирают от столбняка. Их кожа становится серой, тело цепенеет, под конец жизнь теплится, — еще очень долго, — в одних только глазах. У некоторых перебитая рука или нога подвязана на шнурке и висит в воздухе, словно вздернутая на виселице. У других к спинке кровати приделаны растяжки с тяжелыми гирями на конце, которые держат заживающую руку или ногу в напряженном положении. Я вижу людей с распоротыми кишками, в которых постоянно скапливается кал. Писарь показывает мне рентгеновские снимки бедренных, коленных и плечевых суставов, раздробленных на мелкие осколки.

Кажется непостижимым, что к этим изодранным в клочья телам приставлены человеческие лица, еще живущие обычной, повседневной жизнью. А ведь это только один лазарет, только одно его отделение! Их сотни тысяч в Германии, сотни тысяч во Франции, сотни тысяч в России. Как же бессмысленно все то, что написано, сделано и передумано людьми, если на свете возможны такие вещи! До какой же степени лжива и никчемна наша тысячелетняя цивилизация, если она даже не смогла предотвратить эти потоки крови, если она допустила, чтобы на свете существовали сотни тысяч таких вот застенков. Лишь в лазарете видишь воочию, что такое война.

Я молод — мне двадцать лет, но все, что я видел в жизни, — это отчаяние, смерть, страх и сплетение нелепейшего бездумного прозябания с безмерными муками. Я вижу, что кто-то натравливает один народ на другой и люди убивают друг друга, в безумном ослеплении покоряясь чужой воле, не ведая, что творят, не зная за собой вины. Я вижу, что лучшие умы человечества изобретают оружие, чтобы продлить этот кошмар, и находят слова, чтобы еще более утонченно оправдать его. И вместе со мной это видят все люди моего возраста, у нас и у них, во всем мире, это переживает все наше поколение. Что скажут наши отцы, если мы когда-нибудь поднимемся из могил и предстанем перед ними и потребуем отчета? Чего им ждать от нас, если мы доживем до того дня, когда не будет войны? Долгие годы мы занимались тем, что убивали. Это было нашим призванием, первым призванием в нашей жизни. Все, что мы знаем о жизни, — это смерть. Что же будет потом? И что станется с нами?

Самый старший у нас в палате — Левандовский. Ему сорок лет; у него тяжелое ранение в живот, и он лежит в лазарете уже десять месяцев. Лишь за последние недели он оправился настолько, что может встать и, изогнув поясницу, проковылять несколько шагов.

Вот уже несколько дней он сильно взволнован. Из захолустного польского городишки пришло письмо от его жены, в котором она пишет, что скопила денег на дорогу и теперь может навестить его.

Она уже выехала и должна со дня на день прибыть сюда. У Левандовского пропал аппетит, даже сосиски с капустой он отдает товарищам, едва притронувшись к своей порции. Он только и знает, что расхаживает с письмом по палате; каждый из нас прочел его уже раз десять, штемпеля на конверте проверялись бесконечное число раз, оно все в жирных пятнах и так захватано, что букв совсем почти не видно, и наконец происходит то, чего и следовало ожидать, — у Левандовского подскакивает температура и ему снова приходится лечь в постель.

Он не виделся с женой два года. За это время она родила ему ребенка; она привезет его с собой. Но мысли Левандовского заняты вовсе не этим. Он рассчитывал, что ко времени приезда его старухи ему разрешат выходить в город, — ведь каждому ясно, что посмотреть на свою жену, конечно, приятно, но если человек так долго был с ней в разлуке, ему хочется по возможности удовлетворить и кое-какие другие желания.

Левандовский подолгу обсуждал этот вопрос с каждым из нас, — ведь на этот счет у солдат нет секретов. Те из нас, кого уже отпускают в город, назвали ему несколько отличных уголков в садах и парках, где бы ему никто не помешал, а у одного оказалась на примете даже небольшая комнатка.

Но что толку от всего этого? Левандовский лежит в постели, и его осаждают заботы. Ему теперь и жизнь не мила, — так мучит его мысль о том, что ему придется упустить этот случай. Мы утешаем его и обещаем, что постараемся как-нибудь провернуть это дельце.

На следующий день является его жена, маленькая, сухонькая женщина с боязливыми, быстро бегающими птичьими глазками, в черной мантилье с брыжами и лентами. Бог знает, откуда она этакую выкопала, должно быть, в наследство получила.

Женщина что-то тихо бормочет и робко останавливается в дверях. Она испугалась, что нас здесь шестеро.

— Ну, Марья, — говорит Левандовский, с бедовым видом двигая своим кадыком, — входи, не бойся, они тебе ничего не сделают.

Левандовская обходит койки и здоровается с каждым из нас за руку, затем показывает младенца, который успел тем временем испачкать пеленки. Она принесла с собой большую, вышитую бисером сумку; вынув из нее чистый кусок фланели, она проворно перепеленывает ребенка. Это помогает ей преодолеть свое первоначальное смущение, и она начинает разговаривать с мужем.

Тот нервничает, то и дело косясь на нас своими круглыми глазами навыкате, и вид у него самый разнесчастный.

Время сейчас подходящее, — врач уже сделал обход, в худшем случае в палату могла бы заглянуть сестра. Поэтому один из нас выходит в коридор, — выяснить обстановку. Вскоре он возвращается и делает знак:

— Ничегошеньки нет. Валяй, Иоганн! Скажи ей, в чем дело, и действуй.

Они о чем-то говорят друг с другом по-польски. Наша гостья смущенно смотрит на нас, она немного покраснела. Мы добродушно ухмыляемся и энергично отмахиваемся, — ну что, мол, здесь такого! К черту все предрассудки! Они хороши для других времен. Здесь лежит столяр Иоганн Левандовский, искалеченный на войне солдат, а вот его жена. Кто знает, когда он с ней свидится снова, он хочет ею обладать, пусть его желание исполнится, и дело с концом!

На случай, если какая-нибудь сестра все-таки появится в коридоре, мы выставляем к дверям двух человек, чтобы перехватить ее и занять разговором. Они обещают покараулить четверть часа.

Левандовский может лежать только на боку. Поэтому один из нас закладывает ему за спину еще несколько подушек. Младенца вручают Альберту, затем мы на минутку отворачиваемся, черная мантилья исчезает под одеялом, а мы с громким стуком и шуточками режемся в скат.

Все идет хорошо. Я набрал одних крестей, да и то мелочь, но мне каким-то чудом удается вывернуться. Из-за этого мы совсем почти забыли о Левандовском. Через некоторое время младенец начинает реветь, хотя Альберт изо всей силы раскачивает его на руках. Затем раздается тихий шелест и шуршание, и когда мы невзначай поднимаем головы, то видим, что ребенок уже сосет свой рожок на коленях у матери. Дело сделано.

Теперь мы чувствуем себя как одна большая семья; жена Левандовского совсем повеселела, а сам Левандовский, вспотевший и счастливый, лежит в своей постели и весь так и сияет.

Он распаковывает вышитую сумку. В ней лежит несколько отличных колбас. Левандовский берет нож, — торжественно, словно это букет цветов, и разрезает их на кусочки. Он широким жестом показывает на нас, и маленькая, сухонькая женщина подходит к каждому, улыбается и делит между нами колбасу. Теперь она кажется прямо-таки хорошенькой. Мы называем ее мамашей, а она радуется этому и взбивает нам подушки.

Через несколько недель я начинаю ежедневно ходить на лечебную гимнастику. Мою ногу пристегивают к педали и дают ей разминку. Рука давно уже зажила.

С фронта прибывают новые эшелоны раненых. Бинты теперь не из марли, а из белой гофрированной бумаги, — с перевязочным материалом на фронте стало туго.

Альбертова культя заживает хорошо. Рана почти закрылась. Через несколько недель его выпишут на протезирование. Он по-прежнему мало говорит и стал намного серьезнее, чем раньше. Зачастую он умолкает на полуслове и смотрит в одну точку. Если бы не мы, он давно бы покончил с собой. Но теперь самое трудное время у него позади. Иногда он даже смотрит, как мы играем в скат.

После выписки мне предоставляют отпуск.

Мать не хочет расставаться со мной. Она такая слабенькая. Мне еще тяжелее, чем в прошлый раз.

Затем из полка приходит вызов, и я снова еду на фронт.

Мне трудно прощаться с моим другом Альбертом Кроппом. Но такова уж доля солдата, — со временем он привыкает и к этому.

XI

Мы уже перестали считать недели. Когда я прибыл сюда, стояла зима и взметаемые разрывами снарядов смерзшиеся комья земли были почти такими же опасными, как осколки. Сейчас деревья снова зазеленели. Фронт и бараки чередой сменяют друг друга, и в этом заключается наша жизнь. Мы отчасти уже привыкли к этому, война — это нечто вроде опасной болезни, от которой можно умереть, как умирают от рака и туберкулеза, от гриппа и дизентерии. Только смертельный исход наступает гораздо чаще, и смерть приходит в гораздо более разнообразных и страшных обличьях.

Наши думы — глина; сменяющие друг друга дни месят ее; когда мы на отдыхе, к нам приходят мысли о хорошем, а, когда мы лежим под огнем, они умирают. Внутри у нас все изрыто, как изрыта местность вокруг нас.

Сейчас так живут все, не только мы одни; прошлое утратило свое значение, люди и в самом деле не помнят его. Различия, созданные образованием и воспитанием, почти что стерты, они ощущаются лишь с трудом. Порой они дают преимущества, помогая лучше разобраться в обстановке, но у них есть и свои теневые стороны, они порождают ненужную щепетильность и сдержанность, которую приходится преодолевать. Как будто мы были когда-то монетами разных стран; потом их переплавили, и теперь на них оттиснут один и тот же чекан. Чтобы отличить их друг от друга, нужно очень тщательно проверить металл, из которого они отлиты. Мы прежде всего солдаты, и лишь где-то на заднем плане в нас каким-то чудом стыдливо прячется человеческая личность.

Все мы — братья, связанные странными узами, в которых есть нечто от воспетого в народных песнях товарищества, от солидарности заключенных, от продиктованной отчаянием сплоченности приговоренных к смертной казни; нас породнила та жизнь, которой мы живем, особая форма бытия, порожденная постоянной опасностью, напряженным ожиданием смерти и одиночеством и сводящаяся к тому, что человек бездумно присчитывает дарованные ему часы к ранее прожитым, не испытывая при этом абсолютно никаких высоких чувств. Смесь героического с банальным — вот какое определение можно было бы дать нашей жизни, но только кто станет над ней задумываться. Вот один из частных случаев: нас оповестили, что противник идет в атаку, и Тьяден с молниеносной быстротой съедает свою порцию горохового супа с салом, — ведь Тьяден не знает, будет ли он еще жив через час. Мы долго спорим, правильно ли он поступил. Кат считает, что этого делать нельзя, — ведь в бою тебя могут ранить в живот, а когда желудок полон, такие ранения опаснее, чем когда он пуст.

Подобные вещи являются для нас проблемами, мы относимся к ним серьезно, да иначе и быть не может. Здесь, на грани смерти, жизнь ужасающе прямолинейна; она сводится к самому необходимому, и все остальное спит глухим сном; вот эта-то примитивность и спасает нас. Если бы мы были более сложными существами, мы давно бы уже сошли с ума, дезертировали или же были бы убиты. Мы словно альпинисты на снежных вершинах, — все функции организма должны служить только сохранению жизни и в силу необходимости они подчинены этой задаче. Все остальное отметается, так как оно привело бы к ненужной трате сил. Для нас это единственный путь к спасению, и в часы затишья, когда загадочные отсветы былого показывают мне, как в тусклом зеркале, отделившиеся от меня контуры моего нынешнего бытия, я нередко кажусь самому себе чужим и удивляюсь тому, что не имеющая названия деятельная сила, которую условно называют жизнью, сумела приспособиться даже к этим формам. Все другие ее проявления находятся в состоянии зимней спячки, жизнь сосредоточилась на том, чтобы не прокараулить угрожающую ей отовсюду смерть; наша жизнь превратила нас в мыслящих животных, чтобы вооружить нас инстинктом. Она притупила все наше существо, чтобы нас не сломили кошмары, которые навалились бы на нас, если б мы мыслили ясно и сознательно; она пробудила в нас чувство товарищества, чтобы вызволить нас из бездны одиночества. Она дала нам равнодушие дикарей, чтобы мы могли наперекор всему наслаждаться каждой светлой минутой и сберегать ее про запас как средство защиты от натиска мертвящей пустоты. Наш суровый быт замкнут в самом себе, он протекает где-то на самой поверхности жизни, и лишь изредка какое-нибудь событие роняет в него искры. И тогда из глубины внезапно прорывается пламя неизбывной, ужасающей тоски.

В эти опасные мгновения мы видим, что наша приспособляемость является все же чем-то искусственным, что это не просто спокойствие, а судорожное усилие быть спокойным. Внешние формы нашего бытия мало чем отличаются от образа жизни бушменов, но если бушмены могут жить так всю жизнь, потому что сама природа создала их такими, а напряжение духовных сил может привести только к тому, что они станут более развитыми существами, то у нас дело обстоит как раз наоборот: мы напрягаем свои внутренние силы не для того, чтобы совершенствоваться, а для того, чтобы спуститься на несколько ступеней ниже. Для них это состояние естественно, и им легко быть такими, мы же достигаем этого искусственно, ценой неимоверных усилий. Иной раз ночью, во сне, случается, что на нас нахлынут видения, и мы просыпаемся, все еще под властью их очарования, и с ужасом ощущаем, как непрочен тот порог, как призрачна та граница, что отделяет нас от мрака. Мы — маленькие язычки пламени, едва защищенные шаткими стенами от бури уничтожения и безумия, трепещущие под ее порывами и каждую минуту готовые угаснуть навсегда. Приглушенный шум боя смыкается тогда вокруг нас неумолимым кольцом, и, сжавшись в комочек, уйдя в себя, мы смотрим широко раскрытыми глазами в ночной мрак. Только дыхание спящих товарищей немного успокаивает нас, и мы начинаем ждать утра.

Каждый день и каждый час, каждый снаряд и каждый убитый подтачивает эту непрочную опору, и с годами она быстро разрушается. Я замечаю, что и вокруг меня она тоже вот-вот готова обрушиться.

Вот, скажем, эта глупая история с Детерингом.

Он был одним из тех, кто всегда старался держаться особняком. Его погубила цветущая вишня, которую он однажды увидел в саду. Мы как раз возвращались с передовых на новые квартиры. Дело было на рассвете, и эта вишня неожиданно встала перед нами на повороте дороги возле самых бараков. Листьев на ней не было, она была вся в белой кипени цветов.

Вечером Детеринг куда-то пропал. Наконец он вернулся в барак, держа в руке несколько веток с вишневым цветом. Мы стали подтрунивать над ним и спросили, уж не приглянулась ли ему какая-нибудь невеста и не собирается ли он на смотрины. Он ничего не ответил и лег на постель. Ночью я услышал, как он копошится, и мне показалось, что он увязывает свой мешок. Почувствовав, что дело неладно, я подошел к нему. Он сделал вид, будто ничего не случилось, а я сказал ему:

— Не делай глупостей, Детеринг.

— Да брось ты, мне просто что-то не спится...

— А зачем это ты принес цветы?

— Будто бы мне уж и цветов нельзя принести, — угрюмо огрызнулся Детеринг и, помолчав с минуту, добавил: — Дома у меня большой сад с вишнями. Как зацветут, так сверху, с сеновала, кажется, будто простыню расстелили, — все бело. Сейчас им как раз самая пора.

— Может, скоро тебе отпуск дадут. А может быть, тебя на лето откомандируют домой, — ведь у тебя большое хозяйство.

Он кивает мне в ответ, но вид у него отсутствующий. Когда этих крестьян что-нибудь заденет за живое, на лице у них появляется какое-то странное выражение, не то как у коровы, не то как у тоскующего бога, что-то дурацкое, но в то же время волнующее. Чтобы отвлечь Детеринга от его мыслей, я прошу у него кусок хлеба. Он не колеблясь дает мне его. Это подозрительно, так как вообще-то он скуповат. Поэтому я не ложусь спать. Ночь проходит спокойно, утром он ведет себя как обычно.

Очевидно, он заметил, что я за ним наблюдаю. Тем не менее на следующее утро его нет на месте. Я вижу это, но ничего не говорю, чтобы дать ему выгадать время; может быть, он проскочит. Известно немало случаев, когда людям удавалось бежать в Голландию.

Однако во время переклички его хватились. Через неделю мы узнали, что его задержали полевые жандармы, эта армейская полиция, которую все так единодушно презирают. Он держал путь в Германию (это был, конечно, самый безнадежный вариант), и, как и следовало ожидать, он вообще действовал очень глупо. Из этого совершенно ясно вытекало, что его побег был совершен необдуманно и сгоряча, под влиянием острого приступа тоски по дому. Но что смыслят в таких вещах армейские юристы, сидящие в ста километрах от линии фронта? С тех пор мы о Детеринге больше ничего не слыхали.

Порой эти опасные, исподволь назревающие взрывы носят несколько иной характер, — они напоминают взрыв перегретого парового котла. Тут надо рассказать о том, при каких обстоятельствах погиб Бергер.

Наши окопы давно уже разрушены снарядами, наш передний край стал эластичным, так что, по сути дела, мы уже не ведем настоящей позиционной войны. Атаки сменяются контратаками, как волны прилива и отлива, а после этого линия окопов становится рваной и начинается ожесточенная борьба за каждую воронку. Передний край прорван, повсюду засели отдельные группы, там и сям остались огневые точки в воронках, из которых и ведется бой.

Мы сидим в воронке, наискосок от нас сидят англичане, они сматывают наш фланг и оказываются у нас за спиной. Мы окружены. Оторваться от земли нам трудно, туман и дым то и дело застилают нас, никто не понял бы, что мы хотим сдаться, да, может быть, мы вовсе и не собираемся сдаваться, — в такие минуты и сам не знаешь, что ты сейчас сделаешь. Мы слышим приближающиеся разрывы ручных гранат. Наш пулемет прочесывает широкий сектор перед нами. Вода в кожухах испаряется, мы поспешно передаем по цепи жестянки из-под лент, каждый мочится в них, — теперь у нас снова есть влага, и мы можем продолжать огонь. Но грохот у нас за спиной слышится все ближе и ближе. Еще несколько минут, и мы пропали.

Вдруг где-то бешено застрочил второй пулемет, он бьет с самой короткой дистанции, из соседней воронки. Его притащил Бергер. Теперь сзади нас начинается контратака, мы вырываемся из кольца, отходим назад и соединяемся с нашими. Вскоре мы сидим в довольно надежном укрытии. Один из ползавших к полевой кухне подносчиков пищи рассказывает, что в нескольких сотнях шагов отсюда лежит подстреленная связная собака.

— Где? — спрашивает Бергер.

Подносчик описывает ему место. Бергер собирается пойти туда, чтобы вынести собаку из-под огня или пристрелить ее. Еще полгода тому назад это ему и в голову бы не пришло, он не стал бы делать глупостей. Мы пытаемся удержать его. Но когда он и вправду уходит, мы только говорим: «С ума сошел!» — и отступаемся от него. Если уж не удалось сразу же сбить человека с ног и крепко взять его за руки, то такой припадок фронтовой истерии становится опасным. А рост у Бергера метр восемьдесят, и он самый сильный у нас в роте.

Бергер и в самом деле сошел с ума, — ведь он так и лезет под огонь, но дело тут в том, что сейчас в него ударила та незримая молния, которая подстерегает каждого из нас; она-то и превратила его в одержимого. У других это проявляется иначе: одни начинают буянить, другие хотят куда-то убежать. Был у нас и такой случай, когда человек все время пытался зарыться в землю, рыл ее руками, ногами и даже грыз.

Конечно, многие симулируют такие припадки, но уже самая попытка симуляции является, по сути дела, симптомом. Бергера, который хотел прикончить собаку, вынесли из-под огня с раздробленным тазом, а один из тех, кто его нес, получил при этом пулю в икру.

Мюллер убит. Осветительная ракета, пущенная где-то совсем близко, угодила ему в живот. Он прожил еще полчаса, в полном сознании и в ужасных мучениях. Перед смертью он передал мне свой бумажник и завещал мне свои ботинки — те самые, что достались ему тогда в наследство от Кеммериха. Я ношу их, они мне как раз впору. После меня их получит Тьяден, я их ему пообещал.

Нам удалось похоронить Мюллера, но он вряд ли долго пролежит в своей могиле. Наши позиции переносят назад. На той стороне слишком много свежих английских и американских полков. У них слишком много тушенки и пшеничной муки. Слишком много аэропланов.

Мы же отощали и изголодались. Нас кормят так плохо и подмешивают к пайку так много суррогатов, что от этой пищи мы болеем. Фабриканты в Германии обогатились — у нас кишки сводит от поноса. В уборных никогда не найдешь свободного местечка, — надо было показать им в тылу эти серые, желтые, болезненные, покорные лица, этих скорчившихся от рези людей, которые тужатся до крови и с кривой усмешкой на дрожащих от боли губах говорят друг другу:

— Ей-богу, нет смысла застегивать штаны.

Наша артиллерия приумолкла, — слишком мало боеприпасов, а стволы так разносились, что бьют очень неточно, с большим рассеиванием, и иногда снаряды залетают к нам в окопы. У нас мало лошадей. Наши свежие части комплектуются из малокровных, быстро утомляющихся мальчиков, которые не могут таскать на себе ранец, но зато умеют умирать. Тысячами. Они ничего не смыслят в войне, они только идут вперед и подставляют себя под пули. Однажды, когда они только что сошли с поезда и еще не умели укрываться, один-единственный вражеский летчик скосил шутки ради целых две роты этих юнцов.

— Скоро в Германии никого не останется, — говорит Кат.

Мы не надеемся, что все это когда-нибудь кончится. Мы вообще не заглядываем так далеко вперед. Ты можешь получить пулю в лоб,

— тогда конец; тебя могут ранить, — тогда следующий этап — лазарет. Если тебе не ампутируют руку или ногу, — тогда ты рано или поздно попадешься в лапы одного из тех врачей в чине капитана и с крестом за военные заслуги в петличке, которые говорят тебе, когда ты приходишь на комиссию: «Что, одна нога чуть-чуть короче? На фронте вам не придется бегать, если вы не трус!.. Запишем: "годен"... Можете идти!»

Кат рассказывает один из анекдотов, обошедших весь фронт от Вогезов до Фландрии, — анекдот о военном враче, который читает на комиссии фамилии по списку и, не глядя на подошедшего, говорит: «Годен. На фронте нужны солдаты». К нему подходит солдат на деревяшке, врач опять говорит: «Годен».

— И тогда, — Кат возвышает голос, — солдат и говорит ему: «У меня уже есть деревянная нога, но если вы меня пошлете на фронт и мне оторвут голову, я закажу себе деревянную голову и стану врачом». Мы все глубоко удовлетворены этим ответом.

Должно быть, бывают и хорошие врачи, мы сами видели многих, но так как каждому солдату приходится не один раз проходить разные осмотры, то в конце концов он все же становится жертвой одного из тех многочисленных «охотников за героями», которые озабочены только тем, чтобы в их списках стояло как можно меньше негодных и ограниченно годных. Таких историй рассказывают немало, и обычно в них звучит еще больше горечи, чем в этой. И все-таки они отнюдь не являются признаком бунтарских настроений и паникерства; истории эти правдивы, и они честно называют вещи своими именами: уж очень много у нас в армии обмана, несправедливости и подлости. Как же не удивляться тому, что, несмотря на это, во все более безнадежную борьбу по-прежнему вступает полк за полком, что атака следует за атакой, хотя линия фронта прогибается и трещит?

Танки, бывшие когда-то предметом насмешек, стали теперь грозным оружием. Надвигаясь длинной цепью, закованные в броню, они кажутся нам самым наглядным воплощением ужасов войны.

Орудий, обрушивающих на нас ураганный огонь, мы не видим, стрелковые цепи атакующего нас противника состоят из таких же людей, как мы, а эти танки страшны тем, что они — машины, их гусеницы бегут по замкнутому кругу, бесконечные, как война. Они — подлинные орудия уничтожения, эти бесчувственные чудовища, которые ныряют в воронки и снова вылезают из них, не зная преград, армада ревущих, изрыгающих дым броненосцев, неуязвимые, подминающие под себя мертвых и раненых стальные звери. Увидев их, услыхав тяжелую поступь этих исполинов, мы съеживаемся в комок и чувствуем, как тонка наша кожа, как наши руки превращаются в соломинки, а наши гранаты — в спички.

Снаряды, облака газов и танковые дивизионы — увечье, удушье, смерть.

Дизентерия, грипп, тиф — боли, горячка, смерть.

Окопы, лазарет, братская могила — других возможностей нет.

Во время одной из таких атак погибает командир нашей роты Бертинк. Это был настоящий фронтовик, один из тех офицеров, которые при всякой передряге всегда впереди. Он пробыл у нас два года и ни разу не был ранен; ясно, что в конце концов с ним что-то должно было случиться.

Мы сидим в воронке, нас окружили. Вместе с пороховым дымом к нам доносится какая-то вонь, — не то нефть, не то керосин. Мы обнаруживаем двух солдат с огнеметом. У одного за спиной бак, другой держит в руках шланг, из которого вырывается пламя. Если они приблизятся настолько, что струя огня достанет нас, нам будет крышка, — отступать нам сейчас некуда.

Мы начинаем вести по ним огонь. Но они подбираются ближе, и дело принимает скверный оборот. Бертинк лежит с нами в воронке. Заметив, что мы никак не можем в них попасть, — а промах мы даем потому, что огонь очень сильный и нам нельзя высунуться, — он берет винтовку, вылезает из воронки и начинает целиться с локтя. Он стреляет, и в то же мгновение мы слышим щелчок упавшей возле него пули. Она его задела. Но он лежит на том же месте и продолжает целиться; на время он опускает винтовку, потом прикладывается снова; наконец слышится треск выстрела. Бертинк роняет винтовку, говорит: «Хорошо», — и сползает обратно в воронку. Шедший сзади огнеметчик ранен, он падает, шланг выскальзывает из рук второго солдата, пламя брызжет во все стороны, и на нем загорается одежда.

У Бертинка прострелена грудь. Через некоторое время осколок отрывает ему подбородок. У этого же осколка еще хватает силы вспороть Лееру бедро. Леер стонет и выжимается на локтях; он быстро истекает кровью, и никто не может ему помочь. Через несколько минут он бессильно оседает на землю, как бурдюк, из которого вытекла вода. Что ему теперь пользы в том, что в школе он был таким хорошим математиком...

Месяцы бегут. Это лето 1918 года — самое кровавое и самое трудное. Летние дни, непостижимо прекрасные, все в золоте и синеве, стоят как ангелы над чертой смерти. Каждый из нас знает, что войну мы проигрываем. Об этом много не говорят. Мы отходим, после нынешнего большого наступления союзников мы уже не сможем продвигаться вперед, — у нас нет больше людей и боеприпасов.

Однако кампания продолжается... Люди продолжают умирать...

Лето 1918 года... Никогда еще наша жизнь с ее скупо отмеренными радостями не казалась нам такой желанной, как сейчас, — красные маки, теплые вечера в полутемных, прохладных комнатах, черные, таинственные в сумерках, деревья, звезды, шум струящейся воды, долгий сон и сновидения... О жизнь, о жизнь!

Лето 1918 года... Никогда еще не знали мы более тяжких мук, чем те невысказанные муки, которые мы терпим, выступая на передовые. По фронтовым частям поползли невесть откуда взявшиеся и будоражащие слухи о перемирии и о мире. Они сеют смятение в сердцах, и идти туда стало так невыносимо трудно!

Лето 1918 года... Никогда еще окопная жизнь не была более горькой и ужасной, чем в часы, проведенные под огнем, когда бледные, прижавшиеся к грязной земле лица и судорожно сжатые руки молят об одном: «Нет! Нет! Только не сейчас! Только не сейчас, когда так близок конец!»

Лето 1918 года... Ветер надежды, несущийся над выжженными полями, неистовая лихорадка нетерпения, разочарования, небывало обостренный, трепетный страх смерти, мучительный вопрос: почему? Почему этому не положат конец? И откуда эти настойчиво пробивающиеся слухи о конце?

Здесь так часто появляются аэропланы, и летчики действуют так уверенно, что они охотятся на отдельных людей, как на зайцев. На каждый немецкий аэроплан приходится по меньшей мере пять английских и американских. На одного голодного, усталого немецкого солдата в наших окопах приходится пять сильных, свежих солдат в окопах противника. На одну немецкую армейскую буханку хлеба приходится пятьдесят банок мясных консервов на той стороне. Мы не разбиты, потому что мы хорошие, более опытные солдаты; мы просто подавлены и отодвинуты назад многократно превосходящим нас противником.

Мы только что пережили несколько дождливых недель — серое небо, серая, расползающаяся земля, серая смерть. Мы еще только выезжаем, а сырость уже забирается к нам под шинели и под одежду, и так продолжается все время, пока мы находимся на передовых. Мы никак не можем обсохнуть. Те, у кого еще остались сапоги, обвязывают раструбы голенищ мешочками с песком, чтобы глинистая вода не так быстро проникала в них. Винтовки и мундиры покрыты коркой грязи, все течет, все раскисло, земля превратилась в сырую, сочащуюся, маслянистую массу, на поверхности которой стоят желтые лужи с красными спиралями крови; убитые, раненые и живые медленно погружаются в эту жижу.

Огневые налеты хлещут над нами, град осколков высекает из серо-желтой неразберихи редкие, по-детски звонкие выкрики раненых, а по ночам истерзанная плоть человеческая натужно стонет, чтобы вскоре умолкнуть навсегда.

Наши руки — земля, наши тела — глина, а наши глаза — дождевые лужи. Мы не знаем, живы ли мы еще.

Затем в наши ямы студенистой медузой заползает удушливый и влажный зной, и в один из этих дней позднего лета, пробираясь на кухню за обедом, Кат внезапно падает навзничь. Мы с ним одни. Я перевязываю ему рану; у него, по-видимому, раздроблена берцовая кость. Кат в отчаянии оттого, что ранен не в мякоть, а в кость. Он стонет:

— Перед самым концом... Как назло, перед самым концом...

Я утешаю его:

— Почем знать, сколько еще времени протянется эта заваруха! А ты пока что спасен...

Рана начинает сильно кровоточить. Я не могу оставить Ката одного, чтобы сходить за носилками. К тому же, я не помню, чтобы здесь поблизости был какой-нибудь медицинский пункт.

Кат не очень тяжел, — я взваливаю его на спину и иду с ним назад, к перевязочному пункту.

Мы дважды останавливаемся передохнуть. Переноска причиняет ему страшную боль. Почти все время мы молчим. Я расстегнул ворот своей куртки и часто дышу, меня бросило в пот, а лицо у меня вздулось от напряжения. Несмотря на это, я тороплю Ката, — нужно двигаться дальше, потому что местность здесь опасная.

— Ну как, Кат, тронемся?

— Да надо бы, Пауль.

— Тогда пошли!

Я поднимаю его с земли, он встает на здоровую ногу и держится за дерево. Затем я осторожно подхватываю его раненую ногу, он рывком отталкивается, и теперь я забираю под мышку колено здоровой ноги Ката.

Идти становится труднее. Порой слышится свист подлетающего снаряда. Я иду как можно быстрее, потому что кровь из раны Ката уже капает на землю. Мы почти не можем защищаться от разрывов, — пока мы прячемся в укрытие, снаряд уже разорвался.

Решаем выждать и ложимся в небольшую воронку. Я даю Кату хлебнуть чаю из моей фляжки. Мы выкуриваем по сигарете.

— Да, Кат, — печально говорю я, — вот и пришлось нам все-таки расстаться.

Он молча смотрит на меня.

— А помнишь, Кат, как мы гуся реквизировали? И как ты меня спас во время той передряги? Я тогда еще был молоденьким новобранцем, и меня в первый раз ранило. Я еще тогда плакал, Кат, а ведь с тех пор уже три года прошло.

Кат кивает головой.

При мысли, что я останусь один, во мне поднимается страх. Когда Ката увезут в лазарет, у меня здесь больше не останется друзей.

— Кат, нам обязательно нужно будет встретиться, если до твоего возвращения и в самом деле заключат мир.

— А ты думаешь, что с этой вот ногой меня еще признают годным? — спрашивает он с горечью.

— Ты ее не спеша подлечишь. Ведь сустав цел. Может, все еще уладится.

— Дай мне еще сигарету, — говорит он.

— Может быть, после войны мы с тобой вместе займемся каким-нибудь делом.

Мне так грустно, — я не могу себе представить, что Кат, Кат, мой друг Кат, с его покатыми плечами и мягкими редкими усиками, Кат, которого я знаю так, как не знаю никого другого, Кат, с которым я прошел все эти годы... Я не могу себе представить, что мне, быть может, не суждено больше увидеться с ним.

— Дай мне твой домашний адрес, Кат, на всякий случай. А вот тебе мой, я тебе сейчас запишу его.

Я засовываю бумажку с адресом в свой нагрудный карман. Каким одиноким я себя чувствую уже сейчас, хотя он еще сидит рядом со мной! Не прострелить ли мне ступню, чтобы не расставаться с ним, поскорей, пока мы одни?

Вдруг у Ката что-то булькает в горле и лицо у него становится желто-зеленым.

— Пойдем дальше, — через силу говорит он.

Я вскакиваю, горя желанием помочь ему, поднимаю его на спину и бегу, как бегают на большие дистанции, — неторопливо и размеренно, чтобы не слишком растревожить ему ногу.

Глотка у меня пересохла, перед глазами пляшут красные и черные круги, но я все бегу, спотыкаясь, стиснув зубы, превозмогая усталость, и наконец добираюсь до медицинского пункта. Колени подгибаются, но еще хватает сил свалиться так, чтобы Кат упал на здоровую ногу. Через несколько минут я медленно поднимаюсь с земли. Ноги и руки дрожат частой дрожью, и я с трудом нахожу свою фляжку, чтобы отхлебнуть чаю. При этом у меня трясутся губы. Но я улыбаюсь, — теперь Кат в безопасности.

Через некоторое время начинаю различать чьи-то голоса. Путаные обрывки фраз застревают у меня в ушах.

— Ты напрасно так старался, — говорит мне санитар.

Я смотрю на него и ничего не понимаю.

Он показывает на Ката:

— Ведь он убит.

Я никак не пойму, что он говорит.

— Он ранен в голень, — говорю я.

Санитар подходит поближе:

— Это кроме того...

Я оборачиваюсь. У меня все еще темно в глазах, на лице снова выступил пот, он течет по векам. Я вытираю его и гляжу на Ката. Он лежит не шевелясь.

— Он без сознания, — быстро говорю я.

Санитар тихонько присвистывает.

— Да уж мне лучше знать! Он умер. На что хочешь спорю.

Я трясу головой:

— Не может быть! Еще десять минут назад я с ним разговаривал. Он без сознания.

Руки у Ката теплые, я беру его за плечи, чтобы растереть его чаем. Тут я чувствую на моих пальцах что-то мокрое. Вытащив руку из-под его затылка, я вижу, что она в крови. Санитар снова свистит сквозь зубы.

— Вот видишь...

Я не заметил, что, пока мы шли, Кату угодил в голову осколок. Дырка маленькая, должно быть осколок был совсем маленький, залетевший откуда-нибудь издалека. Но этого оказалось достаточно. Кат умер.

Я медленно встаю.

— Ты возьмешь его солдатскую книжку и вещи? — спрашивает меня санитар.

Я киваю головой, и он передает мне и то, и другое.

Санитар удивлен:

— Ведь вы не родственники?

Нет, мы не родственники. Нет, мы не родственники.

Что это, неужели я иду? Неужели у меня еще есть ноги? Я поднимаю глаза, я обвожу ими все вокруг и сам поворачиваюсь вслед за ними, по кругу, по кругу, пока не останавливаюсь. Все осталось как было. Только рядового Станислава Катчинского уже нет в живых.

Больше я ничего не помню.

XII

Осень. Нас, старичков, осталось уже немного. Из моих одноклассников, — а их было семеро, — я здесь последний.

Все говорят о мире и о перемирии. Все ждут. Если это снова кончится разочарованием, они будут сломлены, — слишком уж ярко разгорелись надежды, их теперь нельзя притушить, не вызвав взрыва. Если не будет мира, будет революция.

Две недели я отдыхаю, — я хлебнул немного газу. Целый день я сижу на солнышке в небольшом садике. Перемирие скоро будет заключено, теперь я тоже верю в это. И тогда мы поедем домой.

На этом моя мысль приостанавливается, и я никак не могу сдвинуть ее с места. Что влечет меня туда с такой неотразимой силой, что меня там ожидает? Жажда жизни, тоска по дому, голос крови, пьянящее ощущение свободы и безопасности. Но все это только чувства. Это не цели.

Если бы мы вернулись домой в 1916 году, неутихшая боль пережитого и неостывший накал наших впечатлений вызвали бы в мире бурю. Теперь мы вернемся усталыми, в разладе с собой, опустошенными, вырванными из почвы и растерявшими надежды. Мы уже не сможем прижиться.

Да нас и не поймут, — ведь перед нами есть старшее поколение, которое, хотя оно провело вместе с нами все эти годы на фронте, уже имело свой семейный очаг и профессию и теперь снова займет свое место в обществе и забудет о войне, а за ними подрастает поколение, напоминающее нас, какими мы были раньше; и для него мы будем чужими, оно столкнет нас с пути. Мы не нужны самим себе, мы будем жить и стариться, — одни приспособятся, другие покорятся судьбе, а многие не найдут себе места. Протекут годы, и мы сойдем со сцены.

А может, все, о чем я сейчас думаю, просто навеяно тоской и смятением, которые разлетятся во прах, лишь только я вновь приду под тополя, чтобы послушать шелест их листвы. Не может быть, чтобы все это ушло навсегда, — теплое, нежное дыхание жизни, волновавшее нам кровь, неведомое, томящее, надвигающееся, тысячи новых лиц в будущем, мелодии снов и книг, упоительное предчувствие сближения с женщиной. Не может быть, чтобы все это сгинуло под ураганным огнем, в муках отчаяния и в солдатских борделях.

Деревья здесь сверкают всеми красками и отливают золотом, в листве рдеют алые кисти рябины, белые проселки бегут к горизонту, а в солдатских столовых шумно, как в улье, от разговоров о мире.

Я встаю. Я очень спокоен. Пусть проходят месяцы и годы, — они уже ничего у меня не отнимут, они уже ничего не смогут у меня отнять. Я так одинок и так разучился ожидать чего-либо от жизни, что могу без боязни смотреть им навстречу. Жизнь, пронесшая меня сквозь эти годы, еще живет в моих руках и глазах. Я не знаю, преодолел ли я то, что мне довелось пережить. Но пока я жив, жизнь проложит себе путь, хочет того или не хочет это нечто, живущее во мне и называемое «я».

* * *

Он был убит в октябре 1918 года, в один из тех дней, когда на всем фронте было так тихо и спокойно, что военные сводки состояли из одной только фразы: «На Западном фронте без перемен».

Он упал лицом вперед и лежал в позе спящего. Когда его перевернули, стало видно, что он, должно быть, недолго мучился, — на лице у него было такое спокойное выражение, словно он был даже доволен тем, что все кончилось именно так.

ОГЛАВЛЕНИЕ

www.ingramcontent.com/pod-product-compliance
Lightning Source LLC
Chambersburg PA
CBHW060619310726
48982CB00003B/603

* 9 7 8 1 7 6 4 1 0 9 7 1 0 *